屍人の時代

山田正紀

ハルキ文庫

角川春樹事務所

目次

屍人の時代

第一話　神獣の時代

1

いや、もう、じつに変わった若者なのだ。これまで長く生きてきたが、こんなに風変わりな若者にはこれまでお目にかかったことがない。名前からして変わっている。呪師霊太郎《しゅしれいたろう》という。しかも職業が民間探偵だというのだからふるっている。そもそも、このご時世に、いや、どんな時世であろうと、民間探偵などという職業が成り立つものか？　――それはそれとして、いまもこの若者が探偵をしているのはまぎれもない事実であるらしい。

この冬は例年になく寒さが厳しい。その凍《い》てつく寒さが海氷を凍らせ、吐裸羅《とらら》島の四周をびっしり埋めつくした。そんなふうだから人が島にたどり着くには、沖合に船をとめ、その氷原を島端まで、徒歩、あるいは橇《そり》で渡るしかない。しかもこの氷面は絶えず動きつづけている。

荒涼たる氷原に北からの冷たい風が吹きわたる。止《や》むことがない。氷塊は風に揺れる。たがいに氷角をガリガリ削りあい、ときに轟音《ごうおん》とともにパクリと割れる。そこにオホーツク海の冷たく真っ黒な水が牙《きば》をむいて流れ込んでくる。いたるところ氷原を縫うように交差する。水路が複雑に入りくんでいる。だから、さらに氷原は動くのだ。動かずにいられない。

島に向かう人間はそんな氷原のうえを渡らなければならないのだ。じつに数時間を要する難行といっていい。これにはまず一人の例外もなしに音をあげるはずだが——呪師霊太郎だけはふしぎにそれを苦にしていないようだ。それどころか、ほとんど楽しんでいるようにさえ見える。鼻歌交じりの気楽さで歩を運んでいるのだ。

が、現実のこととして、行く手は絶えず水流にさえぎられ、飛び越えられないときには、大回りして迂回《うかい》しなければならない。畝《うね》のように波打ち、岩のように硬い氷原は、うかつに歩くと、つま先を畝にぶつけ、生爪《なまづめ》が剝《は》がれるような痛さをもたらす……つまり難行の連続といっていい。

どんなに霊太郎が浮世離れした、ノンキな若者であろうと、防寒具一式に、脚絆《きゃはん》、草鞋《わらじ》にかんじき、毛皮の耳当て防寒帽、背嚢《はいのう》のうえに寝具まで巻いた重装備では、ただ歩くだけでも一苦労のはずだ。それが——さほど頑強《がんきょう》なようにも見えないのに——じつに楽しげに畝から畝に飛び移っているのはどうしたことか。

それはたぶん霊太郎が一人でないからだろう。連れがいる。ヒョイヒョイと氷原の畝から畝に飛び移りながら、その連れにこう尋ねる。

「なあ、耕介《こうすけ》、これをどう思う。誰が何のためにこんなことをしたんだと思う？　この先には何があるんだろう」

しかし何を訊《き》かれても、当の耕介はただそれにニャアと答えるばかり。なにしろ耕介はネコだからしてそれ以外に答えようがないのだ……それはやむをえないとして、その不機嫌さはどうにかならないものか。なにもかわいい声で鳴けというのではない。そこまでムリな要求はしない。けれども、せめてもうすこし愛想よくふるまうことを覚えてはどうか。愛玩動物《あいがんどうぶつ》の身でありながら、明らかに霊太郎の声をうるさがっていた。

霊太郎はいつもネコを連れ歩いているらしい。大きなオスの黒ネコだ。それをふところに突っ込んでいる。ネコはいつも寝ている。寝てないときがない。いくらネコだって寝過ぎだろう、ときには霊太郎もそれを不満に思うようだ。なにしろ見るからに横着そうなネコなのだ。

根室《ねむろ》を出港して島々をめぐる根室近海線に乗った。色丹《しこたん》で、漁業組合が運営する、いわゆる自由航路に便乗させてもらい、吐裸羅島の沖合の氷床に下りた。

根室を出港した船上、樺太《カラフト》に渡るという女連れの女衒《ぜげん》と乗りあわせた。その女衒男に、そのネコはどうして耕介という名前なのか、と訊かれた。霊太郎はこう答えた。銀座を歩いているときに、とあるビルの表示に、なにがし耕介探偵事務所、という名称を見たのだ。いつかは自分も銀座に事務所を持つような探偵になりたい、あやかりたいと願い、それで拾ったネコに耕介の名前をつけた……

女衒はその話に興味を持ったようではなかった。へらへら笑い、女はいらないか、安くしとくぜ、といった。いらない、と霊太郎は答え、ふところの耕介が面倒げにニャアと鳴いた。霊太郎に女はいらない、ただひたすら探偵をしたい。それだけだ。

こうして、はるばるオホーツク海の孤島まで渡ってきたのも、その探偵をしたいという一念からのことだった。

そして、いま、

「なあ、何とかいえよ。これでもおまえのことを頼りにしてるんだからさあ。これは何のまじないなんだろう、これはぼくをどこに導くんだろう」

霊太郎が指さす先には——

氷面に黒いものが散っている。いや、散っていない。それらは数メートルの間隔をおいて点々と落ちているのだ。そこかしこ、氷の亀裂《きれつ》に流れ込んできた水流が、まるで毛細血管のように複雑に錯綜《さくそう》している。それら水流を縫うように、その黒点の連なりがくねくねと氷原をどこまでもつづいているのだ。果ては氷原の彼方《かなた》へと消えていた。

——これは何だ？

霊太郎はそれを拾い、しげしげと観察した。そして、どうやらアザラシの表皮を剝《は》いだもののようだ、と結論づけた。

この島にはアザラシの繁殖地がある。かつてこの地を漁場にしたアイヌはアザラシの皮を剝《む》いて皮紐《かわひも》にしたという。それをトララ・ウクといい、地名の由来にもなっている……霊太郎は島に来るまえ、そうしたことを下調べしておいた。

だから最初、それらはそのトララの材料だろうか、と考えた。誰かが橇でも運ぶ途中にそれらを落としたのだろう、と。

が、そんなはずはないのだ。そうだとしたら、そんなふうにほぼ十メートルの等間隔に落ちているはずはないだろう。それは明らかに何者かが、何らかの目印として、意図的に置いたものにちがいなかった。

——誰が、何のために？

霊太郎は首をひねった。

——もしかしたら、ぼくをどこかに誘うために？

一瞬、そんな疑念が脳裏をかすめたが、いや、そんなはずはない、と思いなおした。

これだけの数のアザラシの皮を、道しるべに落とすには、どれほどの労苦を要するものか。とうてい人間わざではない。自分は、そんな膨大《ぼうだい》な手間と時間をかけて、どこかにおびき寄せなければならないほどの大物ではない。それに、霊太郎がこの日、この時刻、吐裸羅島の氷面に下りるのを、誰かがあらかじめ知るのは不可能なことだ。霊太郎自身にしてからが事前にはわからなかったことなのだから……

ここで注釈《ちゆうしやく》をさし挟ませてもらうと——呪師霊太郎はあまりに自己評価が低すぎるように思う。多少なりとも正当に自分を評価してさえいれば、もうすこし早く、ことの真相に到達しえたはずなのだが。自己評価の低さが彼の推理を誤らせた。

——この道しるべは誰のためなのか、何のためのものなのか？

それがわからない。わからないながらも、その目印のあとをたどらずにはいられなかった。吐裸羅島に渡ろうとしたそもそもの目的をすっかり忘れて——

それもやむをえないだろう。なにしろ霊太郎は生まれながらの野次馬で、好奇心のかたまりなのだから。また、そうでなければ探偵などという仕事はやっていられない。

この吐裸羅島の西にトカリウシという地がある。アイヌ語で「アザラシの多いところ」という意味だ。事実、その砂浜がアザラシの一大産褥地《さんじょくち》となっているのだ。いまはその季節ではないが、初夏から晩秋にかけて、そこに何百頭ものアザラシが群れ集い、旺盛《おうせい》な性欲のままに繁殖《はんしょく》にいそしむ。繁殖には勝者と敗者がいる。勝者のオスは百頭ものメスをはべらせるが、哀れな敗者は一頭のおこぼれにもあずからない……

霊太郎は島の南の沖合で船から下りた。北に歩いた。ところが目印は西のほうにまわり込んでいた。

吐裸羅島は絶海の孤島である。渡りの漁民が小さな仮集落を設けているだけで、常駐者はいない。なにしろ長さ六百間ほど（一キロあまり）、幅にして五十間（百メートル弱）ほどしかない小島なのだ。西側から上陸してもさほどの遠回りになるわけではない。

そうして歩いているうちに、いつのまにか氷原から島に上陸していたし、目印もいつしかとだえていた。そして——

「耕介、こんなところに来たよ」

「ニャア……」

思いがけず、といおうか。海にのぞんだ岩場に隠されるようにして、小さな小屋があった。海からの水路が後ろにある——目印に導かれなければ、容易に見つけることはできなかったろう。

何の変哲もない木造小屋ではあるが、樽《たる》を菰《こも》で掩《おお》うように、四周の壁にしめ縄がピンと張りめぐらされている。それが扉口をふさいでいるのだ。しめ縄と玉串《たまぐし》にはしでがつけられている——これではしめ縄を切らずに小屋の出入りはできないのではないか。見るからに聖場の印象が強かった。

小屋の横に庇掛《さしか》けになった木組みの食料庫がある。覗《のぞ》いてみたら、白菜が数束、それに一メートルほどもありそうな大きなタラがカチンカチンに凍って放《ほう》り込まれていた。

高い屋根から煙がたちのぼっている。なかに人がいるのだろうか。でも、こんなところに、誰が？　霊太郎としてはそれを確かめたかったが、戸にもしめ縄が張られている。それを無視して、小屋に押し入るのはためらわれた。だけど、どうしても見たい。どうすればいいか？　戸の上部、庇《ひさし》の下に、小さな空気取りの小窓があった。あそこからなかを覗き込むことができるのではないだろうか。

「あの屋根に登ることができるかい」

「ニャアァ」

襟にしがみつき、抗議するように爪をたてる耕介を、むりやり、ふところから外に押し出した。明らかにムッとして、不機嫌そうな顔になりながら、しかし耕介はあきらめたように小屋に向かった。さすがに敏捷《びんしょう》な身のこなしで、丸太の壁をスルスルよじ登り、屋根に達した。ミャアア、と押しつけがましい鳴き声をあげた。尻尾《しっぽ》を鞭《むち》のように振りつづけているのは、機嫌の悪さをさらに誇示しているのか。

「なるほど、そうやって登るのか。わかったよ」

霊太郎のほうはきわめて機嫌がいい。小屋のほうに歩きかけ――ふとその視線を宙の一点に固定した。その表情に不審の色がさした。何か気がかりなことでもあるのだろうか。きょろきょろ周囲に視線を走らせた。その視線を、こちら、眼下の水路のほうに視線を向けた。が、結局、なにも見つからなかったらしい。首をひねりながら、あらためて小屋に向かった。背中の荷物を雪のうえに置いた。慎重にしめ縄をくぐった。

ネコが登ったそのままに――といっても耕介のように機敏にはいかなかったが――壁をはい上がり、屋根の端から突き出している棟木に達した。そこから苦心惨憺《さんたん》のすえ、どうにか屋根に登った。雪が降り積もっていて滑りやすい。四つん這《ば》いになりながら、慎重に屋根のうえを移動した。そして両手を棟木に当て――厚地の手袋越しにも凍りつく寒さが伝わってくる――体を乗り出し、頭を下にして、空気取りの窓から小屋のなかを覗き込んだ。窓の内側にも桟《さん》のように横木があった……

すぐにはなかの様子を見てとることはできなかった。柱に吊《つる》されたランプだけが唯一の明かりなのだ。薄暗い。それでも視線を凝らしているうちに、しだいに目が暗さになじんでいった。木組みの粗末な作りだが、余計なものは何も置かれておらず、床などもきれいに拭《ふ》き込まれ、よく整頓されていた。

囲炉裏に火が熾《おこ》っている。その火あかりのなか、奥にきちんと積みあげられた漁具や巻いた縄、それに一人の少女の姿が浮かびあがった。それが、赤い袴《はかま》の巫女《みこ》姿なのだ。

耕介も霊太郎の体に両前足の爪をかけて逆さで肩越しになかを覗き込んだ。

「ニャア……」おどろいたように小声で鳴いた。

「そうだよな」霊太郎も声をひそめて囁《ささや》いた。「ぼくもこれまであんなにきれいな娘さんは見たことがないよ」

その声が少女の耳に届いたはずはないのだ。それなのに少女はサッとこちらに目を向けたものだから――もちろん、とっさに頭を空気取りの窓から引っ込めたから、見られることはなかったはずなのだが――さすがに霊太郎は肝を冷やした。小屋のなかを盗み見ているというひけ目がある。相手はとびきりの美少女なのだからして。

一瞬、霊太郎の目に、囲炉裏の火を宿した少女の瞳が、この世のものとは思われないほど美しく焼きつけられ、むしろ、そちらのほうにより鮮烈におどろかされはしたのだったが――

「おまえ様か？」と少女は妙なことを口走った。「そこサいるのはおまえ様なのか」

誰のことだろう？　霊太郎のことであるはずはない。彼としては、そのおまえ様というのが誰のことなのか、それをぜひとも確かめたいところだったろうが――遺憾《いかん》ながら、それどころではなかった。ふいに誰かに両足を引っ張られ、屋根のうえに体を引きあげられたのだから。それもすごい力で。

「わっ」

屋根には雪が降り積もっている。体勢をたてなおす余裕もなかった。引っぱりあげられた勢いで慣性がついて、腹ばいのまま、屋根の傾斜を滑り落ちてしまう。下が深い雪溜《ゆきだ》まりになっていたから、どうにか怪我《けが》をせずに済んだが、そうでなければ無事には済まなかったろう。それでも二間あまりの高さから墜落し、したたかに腹を打ち、その痛みのために、すぐには立ちあがることはできなかった。

「痛《いて》……」

が、ゆっくり痛みに声をあげる余裕さえ与えられなかった。すぐに襟首を摑《つか》まれ、強引に立たされたからだ。若い霊太郎より、さらに若い、見るからに精悍《せいかん》そうな若者がそこにいた。憤怒《ふんぬ》の表情をあらわにして——それでいながら、その目が爽《さわ》やかに澄んでいた。漁師のよそおいの下から、赤銅色《しゃくどういろ》の、たくましい筋肉が覗いている。その二の腕に力こぶが盛りあがった。ぐいぐいと霊太郎の首を絞めあげながら、

「われはどさの誰だ。何でカグヤのごどば盗み見でた?」

そう訊いてきた。その訛《なま》りの強い口調から、単語を拾うようにして、かろうじてその意味するところを聞き取ることができたのだが——カグヤ、というのはあの少女の名なのだろうか。

「待ってくれ……」

が、そうはいかなかった。待ってくれなかったし、許してくれなかった。若者が、ではない。情況が、だ。

そのとき、何人もの男たちがふいに雪のなかから現れたのだった。漁師たち。いずれも屈強な体格に恵まれた男たちだ。それが怒り狂って、「オサム、このガキ、まだこりねー

のか」、「もう逃がさにゃーぞ」、「性懲《しょうこ》りのねー野郎だ」などと口々にののしりながら、一斉に襲いかかってきたのだった。雪が派手に舞いあがる。

「何ばしやがる、放せ」

いくら若者が体格に恵まれ、腕力に優れていようと、何人もの男たちにこう同時にかかってこられたのでは、たまったものではない。あっという間に押しひしがれた。

が、このオサムという若者は、それでも負けてはいない。雪に押さえつけられながらもなおも果敢に抵抗しようとしていた。

「ギャッ」

霊太郎がその巻き添えになったのは災難としかいいようがない。いっしょに押しつぶされてしまった。

耕介は――といえば、さっさとどこかに逃げてしまった。それも当然だ。なにしろ、この世にネコほど要領のいい生き物はいないのだから……あいつらぐらい頼りにならない生き物はいないのだから……

2

「あのう、ぼくはただ通りすがりの者で、こんなことされる覚えはないんですけど……」

霊太郎は一応、そう抗議したが――といっても、どうしてかニコニコ笑いながらのことなので、いま一つ、説得力に欠けたが——男たちはそれには耳をかそうとはしなかった。それどころか、なかの一人にこう怒鳴りつけられる始末だ。

「何で、こしたら孤島に通りすがりの者なんかあるもんか——おめぇーもオサムの仲間かなんがサちげーね」

「いや、仲間もなにも——ぼくはこの人にはいまはじめて会ったんですよ」

「嘘《うそ》こけ」

「嘘なんかこけてない。あ、いや、ついてないです。そもそも、この人が何をしたというんですか」

「こどもあろうに、このガキは、長《オサ》のお嬢さんに手ば出そうどしやがったんだ。捨て子だったごいづを、オサが情けぶかぐも拾ってやて、育ててやったどいうに、その恩も忘れおってからに……それでもオサは情《なさけ》ばかけてやて、わしらのもとがら出ていって、二度ど戻らんなら、それでよしどするべ、とおいいんなさったし。それ以上、咎《とが》めだてなさらなんだ。それを、このガキゃ、恩知らずにも、のこのこ舞い戻ってきやがってからに——」

霊太郎は、一瞬、男の訛りの強い言葉を、自分の頭のなかで自動変換するのが遅れ、あぁ、うう、と口ごもってしまう。

要するに、この吐裸羅島を基地とする漁師集団があって、そのリーダーの娘に、この若者が恋をしたということのようだ。そのことを咎められ、二度と顔を見せない、という誓いのもとに、集団を追放されたのだが、その約束を破って、また島に戻ってきたということらしい。しかし……

オサム、という若者は、いささかも悪びれた様子を見せずに、昂然《こうぜん》と首をあげて、こう言い放ったのだ。

「オサの恩は片時も忘れたごどはねー。おまえ様がたが、おらを一人前の漁師サ、育てでくれだごども、心底からありがてーど思っています。だども、それどカグヤのごどは話が別でねーですか。おらはなんも、カグヤのことサ、一方的に、想《おも》いば寄せてるわげだばねーど。おらとカグヤはまじめに、本気で、将来ば誓いあった仲だ。いかに父親だからどいって、生木を裂くように、おれらの仲を引き裂こうとするのは乱暴でねーですか。ましてや赤の他人のおまえ様がたが、何の権利ばあって、おれらの仲ば引き裂こうどするのか。あまりに理不尽だべ」

「何、生意気なごど抜かすだ。このガキが——」

怒って、殴りかかろうとするのを、霊太郎が割って入り、まあまあ、と制する。それでやめておけばいいものを、

「ところで、そのオサのお嬢さんは、カグヤ、とおっしゃるんですか。きれいなお名前ですね」

野次馬根性丸出しで、そんなことをいうものだから、なおさら、その場の怒りをあおることになってしまう。殴られなかったのが奇跡のようなものだ。

そのあげく、オサムという若者ともども、荒縄でぐるぐる巻きに縛られ、いやおうなし

に引っ立てられることになった。

オサムは昂然と首をあげている。後ろ手に縛られてもひるむ様子を見せない。いっさい抗弁しない。その目は若々しく澄み切って、意志的な強い光をみなぎらせている。

――おらとカグヤはまじめに、本気で、将来ば誓いあった仲だ……

霊太郎はその言葉を思い起こさずにいられなかった。あくまでも部外者であるが、このオサムという若者の一途な気持ちに好意を抱かずにはいられなかった。


二十分ほども歩かされたろうか。雪に埋もれた、道ともいえない道を後ろから追いたてられた。

北の突端に出た。

その先にひろがる浮氷は島のほか三方ほどには密ではない。そこかしこに海面が黒く覗いていた。浮氷は風に揺れ、絶えず、きしむような音をたてつづけている……

――これがメアントマリか。

話に聞いている。アイヌ語で「寒い港」というような意味らしい。

オホーツクは豊かな漁場に恵まれているが、冬、流氷に閉ざされる吐裸羅島は良港がない。ただ、砂浜を奥に擁する、この入り江だけは、ふしぎに浮氷の数が少ない。慎重に氷を避けて船を進めればどうにか入り江から沖に出ることができる……海底に火山の噴出孔があるからだともいわれているが、その真否をたしかめた者はいない。

ここにあるのは、季節によって、漁場から漁場へと移動する漁師たちの仮集落にすぎない。漁場の見張りやぐらを設け、粗末な木造小屋を何棟か寄せ集めただけのものだ。磯から突き出ている栈橋に漁船が何隻かもやわれている……

そこに狭い砂浜があった。それにテラス状の岩場がつづいている。何十人もの男たちがそこに集まっていた。二ヵ所に石油缶が置かれ、盛大に火が燃えさかっていた。

二人が引ったてられながら、その岩場に入っていくと、男たちがどよめいた。敵意に満ちたどよめきだった。

「オサムでねーか」

「ずぶてーガキだべ。まだ、吐裸羅サいたんか」

「海サたたきこんでやりへ。んでもしなきゃ、このガキはこりねーべさ」

が、それにもオサムは見向きもしない。男たちのあいだを顔をあげながら毅然《きぜん》として歩いている――その堂々とした振るまいに霊太郎は感心せずにはいられなかった。この若者はただ者ではない。

すると、岩場のうえに、一人の男がヌッと姿を現したのだ。五十がらみ、髪と髭《ひげ》が霜のように白い。一目で、漁師ということがわかる。長年、オホーツクの風雪にさらされ、なめし革のような肌になっていた。もう若いとはいえないのに肩の筋肉が岩のように盛りあがっている。風格があった。

――トガシだ……

霊太郎は、必要があって、船に乗るまえに、この人物のことを調べておいた。トガシ——富樫、だろうか——。この吐裸羅島を基地にして漁をしている漁師集団の長《おさ》だと聞いた。

「オサ、オサムさ捕まえたけんど」男の一人がそう声をかけた。「どうすべえかね。一発、二発、ぶったたいて、錠かけて、そこらの小屋サ放り込んでおぐかね」

トガシはじろりと男に視線を走らせ、いんや、と首を振り、

「オサムのごどはあどだ。いまはそれより大事な話があるで——」そういうと、その視線をオサム、それから霊太郎に移して、「もう一人の、そのオドゴは何者だ、なじょして、ここさ連れてきた?」

「それが行きがかりどいうか——」

男は説明に困ったようだ。彼自身、どうして霊太郎をオサムと一緒に引っ張ってきたのか、そのことがよくわからずにいる。成り行きとしかいいようがないことだからだ。

「どうも」

霊太郎はにこにこと挨拶《あいさつ》をする。どこまでも屈託がない。

「まあ、ええわ。せねばならねー話ば先にすべー」トガシはいきなり声を張りあげる。「みなも知ってのどおり、吐裸羅の海には、あの迂遠咴《うえんかむ》がおる」

「……」

男たちのあいだに声にならないどよめきが走った。明らかに、ウエンカムの名が彼らに

動揺をもたらしたようだ――オホーツクで漁をする者でウエンカムの名を知らない者はいない。

「ウエンカムはオホーツクの悪霊、アザラシの王という。千頭の群れサしたがえ、三百もの雌サ養ってサいるそうな。いまも何十頭もの若い雌サ、繁殖場にひぎづれで、出産を待っでいるとのこどだ。なにせ、身の丈じっに十尺（三メートル）あまり、重さは優サ百貫（三百七十五キロ）を超えるどいう、話半分サしても、途方もねー化け物だべや。おらの祖父《じ》の、そのまだ祖父の代がら、この島サ君臨しておる。よわい百歳、いんや、もっどがもしんねーべ。何百年も生きている、どいう話さえあるほどだ。歳《とし》を重ね、その皮は鉄のように硬さを増し、灰色サ苔《こけ》むし、ふしぎな妖力《ようりょく》ば持つようになった。人サもかなわん知恵を持ち、人の心のうちサ巧みに読み、未来《さき》のごどサ読み取る、どいう」

トガシは訛りが強いし、その方言にも聞きとれない言葉が多い。霊太郎は頭のなかでそれを自動的に変換して聞き取るように努めた。

話の中身は荒唐無稽《むけい》に聞こえるが、まったくのデタラメというわけでもない。ウエンカムという大アザラシの名は、このあたりの漁師たちの間にひろく行きわたっている。霊太郎も噂《うわさ》を聞いた。迂遠咬は当て字だ。ウエンはアイヌの言葉で「悪」をあらわし、カムもまたアイヌの「神《カムイ》」を短縮した語なのだという。つまり「悪の神」だ。

どうして悪神と呼ばれているかというと――アザラシ漁に出る船に、その巨体をぶつけ、どうかすると沈没までさせてしまうからだ。そのために死んだ人間も五人や十人ではないという。なに、いずれも人間のほうから向かってきたからのことで、ウエンカムから先に襲撃した例は皆無なのだが、そこまで人は考えがおよばない。ただもうウエンカムの恐ろしさばかりが強調されることになる。

なにしろ百歳をこえる寿命だというから、おのずと犠牲者の数も増えることになるわけなのだろう。これまでにも何人か捕殺をこころみた者がいるが、ウエンカムはじつに狡猾《こうかつ》で、そうした捕殺者たちの手を巧妙にすり抜けてきた……そのためになおさらウエンカムの名は伝説化され、ほとんどオホーツクの悪霊のように囁かれるまでになった。

霊太郎はアメリカの『白鯨』という本を読んだことがある。ウエンカムを、その小説に出てくるモービィ・ディックという巨鯨になぞらえて捉《とら》えている……

「ウエンカムは獰猛《どうもう》で、ずるがしこいうえ、まかふしぎの妖力を持っておるべな。そんたら話、信じるわげではねーが、頭から疑うごどもできねーし。どっちさしろ、さわらぬ神サたたりなし……これまでわしらもウエンカムのごどは見で見ぬふりをしてきた。だどんも、なかなか、そういうわげさいかんようなってぎた。函館《はこだて》のソ連領事館から、吐裸羅島のアザラシがあまりサ数が増えすぎて、漁場を荒らしてどにもなんねー、これを何どがしろ、どいう抗議が、函館の漁協にあったげの。アザラシの群れを何どがしろ、どいうのはつまり、ウエンカムを何どがしろ、どいうごどだべ」

一昨年(昭和十二年)に締結された日独伊防共協定は、この年に改訂された日ソ漁業条約の改訂交渉にも影響をおよぼし、以来、両国のあいだにはギクシャクとした空気が流れていた。函館のソ連領事館では、国旗と国章を撤去し、東京に引きあげるべし、という強行説さえ出ているらしい。そんなことになれば、査証を発行してもらい、ソ連領海で漁をしている各漁師団は、円滑に仕事がたちゆかなくなってしまう。

もちろん、ウエンカムが大規模なアザラシの群れをひきいて、オホーツク海を跳梁跋扈《ちょうりょうばっこ》しているのは、なにも日本漁団に責任があることではないが――

これはソ連の日本に対する一種のいやがらせであるだろう。そうとわかっていて、しかしソ連領海で漁をしている各日本漁団としては、それを無視するわけにはいかなかった。ソ連領事館のご機嫌を損なわないようにするのは、彼らのいわば生活防衛手段でもあったからである。どんな無理難題も飲み込まなければならない。それでも――

「……」

男たちが緊張せざるをえないのは、それだけウエンカムが恐れられている、ということだろう。

「わしら、ソ連の領海サ入って、漁をさせてもらうサに、領事館から査証をもらわねばどうサもなんねー。領事館のいうごどサ逆らえねーし。ただでさえ函館の漁協から、ウエンカムを何どがしろ、どいう矢の催促だ。ウエンカムを捕殺しさえすれば、群れは散りぢり、あどは一頭一頭を捕獲するなり、捕殺するなり、どうどでもなるサに。ただ、ウエンカムはあんな化け物だで、たやすぐ捕殺するごどはできねー。命がけの漁サなるベーし。それでおらは考えだ。ウエンカムを捕殺した者サ、わが娘のカグヤをぐれてやってはどうか

「——」

「カ、カグヤ様を、か」誰かが悲鳴のような声をあげた。

「おうし。みなも知ってのどおり、カグヤは巫女のふしぎな力を持っておる。漁群ば見づげ当て、豊漁サ得るのに、ごどのほか力ば発揮する。カグヤをめどった男は、その力サ得る道理だで——亭主サ、ウエンカムばしどめるほどの胆力があって、女房サ巫女の力があいば、この世サ、なんも怖いものはねーべさ。わしらの漁団、ますます盛えらごどさ。それだから、その者サ、わしにかわって一族のおさになってもらうべさ。いまのどこ、二人がそれに立候補している。一人は択捉《えとろふ》漁団の漁場監督をしているカワグチで、もう一人は函館の日ソ漁業協会の書記ばなさっておいでの五十嵐《いがらし》さんで——」

トガシは片手をサッと岩場の下のほうに振り下ろした。それに符節をあわせるように、強い北風が海から吹き寄せてきて、石油缶から火の粉が舞いあがった。それが風に散り、煙が薄らいだとき、その後ろから二人の男の姿が浮かびあがった。

一人は、ラッコの襟をつけた革上着の四十男だった。肥《ふと》っている。これが漁場監督のカワグチという男にちがいない。腰ベルトに大きな手鉤《てかぎ》をぶち込んでいる——その後ろには荒くれ男たちを何人か引きつれていた。いずれもナタか、手鉤を腰に下げていた。

もう一人は背広に、二重回しの外套《がいとう》、山高帽。細い口ひげ、痩《や》せ身の、見るからに聡明《そうめい》そうな三十男だ。細巻きの煙草《タバコ》をくゆらしている——これが日ソ漁業協会・書記の五十嵐という男なのか。男たちの視線を集めて、左肩の猟銃を手に持ちかえた。

カワグチは択捉の漁団を率いる漁場監督というから、アザラシ漁にも慣れていることだろう。それに手下も多そうだ。

五十嵐は、漁師でこそないが、北海道の猟友会では名士といっていい人物だ。クマ猟にかけてはなかなかの腕であるらしい……そんなことを知っているのは、そもそも霊太郎が吐裸羅島に渡ってきたのは、この五十嵐を追ってきたからなのだった。五十嵐については、いろんなことを知っている。

「悪《わ》りが、ウエンカムはおらが仕留《しど》めるだべな。それで、カグヤにはおらのよめサなってもらう。トガシのいうとおりだべ。おらの漁集団と、トガシの漁集団とが一緒になれば、オホーツクの海はもうわしらのものだ。ほかに怖いものはねー。なんぼ猟銃のうでサ覚えがあるか知らんが」カワグチは当てこするように五十嵐の顔を見て、「漁協の旦那衆にウエンカムばしどめるのは、はっ、まんずムリだんべさ」

カワグチは豪快に笑った──すこし豪快すぎるようにも霊太郎は感じた──。そして、ふところから酒の瓶を取り出すと、栓を抜き、それをグビグビとラッパ呑《の》みにした。その顔が急に青ざめた……

「そうかもしれない。ムリかもしれない。ただ、ぼくのほうにも、何が何でもウエンカムをしとめなければならない事情があってね。ムリは承知で、それでもウエンカムに挑戦しなければならない理由があるのさ」

五十嵐はカワグチの挑発を受け流すようにそういった。穏やかではあるが、どこか冷笑的なようにも感じられる口調だ。

「どんな理由ですか」

おどろいたことに、そこでそう口出ししたのは霊太郎だ。そんなふうにぐるぐる巻きに縛られても、この若者はそれを何の苦痛にも感じていないようだ。鈍感なのか、それとも剛胆なのだろうか。

が、風変わりなのは五十嵐という男も同じのようで、縛られている霊太郎に声をかけられたのを、何のふしぎもないことのように平然と受けとめると、

「これだよ」そういって、ふところから一枚の花札を取り出したのだ。「こいつでしくじった。つい賭場《とば》で熱くなりすぎた。漁協のカネに手をつけた。カネを返さなければ懲役だし、カネを返したところでクビになるのはまぬがれない。一発逆転、カネを返して、次の仕事にありつくには、ウエンカムをしとめるほかにないのさ」

「なるほど」霊太郎は感心したようにうなずいて、「あなたはギャンブラーというわけなんですね」

「そういうことだ」五十嵐は笑う。

正直といえば、あまりに正直すぎる五十嵐の言葉に、さすがに男たちはたがいに顔を見あわせた。ざわついた。

「いいんかい、オサ」男たちの一人がそう訊いた。

「いい」トガシはキッパリいった。「五十嵐さんの狩猟のうでは、たしかだ。ウエンカムば

しどめるのに、何より大切なのはそのごどだべ。それに、いるかいねーかもわからねー魚群ば求めで、海サ出るのが、そもそも博打《ばくち》でねーか。博打打ちの五十嵐さんに、オサになってもろうて、何の不都合があるもんか」

――この二人の男がウエンカムを捕殺するのを競うわけか。それで首尾よくウエンカムをしとめたほうが、トガシの娘のカグヤをめとることになる……

霊太郎は、しめ縄でびっしりかためられた小屋の、あの巫女姿の美少女のことを思い出していた。おそらく、あの少女がカグヤなのだろう。トガシは、カグヤは巫女の力を持っているといった。魚群を見つけ当て、豊漁を約束する力を持っているのだ、と――。

小屋の空気取りの穴から、つかのまカグヤの姿を盗み見ただけにすぎないが、それでもあの少女からは、なにか尋常ではない霊気のようなものが感じとれた。たしかに、あの少女なら、神意を人々に授ける能力が備わっていたとしてもふしぎはない……

「あ、おめえ――」

そのとき、ふいに男たちの一人が素《す》っ頓狂《とんきよう》な声をあげた。ほかの男たちからも驚声が飛んだ。

「オサム、いづのまに――」

そう、いつのまにかオサムは縄をほどいていたのだ。そればかりか、その右手に一本の銛《もり》を持っているのだった。おどろき騒ぐ男たちには目もくれず、若々しい仁王のように、その場にすっくと立ちはだかっている。その笑う歯がまばゆいほどに白い。

「騒がねで、みんな――」

そのオサムの後ろから少女の声が聞こえてきた。いまはもう巫女の姿はしていないが、それはあのカグヤなのだった。男たちの視線を一身に集めながら、すこしも怯《ひる》まず、りんとして、美しい。

「カグヤ、オサムの縄ばほどいたのはおめぇーがしたごどか」

トガシが低い声で訊いた。男親は総じて娘に弱い。娘を見る目が、咎めるというより、どこかとまどうようだった。その声も、この剛直そうな男に似つかわしくなく、妙に弱々しい。

「んだ、父ちゃ、オサムはなんも悪りいごどはしてないよ。わだしサ会いに来ただげでねーか。それだげのごどで縄でゆわぐのは横暴だべ。ひどいサ」

「巫女のおめーが何ばいうか。わしらにはわしらの掟《おきて》があるら。オサムはその掟ば破ったから追放されたんでねーか。それば勝手コサ戻ってきたんではしめしがつかねー。こべなふうに縛るしかねーし」

「掟？　何の掟だべ？」カグヤが明るい声で笑う。「わだしはこれまで、若いオドゴが若いおなごサ会いにきてはなんねー、どいう掟など一度も聞いたごどないよ」

「おめぇー、そしたらへ理屈サいって――」トガシは閉口したようだ。「それより、神事ばつかさどる巫女が、こんなふうに勝手こさカムイトマリば離れてもいいのか」

アイヌ語でカムイは神、トマリは港……つまりカムイトマリは「神が寄る場所」、あの社《やしろ》のことだろう、と霊太郎はそう解釈する……

「なんも、わだしは勝手こさカムイトマリ離れたわげでねーす。ちゃんど神様のお許しば得ていら。それに、わたしがここでこうしてみんなサ話しているごどは、神意サ添うごどでもあるし」

「神意？　何ばまた勝手なごどばぬがすか。何の神意か」

「お父ちゃ、神様はこうお告げばなされたし――オサムにも、ウエンカムばしどめる権利ば与えてやんねーば、なんぼも不公平でねーか、と」

「な、何ぬかす。何で神様がそしたらお告げばするものか。嘘ばつくでねー。それに、オサムのようなわらしにウエンカムばしどめるなどというごどができようはずがあんめえよ」

「何の、お父ちゃ、わだしは嘘はつかねーもん。こいはまぎれもねしサ神意だべ。神意である証拠に――」

　その証拠に――

目のなかに泡がはじけた。海がうねる。ぐんぐん浮上していった。光がはぜた。頭上で氷が砕けた……

「おお！」

　男たちの驚声が宙に交叉《こうさ》した。彼らの視界に光がひらめいた。その光は海面から宙に大量の水しぶきを曳《ひ》いて走った。黒々と巨大な影がおどった。それは――

「ウエンカム！」

海面に小さな水桶《みずおけ》が浮かんでいた。それを鼻先で突きあげた。跳びながら、身をくねらせる。水桶が鞠《まり》のように放物線を描いて横に飛んだ。氷床に落ちてバラバラになった。男たちはおどろきの声をあげて飛びすさった。明らかに人間を挑発していた。そうでなければ嘲弄《ちょうろう》していた。

海獣の悪霊、アザラシの王は高々と跳躍し、空をつんざく咆吼《ほうこう》を放った。それが霧笛のようにとどろいた。

それはほんの一瞬のことだった。その電光の一瞬に——三人の男が動いたのだ。

五十嵐は猟銃を撃った。

カワグチは手鈎を投げた。

そしてオサムは銛を投じた。

が、あまりにウエンカムの動きは速すぎた。手鈎も、銃弾も、銛も、ウエンカムに届かなかった。男たちの目のなかに、閃光《せんこう》のような残像を残し、ウエンカムは海に戻った。まるで爆雷が炸裂《さくれつ》したように高々と水柱が立った。そのまま消えた。あとにはうねる海面が残されたが、それもやがておさまった。

「……」

男たちのあいだに放心したような空気が流れた。誰もがただ呆然《ぼうぜん》と立ちすくんでいた。さすがにオサのトガシだけは無様に動じることはなかったが……

ただカワグチ、五十嵐、オサムだけが生気をみなぎらせていた。手鈎を投げ、銃を撃ち、銛を投じた彼ら三人の判断力、反射神経には見るべきものがあった。たしかに並みの男たちではない。

カワグチはいっそう青白い顔になり、また酒を飲んだ。五十嵐は片頬《かたほお》に皮肉な笑いを刻んでいた。オサムは、どうして自分の銛が届かなかったのか考えているのだろう、その太い眉《まゆ》をひそめていた。

思いもかけないウエンカムの出現に、毒気を抜かれ、すっかり、なりをひそめている男たちのなかにあって、

「お父ちゃ、こいでわがっただべ。ウエンカムばしどめるのに、オサムば選んだのは、神意なんだって——オサムのうでは、失礼ながら、ほかのお二人サ、ひけはどらねーべ。互角だ」

「互角とはいえないな」五十嵐があいかわらず、どこか皮肉めいた口調でいう。「そのオサムという若者には、お嬢さん、あなたがついている。そのかぎりにおいて、われわれは不利だ」

「何、ウエンカムさえ捕れば、いいだげのごどだ。んだすれば、カグヤはおらの嫁サになるし。それまで誰のごど好きだろが、そしたらごどは何の関係もね話だ——トガシ、その約束サに嘘いつわりはねーだべな」カワグチが粗野な口調でそういう。

「誰が嘘などつぐものか」トガシは吐き出すようにいう。「そのごどサまで、娘がそむぐ

のば許すほど、わしはまだ老いぼれてはおらぬわい」

「そうですか」五十嵐は皮肉に笑って、カグヤを見ると、「お嬢さんはそれでいいのかな――ぼくか、カワグチさんが、ウエンカムをしとめたら、オサムくんのことはきっぱりあきらめてくれるのですか」とこれも皮肉まじりの口調で訊いた。

「何ばバカなごどを――掟サそむくづもりサこれっぽっちもねーし。そのごとサ心配しねでくれ」が、それに対するカグヤの口調はきっぱりとしたものだった。「わだしはただ、ウエンカムばしどめるのに、オサムばそのなかに加えてぐれれば、それだけで文句はねー。それ以上のごどは何も望まねー」

カグヤのその毅然とした物腰に、さすがに気押《けお》されたのか、それ以上は五十嵐も、カワグチも何もいおうとしなかった。

そのとき口をはさんだのは――こともあろうに部外者の霊太郎なのだった。

「ぼくもウエンカムをしとめる一人に加えてもらえませんか」

その、あまりにノンシャラン、いけしゃあしゃあとした口調に、男たちは一斉に霊太郎を見て――そして一様におどろきの声をあげたのだった。

なぜなら霊太郎がいつのまにか縄をほどいていたからだ。あれほど堅くいましめたはずなのに、どうやって縄をほどくことができたのか。まるで縄抜けの大奇術でもあるかのようではないか。

「ねえ、お願いしますよ。ぼくもその一人に選んでください」

そう臆面《おくめん》もなくいう霊太郎に、しかしオサのトガシも、ほかの男たちも、ただあっけにとられるばかりで、何もいうことができずにいるのだった。

3

……ざっと目で数えたところ、メアントマリの狭い桟橋に十五隻もの漁船がもやわれている。

もっとも、たいていは手こぎの磯船か、それよりすこしは大型の帆を張る川崎《かわさき》船で、いずれにしろ無動力船である——これらはいずれも沿岸漁業用に使われる。イカ漁が多い。

それ以外、焼玉《やきだま》エンジンを搭載した漁船が何隻かあり、これらがもっぱら吐裸羅島・漁集団の主力船になる。五馬力——はいかにも非力だが、それにもかかわらず、もっぱら国後《くな》から択捉《しり》まで、タラ漁へと出漁するのだという。

それらに比べて、カワグチの漁団が所有する船は、同じ焼玉エンジンでありながら、四十トン、五十馬力の大型発動機船である。操舵《そうだ》室、船倉を擁して、日ソ漁業の「北洋漁業独航船」として出漁し、主に択捉を漁場とする……その船容はほかの船を圧するように小さな港にそびえている。

いま、その船だけが、カーバイドの明かりを煌々《こうこう》とともし、光のなかに浮かびあがっている。野卑な数え歌、手拍子などが聞こえてくるのは、その船倉で男たちが宴会をしているのにちがいない。

明朝は海に出るが、まずは出陣式ということで、カムイに酒を供する儀式があるだけだ。本格的にウエンカムを追うのは明後日からのことになる……それで今夜は大いにはめを外しておこう、というところか。さぞかしカワグチは浴びるように焼酎《しょうちゅう》を飲んでいることだろう。

そのカーバイドの明かりが海をぼんやり橙色《だいだいいろ》に浮かびあがらせている。その明かりのなかを――

一筋の銀色の光が浜から海を縫うように走った。銛だ。カタン、と軽快な音がして、海に浮かぶ小さな樽に刺さった。後尾に縄がついている。岸壁のオサムがその縄をたぐり込んで樽を引き寄せる……

オサムの横にはカグヤが立っている。遠目からでも、なにか祈るような面持ちで、懸命にオサムを見つめているのがわかる。月光のなかに若い二人の姿が青春の幻影のようにおぼろに浮かんでいる。美しい……

カグヤはその手にイカ釣り用の漁具を持っている。小屋の奥に積みあげられてあった漁具だ。たしかハネゴといった。細い棒の先端に針がついている。その針でイカを引っかける、たいていは一本棒だが、いま彼女が持っているハネゴは二股《ふたまた》に分かれている。巧みにそれで樽を手元に引き寄せた。

オサムが銛を引き抜いた。また樽を海に投げた。引き潮だが、樽が沖のほうに流れ去ろうとする。またオサムの手から銛が放たれる。樽に刺さった。それを引き寄せる……オサムは飽きもせずにその単調な行為をくり返している。何があってもウエンカムを仕留めてカグヤと結ばれたいという一念なのだろう。

——すごいもんだな……

それを遠くの岩場から見ている霊太郎はオサムのうでにただもう感心していた。

「どうも熱心だな。あの二人から見ると、ぼくは恋がたきということになる。いやな役回りだ。どうでも死にでもしなければおさまりがつかないじゃないか」

背後から笑いを含んだ声が聞こえた。霊太郎はゆっくりと振り返る。そこに五十嵐が立っていた。細巻きの煙草《タバコ》をくゆらしながら、いつものように皮肉な笑いを片頬に刻んでいる。

「なにも死ぬことはない。勝負を譲ったらどうですか。ウエンカムを捕殺するのはあの若者にまかしておけばいい」

霊太郎も笑う。

「そうもいかないさ。漁協にカネを返さなければ、網走《あばしり》行きだ」

「賭場の負けは賭場で取り返したらどうですか。漁協の五十嵐さんは賭場ではいい顔だそうじゃないですか。コイコイだろうがチンチロリンだろうが何でもこい、何をやらせても最後にはカネをさらっていくというもっぱらの噂だ」

「噂は噂にすぎないさ。最近では出入り禁止になっている賭場が——」五十嵐はそこで言葉をとめるとまじまじと霊太郎の顔を見つめた。「どうしてそんなことを知ってる？　ぼくのことを調べたのか。おい、おかしいぜ。きみは何者なんだ？」

「探偵です――」

「探偵？　警察じゃないのか」

「漁協の田中《たなか》課長から個人的に、あなたを探して欲しいと依頼されました。あなたのことをたいそう心配なさっておいでしたよ。同期だそうですね。それで、ぼくはあなたを追って、この島にやって来たわけです」

「ほう」五十嵐は鼻にしわを寄せるようにして笑った。「それで何かわかりましたか」

「梅《うめ》さんという女性をご存知ですか。芸者さんですが。お座敷での名は梅奴《うめやつこ》。五十嵐さんは函館でつきあっておいでしたね。それもかなり深い仲だったようだ」

「……ああ」一瞬、間をおいて、五十嵐はうなずき、背広の内ポケットから花札の一枚を取り出すと、自嘲《じちよう》するようにつぶやいた。「はてね、賭けに負けたかかな」

「どうして賭けに負けたかかな、などとおっしゃるんですか」

「梅奴――梅がどうかしたのか」

「どうしたと思われますか」

「探偵がぼくを追ってきたということは――死んだのかな」

「なぜ、そう思われるのですか」

「思っちゃいけないか」

「あなたは梅さんと恋仲だった。梅さんは体が弱い。病気がちだった。あなたが漁協のカネを使い込んだのも、梅さんの治療費がかさんだからで、博打の負けがこんだからじゃない」

「どちらでもいいだろう。漁協のカネを使い込んだことには変わりない」

「そうは思いませんが――まあ、いいでしょう。その話はあとにしましょう。ところで、あなたは函館を出るときに梅さんに薬の瓶をお渡しになりましたね。これは滋養の薬だからといって――失礼とは思いましたが、あの薬を函館の病院に持ち込ませていただきました。成分を調べてもらうことにしました」

「ほう、それはそれは」五十嵐は首をかしげて「ご苦労なことだが――よく梅がそんなことを了承しましたね」

「彼女の名誉のために申し上げます。梅さんはそんなことは了承なさいませんでしたよ。というか、そもそもそのことをご存知ない。ぼくが勝手にやったことです」

「おどろいたな――つまり薬瓶を盗んだというわけか」

「はい、彼女に気づかれないように、その日の夜には戻しておきました、さぞかしお気を悪くなされたことと思いますが」

「なに、そんなことで気分を害したりはしないが――」五十嵐は軽くいなして、アクビを洩《も》らすと、「眠くなりました。話のつづきはまた明日ということでいかがですか。ぼくは逃げも隠れもしないから」

「わかりました、そうしましょう。おやすみなさい」

「おやすみ――」


翌朝早くに十五隻の船は出港した。漁のためではない。明日、カワグチ、五十嵐、オサム、それに――じつに素っ頓狂な飛び入りではあるが――霊太郎の四人がウエンカムを捕殺する目的で海に出る。その無事を祈願して海に酒を奉納するための出港であった。

オサム、五十嵐、霊太郎の三人は同じ船に乗った。ほんとうはカワグチも同乗するはずだったのだが、昨夜の深酒がたたって、いまだに起き上がることができずに、自分の四十トン船の船倉に引っ込んだままなのだという。罰当たりな話ではある。

彼らが乗っているのは川崎船である。帆に風をはらんで滑るように沖に向かった。漁師が船をあやつる。

五十嵐は艫《とも》に、霊太郎は真ん中に、オサムは船首に、それぞれ陣どったが、オサムだけが立ちはだかり、じっと海面を見つめている。五十嵐はなかば眠っているようであったし、霊太郎は早くも船酔いに苦しんでいたのだが……

ふと何かを感じ、霊太郎は後ろを振り返った。背後、雪と氷に閉ざされた吐裸羅島の断《だん》崖《がい》に小さく人影があった。カグヤだ――直感的にそれがわかった。

気づいていないはずはないのだが、オサムは前方の海を見つめたまま、振り返ろうとはしない。いつしかカグヤの姿も見えなくなってしまった……

「薬の成分を調べて——それで何かわかったのか」

何の前説もなしに五十嵐がいきなりそう訊いてきた。もっとも、その声はけだるく、眠そうで、どうかすると聞き逃しそうなまでに低かった。事実、その声はオサムには届いていないようだ。オサムはこちらを見向きもしなかった。

「五十嵐さんが梅さんに渡した大きな紙袋のなかには、薬包紙で包んだ薬が、さあ、あれで三十もあったでしょうか。一日一包、就寝まえに飲むということだから三十日分——たしかに、その大部分は滋養と痛みどめ成分の薬でした。けれども、そのうちの一包だけ、トリカブト成分の、毒薬が混じっている、ということでした。もちろん、梅さんの鏡台の引き出しに薬を返すときには、それだけは抜き取っておきましたけど……」

霊太郎の声も五十嵐にならうように低かった。これならやはりオサムの耳には届かないだろう。

「あのままにしておいたら、いつかは梅さんがその毒の一包を飲むことになる……あとで警察が残りの薬を調べたところで何もわからない」

「さすがは探偵屋だ。よく調べた。おれはそのときには函館にいない。乱歩《らんぽ》だか虫太郎《むしたろう》ばりの遠隔殺人が可能になる。そのようにしておれは罪を逃れようとはからった……つまりはそういう推理か」

「とんでもない。あなたはそんな卑劣な人間ではない。あなたが罪を逃れるためにあんなことをしたとは思ってませんよ。田中課長は、あなたが旅先で自死するのではないか、梅さんに殉じて死んでしまうのではないか、と心配して、それでぼくに捜索を依頼してきたのです。田中課長は、あなたの梅さんを想う気持ちの純粋さをご存知でしたからね——梅さんは胃癌《いがん》だそうですね。あと半年の余命だそうじゃないですか。もって一年とか」

「……」

「あなたは組合のカネを着服してまで梅さんの治療費に大金をつぎ込んだ。だけど、それにも限界がある。カネも尽きたし、函館の病院の治療そのものにも限界がある。あなたは梅さんを、東京の優秀なガンの専門医のところに連れていこうと考えた。田中課長にそのことをお話しになりましたよね。その有名な専門医——たぶん神保町《じんぼうちょう》の柴村《しばむら》先生のことだと思うんですが——なら、もしかしたら梅さんを延命させることも可能なのではないか、いや、もしかしたら治すこともできるかもしれない。そのための資金をつくるためにウェンカムの捕殺に参加しようとした……そうじゃないですか」

「ふん、田中も、あんたも、おれのことを買いかぶりすぎだ。おれはただの博打好きの道楽者だぜ。何でそんな野郎の想いが純粋でなどあるものか」

「あなたがよく行った賭場に行きましたよ。壺振《つぼふ》りの粋《いき》な兄さんにあなたのことを訊いてみました。そしたらあなたの博打はきっぷがよくて惚《ほ》れぼれする、とそういってましたよ。あなたの博打はじつに思い切りがいいそうだ、一発勝負が多い。ここ一番、大きく賭けるときには、残らずこまをありったけ張って、大負けするのを恐れない。というか、大負けするかもしれない、という一か八《ばち》かの勝負に出ることで、きわどく勝ちを拾う……」

「あの野郎がそんなことをいってたか。田中といい、どいつもこいつもお節介な野郎ばかりだ」

「ぼくは思うのですが……あなたは自分と梅さんの運命を天に賭けたんじゃないのですか。あなたがウエンカムを倒すことができるかどうかもわからない、組合がいつまで、あなたを使い込みで警察に告発するのを待ってくれるかもわからない。田中さんの尽力にも限界があるでしょうからね。あなたは吐裸羅島に渡るときに、この大勝負に勝つには自分を賭けるだけでは十分ではない、とお感じになったのではないですか。それで、ご自分ばかりではなしに、梅さんも張ることにした。つまり、あなたは——あなたがウエンカムを捕殺するのに、ほかの漁師たちにせり勝って、しかもそのあいだに梅さんはトリカブトの薬包に手を出さずに死なない、という大一番に賭けてみることにしたわけなのでしょう。大負けを覚悟しなければ大一番には勝てないから、という心境だったのではないですか」

「……」

「それに——ガンの痛みはすさまじい。もし梅さんがトリカブトの毒を飲んで、死ぬようなことになれば、それはそれで苦痛から解放してやる、ということになったでしょうしね。たぶん、あなたのことだ。万が一、ウエンカムとの勝負のまえに、梅さんがトリカブトの薬包に手を出して死ぬようなことになれば、あなた自身、ウエンカムに殺されてやろう、ぐらいのおつもりだったんじゃないですか。ぼくにはギャンブラーの気持ちは、ほんとうには理解できないかもしれないが、わかることはわかります——ただ、五十嵐さん、この賭けは成立しませんよ。賭場でいう、いわゆる場が立たない、というやつです」

「まさか」五十嵐の顔色が変わった。「梅が死んだのか。梅の身に何かあれば、すぐに電報が届く段取りはしておいたはずだが……」

「ご安心ください。梅さんは無事です。というか、もともと梅さんの身に何も起こりようがなかったんです。梅さんは、あなたからもらった薬に一包みも手をつけていませんよ。あなたの気持ちが涙がこぼれるほど嬉《うれ》しい、もったいなくて一包みも飲む気になれない、ということでした。あの人は純情な人ですね――だから、この賭けは成立しない、とそう申しあげたんですよ」

一瞬、間があり、あいつはそういう女なんだ、と五十嵐は泣き笑いのようにいって、

「そのことを予想しなかったおれがバカだったよ。つまるところ、おれはやっぱり三流の博打うちらしい……」

「そんなことはない。ただ、博打の種類が変わっただけのことですよ。梅さんを連れて東京に行ったほうがいい。柴村先生のところに行かれたらいかがですか。じつは先年、ある事件を通じて、柴村先生と懇意になりましてね。紹介状を用意しておきました。この場でお渡しできますよ。それをお持ちになれば無下にはなさらないはずです。それに――」

「それに?」

「浅草の近くに知った賭場があります。鳴瀬組《なるせぐみ》が仕切っている。ぼくは博打はしないけど、これもある調査を通じて、知った賭場です。東京でも一晩にあれだけの大金が動く賭場は

そうはないんじゃないかな。ついでにそちらのほうへの手紙も書いておきました。つてがなければ、新顔はなかなか出入りのできない賭場ですからね。どうせなら、そこで勝負なさってはいかがですか。ウエンカムをしとめるよりは、そのほうがあなたに似あっているように思うのですが……」

「なるほど、それできみは、オサムに勝負を譲ったらどうか、とそういったわけか。話がこうなれば、勝負を譲るのはやぶさかではないが……そういうことなら、おれは島に戻ったら、そのまま消えることにしよう」

五十嵐は低く笑ったが、その笑いは、沖に出るにつれ、しだいに深さを増していったモヤに吸い込まれ、ほとんど誰の耳にも届くことはなかったようだ。

すべてが乳色に閉ざされるなか、海のなかばを覆って漂う流氷だけが、おぼろに射し込む陽光を反射し、暈光《うんこう》のように鈍い光を放った。その淡い光のなか、船々は影のようにひっそり動いて、沖に集結した。

トガシの、ウエンカム狩りの無事を祈願する声が祝詞《のりと》のように単調に聞こえた。おごそかに御神酒《おみき》が捧酒箸《イクパスイ》を用いて海にそそがれる。捧酒箸は神と人との仲立ちをする道具とされる。もともとはアイヌの習慣で、だから呼び名もアイヌ語で、「酒を飲む（イク）、箸（パスイ）」というのだと聞いた。

それで儀式は終わり、船々はそれぞれ帰途についた。

霊太郎が気がついたときにはもう五十嵐の姿は同じ船のうえにはいなかった。儀式のあいだに別の船に乗り替えたようだ。それきり霊太郎が五十嵐を見ることは二度となかった……

　モヤを舳先《へさき》で掻《か》きわけながら、海を滑る船団のどこかの船から、誰かの声が聞こえてきた。すこし酒に酔っているらしい。

「こいで明日はめでたぐウエンカム捕りサ出漁できら。よめ御が一人に、婿《むこ》さまのなり手が四人——はたして誰がウエンカムばしどめて、カグヤの婿《むご》さまサなるか、わしらの新しいオサになるか、楽しみなごどだ——」

　しかし、そうはならなかった。まずは婿のなり手は四人ではなかった。五十嵐が消えて、すでに三人に減っていた。それに、めでたくウエンカム捕りに出漁することもならなかったのだ。

　まさに船々が島に帰還するそのときに、そのことが明らかになった。モヤのあいだから寒い港《メアントマリ》が近づいてきた。すると、それが見えたのだ。それ——船着き場の台状の岩場に人が仰向けに横たわっているのが……

「おい、あれば見ろ。あれは誰だ？　どしたごどだべ」

「あれは誰だ？　何であんなどごで倒れてるんだ？」

「たまげたー、あれはカワグチの兄きでねーか。カワグチの兄きは島サ残《のご》っただべか」

「そしたらはずはねー、たしかサ兄きは船サ乗ったはずだ」

「したばって、あれは間違いなぐカワグチの兄きだよ。何であんどごサ寝てらのか？　酔っ払ってんのか」

「いや、待で、あれは――死んでら、カワグチの兄きが死んでる」

「何ぬかす、そしだらはずは――」

「いんや、ほんどうだべ。ほんどうにカワグチの兄きは死んでら！」

「あ、待って――」

最後の声は霊太郎のものだ。その声は消え去ろうとするモヤを追うように響いた。

が、霊太郎の制止の声は、ほとんど誰の注意も引かなかった。カワグチの漁団の男たちも幾人かは手漕ぎの川崎船に乗っている。そうした川崎船が、桟橋にではなく、岩場に――船底をガリガリいわせながら――乗りあげたのだ。男たちが雪を蹴《け》りあげながらカワグチに向かって走っていく。

が、まず真っ先に、船から岩場に飛び乗ったのは、オサムなのだった。全速力で走った。

「足跡、足跡――」

霊太郎が悲鳴のような声をあげるのにもかまわずに、雪のうえに点々と足跡を残し、カワグチの死体を横目に見ながら、走り去っていった。おそらく、いや、まず間違いなく、カグヤがこもっているあの小屋に向かい、全力疾走で――

オサムがカグヤのことを心配するのも当然だった。島の漁師たちは全員がイクパスイの儀式に参加した――いや、どうやら大型発動機船の船倉にとじこもり、二日酔いの身をいたわっている、とばかり思われていたカワグチもまた、こっそり島に残っていた可能性があるのだが……そのことをべつにすれば、島にはカグヤ一人しか残っていなかった。オサムにしてみれば、カグヤの身を案じないわけにはいかなかったろう。

カワグチの手の下の漁師たちの嘆きようは大変なものだった。泣いたり、わめいたり、遺体のまわりを歩きまわったり、座り込んだりで——現場の保存どころではない。周囲の雪面には数え切れないほどの足音がついてしまっていた。

だが、現場が荒らされるまえ、岩場の雪には足跡は一つも残されていなかったように思う。犯人の足跡が残されていないのはともかくとして、カワグチの足跡さえ残されていなかったのはどう理解したらいいのだろう。カワグチは空を飛んで、この現場に降りたったとでもいうのか？　理解に苦しむことだった。

——それにしても……

どうしてカワグチはメアントマリなんかで死んでいるのだろう。発動機船の船倉にこもっていたのではなかったのか。カワグチと同じ船に乗り込んだはずの漁師たちの証言も、ただむやみにわめきたてるばかりで——興奮して訛りがいっそうひどくなっていることもあって——どうにもとりとめがつかない。カワグチが船に乗ってイクパスイの儀式に加わったのか、それとも何か考えがあって島に残ったのか、いっこうにはっきりしないのだ。

こうまで踏みあらされたのでは現場が現場にならない。現場検証は早々に見切りをつけて死体を見ることにした。どうしてこんなに芯から凍りついてしまったのか、カワグチは雪のうえで全身カチンカチンにつっぱらかっている。なにか硬いもので殴打されたらしい。

傷跡が側頭部に残っていた。それが直接の死因かどうかは、医者でない霊太郎には判断しようがないが……

霊太郎はカワグチの頭部にソッと指を這《は》わせた。指の先に光るものがこびりついた。氷のかけらのようだ。

——なんでこんなものが傷口に残っているんだろう？

霊太郎は首をひねった。

これで五十嵐とカワグチの二人が抜け、呪師霊太郎は芝居の仕出しのようなもので、本気で捕殺に出るはずはないから残りはただ一人——オサムさえ何とかすれば、すべては丸くおさまるはずなのだが……

4

霊太郎はその気になればかなり機敏に動くことができる。ただ、めったにその気にならないだけだ。そのときにはめずらしくその気になった。オサムのあとを急いで追った。それで、オサムが小屋に着く直前にオサムに追いつくことができた。

小屋の背後を斜めに流れている水路に浮氷が押し寄せていた。一瞬、その浮氷の一部が逆流するように妙な動き方をしたはずだが、さすがの霊太郎もそこまでは気づかなかったらしい。浮氷の明滅する光のなかにオサムの影が動くのに気をとられていた。

あいかわらず、小屋の四壁にしめ縄が張りめぐらされていた。オサムがそのしめ縄を慎重に持ちあげて、背をかがめるようにし、小屋のなかに入っていくのを見た——霊太郎の頭のなかで思考がめまぐるしく回転するのがわかった。

小屋の外にある庇掛けの食料庫を覗いてみた。タラがなくなっているのを確認した。そのときオサムが小屋から出てきた。とっさに食料庫のかげに身をひそめた。さいわいオサムは霊太郎の姿に気づかなかったようだ。オサムの姿が雪原に遠ざかったのを十分に確かめてから立ちあがった。そのときカグヤが小屋から出てきた。それでこう彼女に声をかけた。

「カグヤさん、あなたがカワグチさんを殺したのですね」

カグヤはそれを後ろに聞いても、おどろきもしなければ、動揺もしなかった。ただ静かに振り返り、じっと見つめた。その落ちついた物腰はとても並みの少女のようではない。やはり彼女には巫女の特殊な力がそなわっているのかもしれない。霊太郎にも自分は尋常な人間ではない、という自負はあったが、どうも格が違うような気がする。それに気押され、オタオタするのも業腹《ごうはら》だから、そうなるまえにさっさと片づけることにした。

「カワグチはけしからん男で、あなたの美貌《びぼう》を見て、ウエンカムを捕殺するだのどうだのというのが、まどろこしくなった。一気にあなたを自分のものにしようとした。それで全員がイクパスイの儀式で海に出るのをいいことに、ひとり、ひそかに島に残った。それであなたが小屋にこもっているのを確かめ、頃あいを見て、小屋に侵入し、襲った。ところがあなたは並みの女性ではない。カワグチは手痛く反撃された。側頭部を痛打され、なかば意識をもうろうとさせたまま、フラフラと小屋を出た。どうしてメアントマリに出たのか。海に出ている仲間たちに助けを求めるつもりだったのか、それとも偶然だったのか
――とにかく、そこでカワグチは力つきて、倒れ、死んだ……」

「何サ馬鹿なごどば……」カグヤには臆した様子はなかった。それどころか苦笑するようにいう。「わだしは小屋サ神ごもりしでだ。小屋のどごに男サ一撃できるような得物サあるどいうか」

「外の食料庫にカチンカチンに凍っていたタラがありましたね。いまはもうどこにも見えない。あのタラはどこに行きましたか」

「もちろん、ゆんべ、みんなで鍋《なべ》サして食べたに決まってら。あ……まさか、あのタラでカワグチば殴り殺しだいうのか。そんな馬鹿なごどば――」

「なにしろ三尺（一メートル）もあるタラですからね。しかもカチンカチンに凍っていた。まるで野球のバットだ。あれだったら男を一撃するのも不可能な話じゃない」

「不可能な話じゃないって……おめぇー様のいうどおりだどしたら、島サ、わだしとカワグチの二人しか残っていながったことになるべ。そんなごどばしたら、わだしが犯人だどすぐサわかってしまうでねーか」

「ところが小屋の周囲にはしめ縄がきちんと張りめぐらされていた。あなたに殴られて意識をもうろうとさせたカワグチが、自分が出たあと、しめ縄をきちんと張ることはできな

いし、しなければならない義理もない。もちろん、小屋のなかに残っていたあなたに外のしめ縄を張ることはできない。だから、しめ縄が張りめぐらされていた以上、これはあなたの犯行ではない、ということが自動的に証明されるわけです。それに気がついたから、オサムもしめ縄を引きちぎらずに、小屋のなかに慎重に入ったわけなのでしょう」

「もっどもな話できゃーか――それだば、おめぇー様は、わだしがカワグチば殴ったどいうんか。カワグチが入るどき、出るどきサ、小屋掛けのしめ縄ば外したに決まってら。それを何んぼやて、小屋のながサこもっているわだしがまた、しめ縄で小屋をサ囲うごどばできたどいうのか」

「小屋には空気取りの穴があるし、先端に針がついたハネゴもあれば、縄もあった。カワグチが外に出るときに、しめ縄の結び目を引きちぎったとは思えないし……空気取りから、縄に結びつけたハネゴをおろし、その先端の針に、しめ縄を引っかければ、緩んだしめ縄をもう一度張り直すのはそれほど難しい話じゃない。それに――」

それに……霊太郎は何をいおうとしたのだったか。何をいおうとしたにせよ、それを最後までいいおえることはできなかった。ふいに背後からすごい力で胴に両腕を巻かれたからである。まるで万力《まんりき》に挟み込まれでもしたようにピクリとも身動きできなくなってしまった。

「あ……」

霊太郎は間抜けた声をあげた。後ろから、ジタバタするな、この野郎、というトガシのドスのきいた声が聞こえてきた。

「カグヤ、オサムど一緒に島から逃げろ。オサムサいって船の用意ばさせてら。おまえがカワグチサ手にかけたんでねーのはよぐわがってら。したばって、カワグチが殺されたのはまぎれもなしに事実だべ。警察サ連絡しねえわげサいかねー。こしたら道化モンが出てきて、やりもしねごどば、ぺちゃぺちゃ、くっしゃべられたんじゃ、警察からどんな疑いばかけられるごどサなるか、わがったもんじゃねー。何年か、ほどぼりサ冷めるまで、島サ帰ってぐるんじゃねーぞ」

「父ちゃ、それだばオサムのごどば許してぐれらのか」

「許すもなんも──五十嵐さんは函館サ戻るどいってらし、カワグチは死んだ。ウエンカムば捕殺すらもなも、もうオサムしか残っていね。おめぇーたじの好きにすらがいい」ふいにトガシは優しい声になると、「二人、どこで暮してもいいが、幸せサなるんだぞ」

「父ちゃ……」

「行け」

カグヤが走り去ったあと、幸せサなるんだぞ、ともう一度そうつぶやいた。その声がわずかに涙ぐんでいるようだった。

ややあって、

「もういいかげん放してくれませんかね。おっしゃるとおり、ぼくは道化かもしれませんが、まさか本気でカグヤさんがカワグチを殺したなどと思ってはいませんよ。さっきの推理は口からでまかせです。あなたが雪かげからぼくたちのことを見ていたのは知っていました。だから、あえてあんなでたらめをいったんですよ——」平気な声で霊太郎がそういった。「だって、ああでもいわなきゃ、あなたはお嬢さんとオサムを一緒に島から出してやりそうになかったから……いくらあなたが頑固でも、無実の罪で警察に捕まりそうになったら、二人を逃がしてやるだろうとそう思ったから……」

「口からでまかせ……無実の罪……」

「それはそうですよ。だって、カワグチを——殺した、とはあえていいませんが——海に突き落としたのは、トガシさん、あなたですからね」

「……」

「カワグチの頭の傷に氷片がこびりついていた。潮のにおいがしましたよ。それで海に落ちたんだな、って直感しました」

「……」

「カワグチは船倉にこもっていた。二日酔いじゃありません。船酔いです。カワグチは漁師集団の監督でありながら、いつからか船酔いに苦しむようになってしまったのではないか……ぼくがそう疑うようになったのは、カワグチが酒をあびるように飲みながら、顔が青ざめているのを見たからです。一般的に、深酒で顔が赤くならずに、青くなるのは、酒が弱い人だとそういわれています。どうしてカワグチはさして強くもない酒をあんなにあびるように飲んだのか。船酔いするより先に酒で酔っ払いたかった——そういうことだったと推理しました。それが、トガシさん、あなたには許せなかった。そういうことじゃなかったんですか」

「おらはカワグチの船サ飛び移った。モヤのおかげで誰サも気づかれながったらしいやが……それで、カワグチば甲板サ引きずり出して、何で船倉サどじこもって外サ出てこねのか、ど問いただしたべさ。そしたきや、あいづは居直ってのう。船サ乗れなぐても、漁団ば指揮すらごどサ何の不自由もねー、どいいやがった。これからは結局、頭がいいやつが漁だば成功するんだば、だからカグヤは自分ど一緒サなったほうが利口だど……何か、むしょうに腹ばたってのう。殺すつもりはながった。気がついたどきサ、カワグチの野郎ば海サ突き落どしてたべ。船酔いの話は聞いたが、まさか漁団監督が、金槌《かなづち》だなんて夢サも思わながったで——そのごどサ気がついたどきは、もう手遅れだったべ。浮氷かなんがで、頭ば打って意識ば失ったのかもしんねーな。すぐサ姿が見えなぐなってしまったべ。そのあと、なじょして島サ流れ着いたのかは、おらにもよぐわかんねーべ。あんごどサなるはずはねんだが……」

話しながら、なにかトガシは呆然とするようだった。が、その先に、さらに彼を呆然とさせることが待っていた。抜け出ることができないはずなのに、それなのに……霊太郎はスルリとトガシの腕から下に抜け出たのだ。

「え……」

まるで魔法のようではないか。魔法？　いや、そうではない。霊太郎のふところにネコが入っていたのだ。そのネコがふところから下に滑り下りていった。それで胴締めにしていたはずのトガシの腕がもう胴締めにはならなかった。つまり、このでんで、昨日、霊太郎は縄で縛られていたのから抜け出したわけなのだろう。

「警察には届け出なければならないでしょうが——カワグチは誤って海に落ちたということにすればいいと思います。事実、その側面は強いわけですから……」

霊太郎は明るい、何の屈託もない声でそう言い切った……

トガシも去り、その場には霊太郎だけが残された。

冷たい風が氷原に吹き始めていた。白い雪煙ともモヤともつかないものが氷原にひろがり出していた。そのなかで霊太郎は凝然《ぎょうぜん》とうなだれていた。そして——

「結局、これは何だったのか。この一連のことは、誰が、何のためにやったことだったのか。今度のことでいちばん得をしたのは誰だったのか」

なかば自問するようにつぶやき、その顔をゆっくりこちらに向けたのだった。そして、こういった。

「カグヤが小屋のなかで、おまえ様か？　そこサいるのはおまえ様なのか、とそうつぶやくのを聞いた。やっぱり彼女には巫女の能力がある。おまえの存在に気がついていた。なあ、そこにいるんだろう？　その水流のどこか、浮氷のかげ、眼下にひそんでいるんだろ。いや、ずっと水のなかから、ぼくたちのことを見つめていた。そうなんじゃないか。ウエンカムよ」

おれはそれを聞き、水面、氷面のすぐ下に全身を忍ばせながら、笑いをかみ殺すのに苦労していた。この呪師霊太郎という男はずいぶんおれのために働いてくれた。それを思えば、姿を見せてやってもいいのだが、なにぶんにもおれはオホーツクの精霊ということになっている。めったなことで姿を見せたのでは自分の値打ちを下げてしまうことになるだろう。ここは自重すべきだった。

「誰が、何のために、アザラシの皮を点々と目印にして、ぼくをカグヤのもとに導いたのか、それをずっと考えていた。今度のことで、誰がいちばん得をしたのか、それを考えれば、おのずと答えも明らかになる。信じられないことではあるけどな……おまえは、ぼくを彼らのもとに誘導することで、五十嵐を函館に引き上げさせることができた。海に突き落とされたカワグチを溺死《できし》させたのもおまえがしたことだ。そのうえでおまえはカワグチの死体を島まで運んだ。そうすればカグヤに疑いがかかるのを見込んでのことだ。カグヤに疑いがかかれば、オサムはそれを放っておきはしない。二人で島を出ることになる……結局、おまえはぼくを誘い込むことで、自分を捕獲しようとする敵を三人とも始末することに成功したわけだ。おまえがいちばん得をするわけだ。こうやって話をしていても、自分で自分の言葉が信じられずにいるんだけどな。何でもおまえは、よわい百歳をこえて、人の内心を読み取ることができるまでになったのだという。ぼくたちを操るのなど造作もないことだったろう。そのことに、ぼくが気がついたのは、おまえが水桶を横にひねるように宙に投げあげたのを見たからだ。ああいう芸当ができるのだったら、アザラシの皮を何片も道しるべに氷のうえに投げあげることもできたろうし、カワグチの死体を雪の岩床に投げあげることもできたはずだ。いくら何でもカワグチの足跡までが雪に残されていないというのは異常にすぎる状況だったよ――ぼくの推理は正しいだろうか。正しいのだったら、姿を見せろ、とまではいわないが、せめて鳴き声でだけでも聞かせてくれないか」

もっともな話だ。おれとしては前ビレでも打ちあわせて、敬意を表したいところではあるが――それもやっぱり見あわせることにした。アザラシの王たる者、軽挙妄動はつつしまなければならない。

五十嵐にしろ、カワグチにしろ、オサムにしろ、つまるところは異性を獲得するために奮闘したことになる、一人の異性を獲得するのでさえあの苦労だ。ましてや、おれには三百頭からのかわいい雌がいるのだ。うかつなことをして彼女たちに泣きを見せるようなことはひかえるべき……

そこまで考えたところで、おれは急いでその場から退散することにした。そのとき、いきなり、あの霊太郎の耕介というネコが、フンギャー、と一声鳴いて、憤怒の表情すさまじく、浮氷から浮氷に飛び移り、おれめがけて突進してきたからだ。

しまった！　ネコのことまでは考えがおよばなかった。ついでに耕介のことも始末しておくべきだったのに――しかし、もう手遅れだった。おれとしてはただもうひたすら逃げるほかはなかったのだ。

たぶん呪師霊太郎にはおれの姿が見えたのだろう。霊太郎の楽しげな笑い声が聞こえてきた。その笑い声を背中に聞きながら、おれはどこまでもネコに追われながら、オホーツクの海をめざして泳ぎつづけるのだった……

第二話　零戦の時代

プロローグ

あまりに混乱し、興奮して歩いていたために——それに暑すぎたために——自分がどこをどう歩いているのかも、ほとんど意識していなかった。

だから、「すいません」と若い男に声をかけられ、「あそこにあるのは警察でしょうか」と問われるまで、自分が警察署のまえを通りかかっていることに気づいてもいなかった。

緋内結衣子《ひうちゆいこ》のアパートは西武池袋線の「東長崎」にある。

彼女は若くて、貧しかったから、よく池袋からアパートまで歩いて帰った。この道は何度も行き来しているが、いまだかつて、これが警察署の建物だなどとあらためて意識したことはなかった。

そう、このときまでは——

「ええ、そうです、警察です——あ、そうだ、警察だ」

そう答えるなり、あとはもう顔など見もせずに、警察署に飛び込んでいった。そして、たまたま目に入った一人の男に向かって、いきなりこう切り出したのだった。

「二週間まえ、池袋で、映画のオーディションがありました。そのオーディションでは主役の女の子を選ぶことになってました。わたし、それを受けたんです。絶対、自信ありました。あ、わたしのこと自信過剰だと思います？　わたし、魅力ないですか」

「いや、そんなことは……」

男は返事に困ったようだ。それはそうだろう。いきなり、そんなことを訊《き》かれても即答のしようがない。

「それで、一週間ぐらいしたら通知するから、というんで、楽しみに待ってたんです。だって、わたしが合格しないわけないから。それは、これまで何度もオーディションに落ちてはいるけど、あれは選考者のほうに問題があったんだわ。今回は違った。わたし、自信があった。でも、十日待っても返事がない。おかしいでしょ。何かの手違いじゃないか、って思って、先方に連絡したんです。そしたら、電話がつながらないんですよ。現在、この電話は使われてない、って録音が返ってくるばっかしで。それで、そのオーディションのあったビルに電話したら、管理人とかいう人が出て、その日にそんなイベントはなかった、とそういわれてしまいました。そんな、オーディションなんて知らないって。電話、切られちゃいました」

まわりでは何人もの声がしきりに飛び交っている。うるさい。それで自然に結衣子も大声を出すようになった。

一階は全体で広い一つの部屋になっている。カウンターで区切られた向こう側に何十人もの制服の人、私服の人たちがいて、立ったり、すわったり、電話をしたり、いかにも忙しげにしていた——その誰に相談していいのかもわからなかったが、そんなことはどうでもよかった。要するに、誰でもよかったのだから。

「わたし、すぐにオーディションのあったビルに行きました。一階の貸しホール。でも、変なんです。これから改装するとかでそこは立ち入り禁止になってた。管理人に訊いたら、オーディションがあったその日、すでに貸しホールは使われてなかった、立ち入り禁止になってたはずだ、とそういうのよ。だから、そんなオーディションなんてあるはずがないって……そんなの嘘《うそ》なんです。オーディションはたしかにあった。あったんです」

「そもそも、そのオーディションのことをどうやってお知りになったのですか」はじめて男が質問した。

「わたし、小さな劇団に所属してるんです。その劇団員のたまり場のようになっている居酒屋があるんです。それで——みんなでワイワイ飲みながら、そこで話をしてるときに、そのなかの誰かから聞いたのだと思います。誰だったかはよく覚えていないんですけど」

「……」

「それで、急いで手帳に連絡先の番号を書いて、翌日、電話したんです。履歴書を送れというからそれもすぐに送りました。そしたら、そのあとすぐに電話があって、オーディションの場所と日時を教えてもらったんです。池袋のビル。パルコの近く。脚本のコピーも送られてきました。読んどいてくれって。戦争のころの話でした。戦争のころの、北海道のお話。といっても戦争そのものを題材にした物語ではなしに、戦争のころの恋愛物語という感じ——零戦《ゼロせん》とかが出てくるんです。零戦パイロットと従軍看護婦の純愛——ていうか、心中？　『零戦心中』という題名がついてました。仮題だそうですけど……」

「……」

「終戦の翌日に、仲間を何人も特攻で死なせた零戦パイロットが、自分ひとり生き残るわけにはいかない、って自決のために飛びたって……恋人の看護婦もそれにしたがうって、くさい話。お金かかりそうだな、特撮とか使うのかな、って思ったりしました。選考委員のなかに、なんとかっていう特撮監督もいたし——円谷《つぶらや》プロの関係者だっていってました。あ、あれ、嘘かもしれないけど、特撮ばかりじゃなしに、本物の零戦を飛ばす計画もあるんだって——何でも北海道のどこかの地下壕《ごう》で昔のままの零戦が見つかったということでした。それを撮影に使ってもいいという許可も得た。それでこの企画が持ちあがったんだ、という説明をオーディションの会場で、男の人から受けました」

「ほう」

「オーディションが終わって、帰るときになって、脚本を返却するようにいわれました。このオーディションのことはくれぐれも人に洩《も》らさないようにと注意もされました。まだ発表する段階ではないからって。ずいぶん大げさだな、って思った。そんなに気をつかわなければならないほどのことかな、って。でも、いわれたとおりに脚本を返した。だけど、わたし、脚本のコピーを取っておいたんです。わたし、お風呂《ふろ》に入りながら、せりふを覚える習慣があるから。濡《ぬ》らすと困るでしょ。それで念のためにいつも脚本をもらうとコピーを取っておくことにしてるんです。だから、そんなオーディションのことは知らない、っていわれても、わたしの手元には、ここにこうして――」

結衣子はバッグからコピー用紙の束をホッチキスで止めたものを取り出して、それを相手の顔のまえでバサバサと振った。

「たしかにオーディションがあった、という証拠があるわけ。ね、そうでしょ」

「それが脚本そのものだったら、たしかに、ある程度は、あなたの話を裏づける証拠になるかもしれません。だけど残念ながら、コピーでは、あまり証拠価値が認められないかもしれません」

「わたし、嘘なんかついてません」

「あなたが嘘をついてるなんて誰もいってませんよ。そうだ。先方からのオーディションの通知はどうなんですか。それがあればあなたの話の裏づけになる」

「それが――ないんです」

「ない？　どうしてですか」

「わからないんです。たしかに机の引き出しに入れておいたはずなのに……いくら探しても見つからないんです。連絡先の電話番号をメモした手帳もなくなってました。留守中に、誰かが部屋に入って、それを持っていった、としか思えないわ」

「オーディションを通知しただけの手紙をわざわざ？　誰がそんなことをする必要があったというんですか。それに部屋には鍵《かぎ》がかかってたんでしょ」

「はい、それはもう。でも貧乏アパートの鍵だから、ちょっと時間をかければ、誰でも開けられると思うわ……」

オーディションの通知や手帳がなくなっていることに気づいて、さすがに結衣子は心穏やかではいられなくなった。まさか本気でオーディションはなかったのではないか、と疑いはじめたわけではないが、実際のこととして、それはあったのだ、というたしかな証拠が欲しくなった。

そのために、そのとき一緒に飲んでいて、オーディションの話を聞いたかもしれない、劇団内の——といってもわずか数名からなる無名の小劇団にすぎないが——加納桂子《かのうけいこ》に会うことにした。

加納桂子は、たんなる友人というより、劇団内での競争相手といったほうがいいかもしれない。その役者としての実力を双方ともに認めあっている。それでいて、二人とも内心ひそかに自分のほうが才能がある、と思っていて、相手がそう思っていることに気づいてもいる。つまりは、いいライバルなのだ。

わざわざ桂子のバイト先まで出向いた。オーディションの通知が消えてしまったことにそれだけ動揺したということだろう。

店内で商品の仕分けをしていた桂子に勢い込んで訊いた。

「誰かがオーディションの話を持ち出したはずなんだけど……それが誰だったか覚えてないかな」

が、桂子の答えは意外なものだった——誰がオーディションの話を持ち出したのか、というそれ以前に、そもそも、オーディションの話が出た、というそのこと自体、まるで覚えていないというのだ。

「覚えてない？」結衣子はあっけにとられた。

「そうだよ」

「そんなはずないよ。だって……」

「結衣子の勘違いじゃないかなあ。そんな話が出たんだったら、わたしが覚えてないはずはないんだけど」

「……」

「というか、結衣子には悪いけどさ、オーディションの話なんか出なかったと思うよ。結衣子の勘違いだって。絶対に」

「……」

一瞬、結衣子は桂子の顔を食い入るように見つめた。そして、愕然《がくぜん》とした。

桂子の表情から彼女が嘘をついていないということがはっきり見てとれたからだ。

結衣子にしてみれば桂子は最大のライバルだ。彼女がいつ、どんなときに、どんな表情をするのか逐一《ちくいち》わかっている。演技をしているとき、そうでないときの表情はすべて頭のなかに入っているのだ。桂子のそのときの表情からは彼女が嘘をついていないことがありありわかった。

それでは、結衣子はどこであのオーディションの話を聞いたのだったろう？　そもそも、ほんとうにオーディションなど存在したのか？　今度こそ、その疑いが強烈にわき起こってきた。

頭がおかしくなりそうだ。すでにおかしくなっているのかもしれない。

その帰り、思いあまって、警察署に飛び込んだのだったが……それがさらなる混乱を招くことになろうとは、そのときの結衣子は予想もしていなかったのだ。


「ちょっと待っててもらえませんか。そのコピーを上司に見せて相談してみます。すぐにお返ししますから」男はそういい、通りかかった婦警に、「こちらのお嬢さんを応接室にご案内してくれないか」といった。

結衣子は婦警に案内されるままに応接室に向かった。

応接室は一階の奥にあった。

待たされること、十分、二十分、三十分……男は戻ってこない。お茶さえ出ない。四十分が過ぎ、ついに辛抱しきれずに応接室から出た。そして――

「あ……」

結衣子は思わず声をあげた。その場に立ちすくんだ。

――これって何だろう？　これはどうしたの？

頭のなかでそんな疑問がぐるぐる回りつづけているように感じた。目まいさえ覚えたのだった。

そのときに結衣子が覚えた違和感をどう説明すればいいだろう？　たしかに、どこかが違う、何かがおかしい、という感覚があるのだ。それも強烈に。――それなのに、どこが違うのか、何がおかしいのか、それを具体的に指摘することができないのだった。

いったい、どこが違い、何がおかしいというのだろう？　結衣子が応接室に入るまえとどこも違っていない。何もおかしいところなどないではないか。あいかわらず何十人もの人たちが、忙しげにたち働き、人の声が天上に反響し、ひっきりなしに電話が鳴り響いている。同じだ――それなのに違うのだ。何かがおかしいのだ……その不気味な違和感に打ちのめされ、呆然《ぼうぜん》と立ちすくんでしまう。

「あー」

そのときになってようやく結衣子は、いまとなっては唯一、オーディションがあったことを証拠づけられる脚本のコピーが、自分から失われてしまったことに気づいたのだった。そして、それを持ち去ってしまった男の名前さえ聞いていなかったことも……

「……」

まわりを見わたしたが、あの男の姿はどこにもなかった。名前さえ聞いていないのでは、彼がどこにいるのか、どこに行ってしまったのかさえ尋ねることはできない。せめて自分を応接室に案内した婦警を見つけることができればいいのだが、彼女の姿も見あたらないのだった。

それでも一人、二人、情況を説明し、男がどこに行ってしまったのか確かめようとしたのだが、彼の所属はおろか、名前さえわからないのでは、要領を得ないまま、話を終えるしかなかった。

さすがにそのときには、応接室を出た直後に感じたあの違和感は消え去っていたのだが、そしていまとなってはあの違和感が何であったのか、それすらわからないようになってしまっていたのだが……

ただ、悪夢のなかをどこまでも押し流されていくような非現実感だけは、いまだに執拗《しつよう》に体のなかに残されていた。

その悪夢の果て、自分はどこにたどり着くのだろう、と思った。

——この悪夢から覚めるときがあるのだろうか……

やむをえず応接室に帰り、男が戻ってくるのを待とうとしたのだが、そのときにはすでに別の人たちが応接室を使っていた。

それでも、それから先、三十分ほど、応接室のまえで男が戻ってくるのを待ったのだが——ついに男の姿は現れなかった。

結衣子は、言葉巧みに脚本のコピーが持ち去られたのだという事実を自分から認めるほかはなかった。

——でも、誰が、どうして、あんなものを奪い取る必要があるのだろう？

その呆然とした意識の外のどこかで電話が鳴るのがかすかに聞こえてきたのだ。そして、あのう、緋内結衣子さんでしょうか、とカウンターのなかから声をかけられた。

「お電話なんですけど……」

事務員らしい中年女性が妙な顔をしてカウンター越しに受話器を差し出してきた。

「わたしに？」

「はい、あなたが緋内結衣子さんでいらっしゃるなら……先方はあなたに出て欲しいとそうおっしゃってるんですけど……」

「でも、わたし……どうしてそんな……」混乱しながらも、いわれるままに結衣子は受話器を受け取った。「はい、緋内です」

「いきなりのお電話で失礼します。ぼくは呪師霊太郎《しゅしれいたろう》といいます」年輩らしい、しかし若々しい声が聞こえてきた。「探偵なんですけど――」

「しゅし、れいたろう、さん……探偵？」

からかわれているのだろうか。これまで会ったこともなければ、名前も聞いたことのない相手から、いきなり――それも警察署のなかで、だ――電話がかかってきて、「探偵」だなどと名乗られて、どう返事をすればいいというのだろう。が――

それにつづいての相手の言葉を聞いて、ますます結衣子は混乱させられることになる。

相手はこういったのだった。

「おめでとうございます。あなたはオーディションに合格なさいました」

「え……何？」

「いや、だから、あなたはオーディションに合格なさいました――」

「そうじゃなくて——えーッ、それじゃオーディションはあったわけ?」

「それはありましたよ。ないはずがない。ちなみに、あれはぼくが企画しました——」含み笑いの声が聞こえて、「ところで、あなたは豊島区《としまく》の東長崎に住んでいらっしゃいますね」そう訊いてきた。

「そうだけど……」

「それじゃ質問です——豊島区は都心から見るとやや西にある。それなのに、どうして東長崎という地名なのか、ご存知ですか」


それは平成六年(一九九四年)八月もなかばにさしかかったころ——残暑と呼ぶにはあまりに暑すぎる日のことだった。

1

昭和二十年八月、太平洋戦争が終わったとき、長内佐樹《おさないさき》は、美母衣《びほろ》第二航空基地に付属する兵站《へいたん》分院に海軍軍医として勤務していた。階級は中尉《ちゅうい》——二十八歳だった。

美母衣町は、網走《あばしり》から内陸に三十キロほど入り、阿寒湖《あかんこ》から五十キロあまり北上したところに位置している。もともとは何もない寒村であった。

それが昭和十四年から、数年を費やし、第一航空基地、第二航空基地、第三航空基地があいついで建造されたのだった。

いずれも、もともとは北の荒野にすぎなかった地に、タコ部屋の労働者、網走刑務所の囚人《しゅうじん》らを強制的に駆り出し、酷使《こくし》のすえ、新たに整備された基地であった。

ここに陸上攻撃部隊が新たに開隊され、中国戦線での活動を終えた陸攻要員が配属された。

一部、分遣隊は、海豹島《あざらしとう》に進出し、アリューシャン列島の哨戒《しょうかい》に従事したが、本隊は、陸攻部隊として、終戦まで、美母衣での訓練、哨戒の任に就いた。

美母衣所属の実戦用機体は九六式陸上攻撃機、いわゆる「中攻《ちゅうこう》」であったが、終戦直前に零戦が編隊配備された。

終戦時の司令は徳永満《とくながみつる》大佐であった。

終戦後、緊急着陸用として第三航空基地の滑走路のみが残され、ほか二隊の滑走路は進駐軍によって徹底的に破壊された。

長内が勤務した分院も進駐軍に移管された——彼自身、いまはもう軍医中尉ではなく、一介の医師にすぎない。

戦争が終わり、失業した。

いつまでも遊んでいるわけにはいかないが、脳神経科という特異な専門でもあり、また彼だけの独特な事情もあって、軽々しく次の仕事口を探すわけにはいかなかった。

長内は、在学中に海軍軍医科委託生《いたくせい》として採用されている。大学に戻ることも考えたが、いや、なにも焦ることはない、と思いなおした。

とりあえずは網走にとどまり、世が落ち着くのを見さだめ、自分に累がおよばないのを確かめてから、東京に出て職を求めることにした。

それというのも東京には、長内の恩師ともいうべき人がいて、久しぶりに顔を出せば、家族ともども大いに歓迎してくれるはずだからである。女学生だったお嬢さんも、いまはもう、さぞかし健やかで美しい娘さんになっていることだろう。何度か手紙のやりとりはしたが、もうずいぶん会っていない。会うのが楽しみだった。

が、あまりに長内は悠長《ゆうちょう》にかまえすぎていたようである。それどころではなくなってしまった。

十一月、突然、下宿に巡査が踏み込んできて、うむを言わさず連行されてしまった。途中、説明を受けた。

網走に駐留している占領軍から、地元の警察に、ただちに長内佐樹を連行せよ、という命令があった。なにか、訊きたいことがあるのだという。

占領軍は旧陸軍が網走に設置していた通信隊の建物を占拠していた。その一室に引致された。

部屋に入った正面に鉄格子の窓があり、左手に窓ほどの大きさの鏡がかかっている。

——いや、これはただの鏡じゃない。

長内は脳神経科医である。

脳神経科では、ときに凶暴性を発揮する患者と二人きりで相対しなければならないことがある、と教えられた。

そうしたとき、万が一の用心のため、こちらからはふつうの鏡に見えるが、向こうからはこちらを透かし見ることができるようになっている特殊なガラスを使う。気づかれないように隣室に人を待機させるわけだ――長内が実際に経験したわけではないが、先輩からそう話を聞いたことがある。

英語ではそれをたしかマジックミラーといったはずである。そこに塡《は》められている鏡がそのマジックミラーであることが直感的にわかった。

――隣りの部屋に誰かいるのだろうか。

そこまではわからない。そこにマジックミラーがあるからといって、必ずしも隣りの部屋に誰かがいるとはかぎらない。なにもマジックミラー越しに長内を監視する必要などどないのだから。

こちらの部屋には二人の男がいた。一人は体格のいい日系人で、もう一人は小柄な白人だった。白人は記録をとる係のようだ。長内が質問され、答えるあいだ、終始、ノートにそれを書きとめるだけで、ついに一度も顔をあげようとはしなかった。

日系人は自分のことをタナカと名乗った。本名ではないのではないか、と長内はそう思った。どうしてそんなふうに思ったのかはわからない。あまりにありふれた名前だからかもしれない。

おだやかな物腰だが、どこか油断のならない印象があった。なにか考え込むと、エンピツの尻で前歯を軽く打ちつづけるクセがある。どうも本人は自分ではそのクセに気づいていないらしい。このあと、そのコツコツという響きに、終始、長内は悩まされることになる……

その音が中断されるのは、タナカが机上の水差しから、コップに水を注《つ》いで、それを飲むときだけだ。タナカは喉《のど》が渇きやすいタチなのか、わりと頻繁《ひんぱん》に水を飲む。

「長内さんにお訊きしたいのは佐々木《ささき》という航空兵のことです。佐々木二飛曹《にひそう》――島根の出身の方ですね。当地で、海軍に入り、水兵からたたきあげで優秀な航空兵になった。終戦時には、美母衣第三航空基地の航空隊にいた。そのとき二十六歳――優秀な零戦ファイターだったと聞いています」

「佐々木二飛曹……」

戦争が終わって、まだ半年もたたないというのに、もう当時のことを思い出そうとすると、説明のつかない非現実感にみまわれてしまう。あれらはほんとうにあったことなのか、と頰《ほお》をつねりたくなってしまう。

一つには、日本の劣勢が決定的なものになり、本土決戦が声高に叫ばれるようになっても、美母衣第三航空基地がふしぎなほどの無風状態にあったからかもしれない。

つまり美母衣航空基地に依拠《いきょ》していた人たちは、事実として、ほとんど戦争を実感することなく、なし崩し的に終戦を迎えたわけなのだった。戦争にも、終戦にも、現実感を持てないままに平時を迎えた。

が、こと佐々木二飛曹のことだけはそのかぎりではない。彼のことだけは、いまも鮮烈に記憶に刻まれて残っているのだ。とりわけ、その「零戦心中」のことが——

タナカはさっそくその醜聞《しゅうぶん》のことから「尋問」をはじめた。

佐々木は今年の七月、訓練時に着陸事故を起こし、かなりの怪我《けが》を負った。

「先生は、今年の八月、佐々木二飛曹を診療なさっていますね。そうであれば、彼の、あ、あ、四年まえのスキャンダルのことはご存知だったのでしょうか。つまり『零戦心中』のことは——」

「はい、一応のことは知っていました。佐々木二飛曹から聞きましたから。ざっ、とではありますが——」

その口調に、長内の「零戦心中」に触れるのをためらう気持ちが、微妙にあらわれたようだ。タナカはそれを敏感に察したらしい。かすかに眉《まゆ》をひそめた。が、そのまま話をつづけた。

「昭和十六年九月——佐々木二飛曹は、パールハーバー攻撃の予行演習中に、広島湾で事故を起こした。それでH市の海軍病院に入院し、退院の前日に、当地の芸者と心中騒ぎを起こした。芸者の名は弓松《ゆみまつ》——いわゆる『零戦心中』ですね。おたがいに首を絞めあって、相手を殺し、自分も死のうとした、というのだから、じつにエキセントリックな事件だ——不幸中の幸いというべきか、その芸者さんも、佐々木さんも命に別状はなかった。ただ、そのあと芸者さんのほうは、数カ月ほどで死亡してしまったということのようですね。心中騒ぎで、体調を崩し、ついにそのまま回復することはかなわなかった。もちろん、それまで佐々木さんに罪を負わせるのは酷というものでしょう。佐々木さんに、そのことについての直接の咎《とが》はない。が、まあ、それにしてもスキャンダル——醜聞であることには変わりはない。訓練で事故を起こしたのはともかくとして、そのあと心中騒ぎを引き起こした、結果として、パールハーバー急襲に参加できなかったのは、零戦パイロットとして容認されるべきことではない」

「……」

「それで、佐々木さんは回復するとすぐに南方に送られた。南方で激烈な空中戦を戦いつづけた。佐々木さんの零戦パイロットとしての力量が真に発揮されるのはこのときからです。佐々木さんは南方に渡ってのちに『椿《つばき》がえし』と呼ばれる戦法を駆使して敵機を——わが方の戦闘機を——次から次に撃墜《げきつい》していった。が、昭和十九年に負傷し、内地に送還された。完治ののち、同年、開設されたばかりの美母衣第三航空基地に進出を命ぜられた——今年、昭和二十年七月、その佐々木二飛曹が訓練飛行から帰ってきて、第三航空基地の滑走路に着陸したときに、またしても事故を起こした。いや、事故というか、事件というか——その結果、佐々木二飛曹は怪我を負った。われわれが興味を持つのは、その怪我が治癒《ちゆ》したあと、なぜに佐々木さんが美母衣の兵站分院に入院させられることになったのか、ということです。どうして先生、佐々木さんは、脳神経科医である、あなたの治療を受けることになったのですか。佐々木さんの精神状態に何らかのトラブルがあったということでしょうか」

「……」

「ああ、先生、われわれも、日本の医師にもそれなりの守秘義務がある、ということは心得ています。それは軍医といえども変わりないでしょう。だが、こうして戦争は終わっていることだし、佐々木さんもすでに亡くなっている。もう何をお話しいただいても倫理的に問題はないのではないでしょうか」

「はい……」

長内はあいまいにうなずいた。あいまいにならざるをえないのだ。

たしかに倫理的には何の問題もない。というか、タナカは日本海軍のあり方を読みあやまっているのだ。そもそも日本の海軍に、一航空兵の人権を考慮するなどという発想はない。ない、というのがいいすぎなら、あってもきわめて乏しい。なきに等しい、といえばいいか。

長内が、タナカの問いに、おいそれと答えることができずにいるのは、倫理を考慮してのことではない。論理を考慮してのことなのだ。不用意に話をして、論理的な欠陥を指摘されるのを恐れてのことなのだった。

2

「アメリカには心中という習慣がありません。それなので、われわれにはもう一つ、心中という習慣に理解がおよばない。それでお尋ねするのですが――ある種の性的嗜好《しこう》を持つ男女は、セックスの最中に、たがいに首を絞めあって、それで快感を得る、ということがあるようです。佐々木二飛曹と、その芸者さんとの間に起こったことは、そういうことではなかったのですか？　つまりセックス・プレイが行きすぎてしまい、結果として、心中のようになってしまったのではないか。それで、脳神経科医として、佐々木二飛曹を治療なさった先生にお尋ねするわけなのですが――先生はこの『零戦心中』のことをどう思われますか。ほんとうに心中だったのでしょうか。それとも行きすぎたセックス・プレイの結果にすぎなかったのか」

「さあ……」長内は返事に迷った。正確には、迷うふりをした。

今回は、相手が占領軍の人間であって、しかもその「尋問《じんもん》」の意図するところが何であるのかわからないのだから、ここは慎重に対処すべきであろう。

うかつなことを人に洩《も》らして、あとで悔やむようなことになるのは、何としても避けたいからだ。

――これは綱渡りだ。

唐突にそんな思いが長内の頭をよぎった。

子供のころに親に連れられて木下大サーカスに行った。そのときに見た綱渡りの姿が頭をよぎった。あれはおれだ、とそう思った。

長内の脳裏、そのほの暗い幻景のなか、ピンと張られている一本の綱が見える。長内はこれからその綱を渡らなければならないのだろうか。できればそんなことはしたくない。長内は、ただでさえ慎重で、用心深い男なのだ。無用な危険は避けたい、避けなければならない、という思いが強い。が、どうやら、それを避けることはできないようだ。

「一般論からいえば、性行為の最中に起こることは、どこまでが意識的な行為で、どこからが無意識の行為であるか、それを明らかにするのはむずかしい」

おれのこの言葉はどうだ！　長内は内心動揺した。このときの言葉に、これから自分が何をいえばいいのか、何をいってはいけないのか、それが明確に暗示されているように感じられたのだ。

高所に張られた一本の綱！　かすかに揺れている……

「医師として、あまり『零戦心中』のことには触れたくない、ということですか」

「そんなこともないですが――四年もまえのことですし――私が直接に経験したことでもないですから……」

「おかしいですね。長内さんは脳神経科医でいらっしゃる。そうであれば、佐々木さんの精神状態のありようを調べるのに、『零戦心中』のことを知るのは重要なことではないのですか」

「民間の脳神経科医ならそうかもしれません。でも、私は軍医でした。佐々木二飛曹がまがりなりにも零戦を操縦することができるようにしてやる。それで軍に戻してやれば、私の仕事は終わるわけですから……」

「割り切っていらっしゃる――そういうことですか」

「どう取っていただいても結構です」

「なるほど、さすがに長内さんは慎重な方でいらっしゃる。感心しましたよ」

「皮肉ですか」

「そんなことはありません。そんなふうに取られたのでは話ができない」

「……」

長内はあらためてタナカの顔を見ずにはいられなかった。

タナカはあいかわらず、その前歯を、エンピツでコツコツと叩《たた》きつづけている。それだけがわずかに彼の心の動きをうかがわせている。この男は一心に何事かを考えているのにちがいない。そうしながらも、しかしあくまでもその口調だけは穏やかに、言葉をつづけているのだった。

「先生にお話しいただけないとなると、ほかの人からお話をうかがわなければならないことになるが――」タナカはため息をつき、ノートをめくって、「ああ、私のほうの記録には、やはり海軍軍医の高村《たかむら》中尉――この方はいわゆる一般の意味での軍医中尉ということのようですね。外科の――それに看護婦の清水晶子《しみずあきこ》さんという方が、佐々木二飛曹の担当となった、とありますが、そうですか」

「はい」

長内は、彼女の名が出てきたことに、いささか動揺せずにいられなかった。もちろん、それを不用意に顔にあらわすようなことはしなかったから……タナカはそのことに気づかなかったはずではあるが。

「高村軍医どのは、佐々木二飛曹の怪我を治療するために基地に通っていらっしゃった方です。清水晶子はそのときに同行した看護婦でした。それで――私が佐々木を診《み》たときにも手伝ってもらいました、病室での担当も彼女に頼みました」

「その看護婦さんにも、お話をうかがいたいと思ってるのですが、いま、どこにいらっしゃるのかがわかりません。ご存知でしょうか」

「彼女は亡くなりました」

「そうですか」タナカはいたましげな表情になり、「戦争とはむごいものですね」

「同感です」

長内の声が沈痛な響きをおびた。

――清水晶子……

そう、あまりにむごい。むごすぎる……清水晶子は十八歳の若さで死んでしまったのだから……生前の彼女の、明るく、献身的な姿を思い出さずにいられなかった。その、失われたちいさな命の尊さを……

——大丈夫です、先生、わたしひとりでやれます。

ふいに清水晶子の声が頭のなかに響いた。澄んで、きれいな、しかしガラスのようにもろい印象の声だった。

それを聞いたとき、長内はその声に身を切られるかのように感じたものだった。あのときの切ない思いは忘れられない……

一瞬、間があいた、その瞬間だけエンピツの動きがとまった。おもむろにタナカがいった。

「われわれは佐々木さんの一連の行動に非常なる関心を寄せています、特別なる関心を持っている。それで、あなたに彼のことについて、お話しいただきたい、とそう考えているのです。それというのも——われわれは零戦の幽霊《ゴースト》について大いに興味があるからなのですよ。亡くなった佐々木二飛曹は零戦ゴーストにとり憑《つ》かれていたのではないか、とそう考えているからなのですよ」

「零戦ゴースト……」

奇妙に不吉な響きだ。なにか、とてつもなく重苦しいものが胸にのしかかってきたように感じた。実際に、息苦しささえ覚えた。

「それは何のことですか。どういうことでしょう」

しかし、タナカには長内の問いに答えるつもりなど頭からないようだった。まるで耳の

ないような顔をして、

「それですから──佐々木さんのことは何でもお聞きしたいのです。今年七月の佐々木さんが起こした事故のことはどうですか。先生はそのときに基地のなかにいらっしゃいましたね」

「はい、たまたまですが。週に一度ほど、あれやこれやの用件で、分院から基地に通うことになっていましたから──」

「それでそのあと、八月十六日、ヒロヒトの──エンペラーのラジオ放送があった翌日、佐々木さんが墜落死を遂げたときにもまた現場にいらっしゃった。妙な偶然ですね」

「何をお疑いなのかはわかりませんが──」長内は苦笑して、「妙な偶然、というほどのことはない。戦争が終わったのです。当然、その事後処理があります。私が基地にいたのは必然のなりゆきといっていい」

「なるほど、それはそうかもしれませんね。それでは七月の佐々木さんの事故のことからお話しいただきましょうか。そのあと佐々木さんが入院なさって、先生の診断を受けたときのこと、それに八月十六日の佐々木さんの墜落死のことをお話しいただく──そういうことでどうでしょうか」

「それで結構です」

「それではどうぞお話しください」

「はい」長内はうなずき、視線を宙に這《は》わせ、記憶をひもときながら、「今年七月のあの日……」

3

……今年七月のあの日――

長内はたまたま現場に居あわせることになった。そして、そのときの情景がありあり鮮明に脳裏にきざみ込まれることとなった。

そのときの情景――とりわけ落日に真っ赤に染まった空が……

赤い空を背後に負って、いましも一機の零戦が、第三航空基地の第一滑走路に降りようとしていた。

それを操縦しているのは、「椿がえし」で知られる佐々木誉《ほまれ》二飛曹であった。四機編隊で、訓練飛行に飛びたった。

米軍の襲来に備え、零戦隊の一部機に二十五号爆弾を装備させ、これを艦爆隊に見せかけ、敵機を誘い出すという作戦がたてられたのだった。

この日、そのための訓練が実施された。

もちろん訓練であるから、実際の爆弾が懸吊《けんちょう》されたわけではない。二十五号爆弾に相当する模擬爆弾が用意された。

が、ほかの三機はとうに帰還したのに、佐々木二飛曹の機だけがいつまでたっても戻ってこない。とうとう燃料切れが心配されるまでになった。

地と空のあわいはすでに闇《やみ》に没していたが、まだ夜にまではなりきっていない。上空に向かうにつれ、雲は切れ切れになって薄くなっていき、夕陽《ゆうひ》を透かした。

その赤く染まった空に、ポツンと一点、ゴマ粒のような小さな影が滲《にじ》み、それが徐々に大きくなっていき、やがてエンジン音が低く伝わりはじめたのだった。

佐々木が操縦する零戦である。ようやく戻ってきた。

近づいてきた。

滑るように高度を下げた。

夕陽が機体を濡らすように滴《したた》った。

すでに脚が出ている。フラップも最大角度まで下がっているようだ。さらに高度を下げた。

佐々木二飛曹に似つかわしからぬ不器用としかいいようのない操縦ぶりだ。

降下航路がきわめて不安定なのだ。

それでもどうにか接地した。

擦過音《さっかおん》が鳴り響いた。

零戦が惰走《だそう》し、やがてとまった。

整備兵たちが懸命に機に駆けていった。長内もそのなかに混じっていた。佐々木二飛曹が怪我をしているのではないか、という心配が強かった。いったい上空で何があったのだろう。

　佐々木の着陸はほとんど滑走路に突っ込むのに等しかった。まるで力つきたように地に下りた……


「真っ先に駆けつけたのは伊関《いせき》という若い整備兵だったと聞いています。急いで、翼に上り、操縦席から佐々木の体を引きずり出したそうです。すぐ後ろには小隊長が駆けつけていました。そのときにはまだ佐々木の意識は混濁していたらしい。うわ言のように何か口走った……」

「どんなうわ言だったんですか」それまで黙って話を聞いていたタナカが急に口を挟んできた。

「さあ、それは伊関にもはっきり聞きとれなかったようですが……どうやら女の名前だったようです」

「女の名前……誰の？　四年まえの『零戦心中』の芸者さんの名ですか」

「違うと思います」

「ほう、ずいぶんはっきり断定なさるじゃありませんか。それはまたどうして？」

「佐々木二飛曹はお座敷で弓松と会ったその夜に心中騒ぎを起こしています。彼女の本名は弓恵《ゆみえ》さんというのですが、佐々木はその名前を知らないか、知っていても弓松というお座敷名のほうがより強く記憶に残っている、と考えるほうが自然のように思います。伊関という整備兵が、弓松という芸者名を知っていたとは思えません。ですから、佐々木のうわ言に『弓松』という名前を聞いたとしても、それを女性の名前とは思わないはずなのです。どちらかといえば弓松は男の名前ですから……いずれにしろ、はっきりしたことはわかりません。うわ言ですから」

「それはそうですね」タナカはうなずいたが、必ずしも長内の言葉に納得したようではなかった。「たかが、うわ言ですからね」その声もどこか上の空のように聞こえた。

……すぐに佐々木は意識を取り戻したのだという。

――もう大丈夫だ、ありがとう……

それでも自力で立つことはできずに、踏み台のうえにグッタリ腰をおろした。マフラーがいまにもほどけそうにフワフワ風になびいた。ぼんやりそれに指をかけた。

佐々木は、顔に風を当てるためか、飛行帽、それに飛行眼鏡をもぎ取るように乱暴に取った――伊関には、そのやつれた表情が妙に艶《いろ》っぽいものに見え、なにかドキリとしたという。

佐々木はこういった。

――しばらくまえから何も覚えていないんだ。いつ隊からはぐれたのかも覚えていない。どこをどう飛んでいたのかもわからない。気がついたときには滑走路に突っ込んでいた

……

たしかに、そういうことはある。それも大いにありうることといっていい。

限界高度を越えているのに、酸素吸入をしないまま長時間飛行すれば、意識を失う可能性が高い。無謀な引き起こしをすれば極端なGがかかって、これも意識を失う危険性がある。空中戦での急旋回や急上昇などの機動でも、遠心力がかかり、脳への血流が滞ってしまうから、やはりこれも失神を招いてしまう……

が、佐々木は新米ではないのだ。水兵からたたきあげて航空兵になり、二十歳そこそこで中国戦線を戦い抜いて、ここまで幾度《いくたび》かの実戦をしのいできた男なのだ。たしかに、どんなベテランであろうと、ちょっとした気の緩みが死を招きかねないのが、戦闘機乗りのつねではあるが、それにしても佐々木二飛曹にかぎって、という気持ちが強い。腑《ふ》に落ちないことではあった。

その気持ちは佐々木二飛曹が属する編隊の小隊長も同じであるようだった。

——きさまらしくもない。うかつすぎるじゃないか。

さすがに小隊長は苦い表情を隠しきれずにいたが、あからさまに佐々木を叱《しか》りつけるようなことはしなかった。戦歴からいえば佐々木のほうがはるかに上だからだ。

「零戦心中」の醜聞がたたって、いまだに佐々木は二飛曹のままだが、本来なら、少尉に昇進し、編隊を率いていてもふしぎはなかった。

——もういい、行け、休め。

その声に、敬礼をし、佐々木は整備兵たちに体を支えられながら、ヨロヨロ立ち去ろうとした。

「待ってくれ」

と背後から呼びとめたのは高村軍医中尉だった。高村軍医はすでに四十の坂を越えている。酒が好きで、いつも鼻の頭を赤くしていた。二年の軍務を義務づけられただけの、予備役の軍医なのだが、とりわけ外科の技量に優れ、基地での信任は厚かった。

「悪いな、佐々木二飛曹、ちょっと待ってくれんね」

まだ日が高いというのにもう酔っぱらっているかのように足もとが覚つかない。上着のボタンを外していて、襦袢《したぎ》が丸見えだ。帯剣も怠っていて、巻脚絆《まききゃはん》も外れかかっているだらしなさだ。それなのに――

「見せてもらうぞ」

佐々木のマフラーに指をかけるのに、事前に手袋を塡めるのを忘れない。高村軍医のもともとの専科が外科だからだろうか。

高村軍医はマフラーをゆるめて、その首筋に顔を寄せた。佐々木が顔をそむけたのは高村の息が臭かったからだろう。が、そんなことにはおかまいなしに、さらにマフラーの結び目をゆるめ、その首筋を執拗に覗《のぞ》き込んでいるのだった……

「私はそのときになってようやく現場に駆けつけたのでした。だから、これまでお話ししたことは、すべてあとになってから、そういうことがあった、と人から教えられたことなのですが……」

と長内がタナカにいう。

「現場に駆けつけたとき、高村軍医はいったい何をしてるのだろう、とそれを不審に思いました。それで、どうかしたのですか、何か気になることでもあるのですか、とそう高村軍医に尋ねたのでした」


長内の問いに、「いや」と高村はあいまいに首を振って、「気になるというほどのことは何もなか、が。ああ、もう行ってよろしい。足どめさせて気の毒じゃったのう。医務室に寝かせてやってくれんか。わしもすぐに行くから——」

佐々木や若い整備兵は、なにか腑に落ちない表情をしたが、それでもかたちどおりに敬礼をして、その場を立ち去っていった。

彼らの後ろ姿を苦々しげに見送りながら、

「軍医どのもお気づきになられましたか」小隊長が高村軍医に訊いた。「佐々木二飛曹の首に赤いあざが残っていました。しかも、ま新しかった。マフラーがゆるんでなければ見えないところでしたが——あれは誰かに首を絞められたあとではないでしょうか。それで佐々木二飛曹は気を失ったのではないでしょうか」

「誰かが首を絞めた？ うん、たしかにそげなふうにも見えんこともなかとじゃが……」

高村軍医は長内に顔を向けて、「どうじゃね、あんたはどげん思うとね」

「佐々木二飛曹が飛行中に首を絞められたりするのは不可能です。佐々木二飛曹は一人で空を飛んでたんですから。それとも──」そのとき長内の声は少しかすれたかもしれない。「佐々木が自分で自分の首を絞めたとそうおっしゃるのですか」

「それもおかしか。理屈があわんばい。佐々木はマフラーをしとったんじゃから、マフラーのうえから首を絞めたんだったら、あんなふうに生々しいあとは残りゃせんよ。だからというて、自分で首を絞めたあとで、わざわざマフラーを巻くだけの意識が残っていたとも思えんもんねえ」

「小隊長どのはどのようにお考えなのでしょうか」と、これは伊関が訊いた。

「おれは何も考えないさ。考えたくないし、考えるつもりもない」

小隊長は妙にうそ寒いような声でそういった。その顔が青かった。

と、翼に乗って、操縦席のなかを覗きこんでいた別の整備兵が、妙な顔つきをして、

「こんなものが落ちてました」といって、それを彼らに見せた。

それ、白い花を──

「何の花だ、それは？」小隊長が訊いた。

「椿、じゃないでしょうか」整備兵は自信なさげにそういった。

「どうして椿が七月に咲いている？」

「夏椿ではないかと思います。夏椿というのはご存知ですか」

「いや、寒椿なら聞いたことがあるが」

「一説には、沙羅《しゃら》の樹《き》だというのですが――夏椿は白いです。寒椿は、侘助《わびすけ》でも何でも赤いのですが……」

「白い夏椿に、赤い寒椿か。何だろうとかまわないが――どうしてそんなものが操縦席のなかに落ちてるんだ？　佐々木が持ち込みでもしたのか」

「さあ……」若い整備兵は口ごもる。「自分にはそこまではわかりませんが――」

「そういえば――」長内がふと思いついていった。「佐々木二飛曹が、四年まえ、心中騒ぎを起こした芸者ですが――彼女がことのほか椿を好きだった、という話を聞いたことがあったように記憶しています」

「ほう、そうかね、それは知らんとじゃった。長内中尉は、若いに似ず、えろう物知りじゃのう」

高村軍医は長内を見て、

「すると何かね。死んだ芸者が、夏椿一本を手みやげに、あの世から戻ってきて、空中で佐々木の首を絞め、心中をやり直そうとしたごたぁるか。はは、そげなこつあろうかい。えろう律儀な幽霊じゃなかか。なんぼなんでも律儀すぎはせんかのう」

「まさか、そんなことがあろうはずはないですな」

小隊長は苦笑めかしてそういい、事実、笑いもしたのだが、その笑いは虚《うつ》ろで、どこか生気に乏しいものに響いた。

「……」

長内もまた手のひらが冷たくなっているのを感じていた。両手をズボンにゴシゴシこすりつけた。あとでセッケンで手を洗わなければならない、と神経質にそう考えた。

そのときも長内の視線は、若い整備兵が手に持っている白い夏椿の花に釘付《くぎづ》けになったままだった。

夏椿は萎《しお》れていた……。

「それじゃ、わしは医務室に行くよ。長内軍医、あんたも来るかね」

高村軍医が歩き出した。

長内もあとを追いながら訊いた。

「何かわかりましたか」

「うんにゃ、わからんこつばかりたい」高村軍医は振り返りもせずに、「ただ、佐々木二飛曹の首の赤いあざにな、マフラーの縫い目のあとが残っとったとよ」

「縫い目のあとが？」

「そうじゃ。しかも、それが巻いとるマフラーの縫い目と合わんごたぁるよ。あれはいったい、どげなことかいね」

「縫い目が合わない？　それはつまり……」

「おうよ。誰かがマフラーをすり替えたにちがいなか。だけんど、いつ、誰が、何のために、そげなこつせんといかんかったのやろか」

「……」

「それに、あの夏椿じゃ。何でん、佐々木二飛曹はあげなもん、わざわざ操縦席に持ち込んだのやろか。ほんに、わからんこつばかりじゃ。しょうがなか。わしは刑事でもなければ、探偵でもなかもんねえ。餅《もち》は餅屋じゃ。わしの知りあいに探偵がおるばってん、その男に相談してみよう思うごたぁる」

「探偵に？」

「おうよ、しゅしれいたろう、という男がおってのう。これが若いに似あわず、なかなか優秀な探偵じゃけん。あん者に頼もか思うとるよ」

「呪師霊太郎……」

長内は宙に指でそう字を書いていた。どうしてか、その名にその字を当てるということが、ストンと胸に落ちるように了解されたのだった。

――呪師霊太郎……探偵……

なにか妙に不吉な胸騒ぎを覚えさせる名前ではないか。

予期せぬ展開に、思わず長内は足をとめてしまう。が、高村軍医はそれにはかまわずに先に歩いていってしまった。

その心もち丸めた背を、北国の夏の陽光が真っ白に灼《や》いているのが目に残った。

――まるであの夏椿のように……

そう連想せずにはいられなかった。

そして――自分に注がれる強い視線を背中に感じ、ほとんど無意識のうちに振り返っていた。

夏の滑走路、そのたちのぼる陽炎《かげろう》のなか、遠方に人影がたたずんでいた。

その人影は身じろぎもせずにこちらを見ている——ここで起こった一部始終をすべて見とどけたようであった。

——徳永司令……

長内は頭のなかでそうつぶやいた。その鉛のように青ざめた顔を思い浮かべた……

4

昭和二十年の七月も終わりにさしかかろうとしていた、北の原野に咲いた夏の花も盛りを過ぎた。秋の気配がした。

佐々木二飛曹はかなりの怪我を負った。基地の医務室に収容された。着陸時に肋骨《ろっこつ》を折った。それを治療するのに二週間を要したわけだ。それもどうにか添え木を当てれば動けるまでに回復した。

が、多少、精神に混乱を残した。ときおり意識が混濁し、奇妙な放心状態におちいることがあった。外科的な治療は、基地でも可能だが、精神疾患となるとそうはいかない。それで分院に送致される運びになった。脳神経科での治療を必要とした。

もっとも、長内に与えられた診療時間はわずか三日しかなかったのだが……

それというのも、いまの美母衣航空隊には、佐々木二飛曹のようなベテラン操縦員をそれ以上、後方にとどめておく余裕はなかったからである。

七月十四日、十五日の二日にわたって北海道に空襲があり、網走、函館《はこだて》などで甚大な被害が生じた。

とりわけ網走の空襲は問題視された。アメリカ軍の本来の目標は、もともとは美母衣の三つの航空基地にあったのだが、その日はたまたま上空に雲が厚かったために、急遽《きゅうきょ》、網走へと攻撃目標が変更されたのだ——という噂がまことしやかに囁《ささや》かれた。

米軍の北海道侵攻が、にわかに現実味を増してきたいま、「椿がえし」の佐々木二飛曹を遊ばせておくことなど海軍にできようはずがない。

要するに、長内の仕事は、さしあたって佐々木の精神に異常はない、軍務に支障はない、ということを確認しさえすればそれでよかったのだ。

それにしても——

どうして佐々木二飛曹の精神が不安定になったのか、なぜ脳神経科での診察が必要とされたのか——をタナカに追及されたら、その疑問をかわすのに、かなり苦労させられることになったはずなのだが。

さいわい、質問の矛先《ほこさき》をほかに向けられた。

「じつは私たちは高村軍医にも、佐々木さんのことについて幾つか質問したのですが——あの人は、何というか、なかなかのタヌキですなあ。あくまでも佐々木さんのことは、たんなる一患者としてしか見ていなかった、それ以上のことは何も知らない、とその一点張りでして――」

「ははあ、そうですか」

そうとしか答えようがない。同じ軍医であり、同じ中尉であったが、長内はほとんど高村と言葉を交わしたことがない。高村軍医がどういう人物だったのか、いまだにわからずじまいなのだから……

「高村さんからは、それ以上の情報は何も得ることができませんでした。ただ、さっき話に出た、看護婦のことについてですが……」

「看護婦？　清水晶子のことですか」

「はい、そうです、清水晶子さんです。その人について、ちょっと興味深い情報を得ることができました。これは高村軍医の話ですが――どうやら清水晶子さんは、高村軍医が佐々木さんを往診するのにつきしたがっているうちに、佐々木さんのことを好きになったらしい」

「清水晶子が佐々木二飛曹のことを……」意外というのも愚かしい。長内はとっさに言葉が出なかった。

「お気づきになりませんでしたか。脳神経科医としてはうかつとしかいいようがないですね。日本語でこういうのを何といいましたか。そうそう、『燈台《とうだい》もと暗し』だ。『燈台もと暗し』――それで、これは高村さんの話なのですが」

……高村軍医はこんなことをタナカに話したのだという。

軍隊では物干場のことをぶっかんばという妙な呼び方をする。

その物干場《ぶっかんば》でこんなことがあった。

佐々木二飛曹が分院に送られる一週間ほどまえ――

まだ基地の医務室で高村軍医から外科的な治療を受けているときのことだった。

その日も、高村軍医は、いつものように佐々木二飛曹を診て――といっても折れた肋骨を添え木と包帯で固定し、痛みどめの薬を与えるだけのことだが――清水晶子をともない、医務室をあとにした。

すこし歩いたあと、なにか忘れ物をしたとかで、清水晶子は医務室に戻っていった。

高村軍医はその場ですこし待ったが、なかなか清水晶子が戻ってこないので、何ということもなしに、自分も引き返した。

物干場は医務室が入っている建物の裏庭にある。

高くかかげられた物干竿《ものほしざお》にシーツが何枚もかかっていた。七月の陽光に純白に映《は》え、風に吹かれるたびに、きらめきを放った。まるでシーツの迷路のようだ。裏庭に入ると先を見ることができない。

高村軍医はそれらシーツの後ろに人影を見た。自然に足がとまった――なにか勘のようなものが働いたのだろうか。その先に足を進めるのがはばかられた。声をかけるのもためらわれた。ただ息をひそめるようにし、その場にひっそりたたずんだ……

人影は二人――その人影から若い男女だということがわかった。

シーツが風に揺れた。

女が発言した。囁くように低い声……さ、さ、さきと呼んだように聞こえた。それが清水晶子の声であることはすぐにわかった。男のほうは何もいわなかったが、高村軍医にはそれが佐々木二飛曹にちがいない、と直感的にわかったのだという。

「わたしにはわかってるわ――あなたにはほかに好きな人がいるのよ」

清水晶子がいったのはそれですべてだった。相手の男は何もいわなかったか、いったとしてもその声は聞き取れなかった。が、それだけからも、二人の関係がのっぴきならないものになっている、ということは十分に察せられた。二人の愛が行きづまっていることがわかった……

高村軍医は酒は好きだが、色恋沙汰《ざた》には若いころから縁がない。さして興味もない。何が苦手といって、男女のこじれた関係に立ち入るほど苦手なことはなかった。

――やれやれ……。

高村軍医は嘆息《たんそく》した。物干場からソッと後ずさると、足音をしのばせ、その場から静かに離れた。

五分ほどたって、清水晶子が高村軍医のもとに戻ってきたが、もちろん軍医は何もいわなかったし、彼女もまた何もいおうとはしなかった……

——燈台もと暗し……
というタナカの口調に微妙に含むところがあるように感じた。
それはつまり、タナカは、長内が、佐々木二飛曹と清水晶子との関係を知っていながら、それをあえて隠そうとしているのにちがいない、と勘ぐっているからなのだろう。長内が、佐々木二飛曹か、清水晶子のどちらか、あるいはその両者をかばっている、と疑っている……「燈台もと暗し」と二度もくりかえしたのは、いわばその当てこすりということらしい。

それならそれで長内にもいくらも話のしようがあろうというものだ。むしろ、これは長内にとっては都合のいいことなのかもしれない。だから——

「もちろん、私もあの二人のことには気づいていました。ただ、口外すべきではないと考えていただけのことです。ですが、高村軍医がすでに話してしまっているのだとしたら、いまさら私にそれを隠さなければならない理由はありません。じつは、あの二人についてはこんな話があるのです」

こう話を切り出したのだった。

「佐々木二飛曹の怪我が治癒に向かい、基地の医務室から、分院に送致されてきた日のことです。佐々木に同行したのは高村軍医と、清水晶子の二人でした。高村軍医はまた基地に戻ることになっていましたが、清水晶子はそのまま分院にとどまり、ひきつづき佐々木の世話をすることになっていました。それで私は、二人に会って引継ぎをしたのち、清水晶子を先に佐々木の病室に行かせ、もうすこし高村軍医と話をしたのでした」

「どんな話を――」そこでタナカが言葉を挟んだ。「なさったのですか」

「主に佐々木二飛曹のことについてです。首のあざについても高村軍医のお考えを聞きました。あざは数日で消えてしまったそうです。皮下出血がなかったことからも、もし誰かが首を絞めたのだとしても、そんなに強い力ではなかったろう、ということでした」

「誰かが――そう、もしその誰かが自分なのだとしたら……自分で自分の首を絞めたのだとしたら、それがそんなに強い力でなかったとしても、説明がつきますね。人はなかなか自分で自分の首を絞めきれるものではない」

「そうかもしれません」

長内はタナカの言葉に逆らわなかった。実証も検証もできないことを論議してもはじまらない。時間のムダだからだ。

「それで、われわれはそのあと、佐々木の病室に向かったのですが……」

佐々木の病室からふいに清水晶子が飛び出してきたのだ。

まだ十八歳の、いつもははつらつとして、若々しい彼女が、このときにはまるで風に舞う木の葉のように、はかなげに見えた。

その小柄で、細い、しかし、じつは看護婦の重労働によく耐えうる、若く、健康な体が、このときにはいまにも吹き飛ばされて、消えてしまいそうなまでに、か弱いものに見えたのだった。

窓の外には夏椿が枝をひろげていた。白い花がいっぱいに占めていた。その白い花びらを透かす真夏日に染まるように清水晶子の姿は青ざめて見えた。かれんだった——清水晶子は泣きじゃくっていた。青い光がかすめるように廊下を走り去っていった。

「……」

思わず長内は高村軍医と顔を見あわせた。高村軍医はバカではない。彼女と、病室の佐々木とのあいだに何かあったのではないか、と即座に察したはずである。が、すぐに高村軍医はそ知らぬ顔で、あらぬほうへと目をやった。さすがに高村軍医は大人だ。気づかなかったふりをするつもりなのだろう。が、長内のほうはそうはいかない。清水晶子をそのまま放置しておくのは長内の気持ちが許さなかった。

「ちょっと行ってきます」

そう高村軍医にいって清水晶子のあとを追った。しかし、見失った。

首をひねりながら、廊下を戻ると、そこに清水晶子はいた。長内を見てその顔がいっそう青ざめた。あわてて一礼し、逃げるようにその場から立ち去ろうとした。長内はあわてて「待ちたまえ」と声をかけた。

彼女がそれでも数歩歩いたのは、なおも逃げようとしたからだろう。が、あきらめたように足をとめると振り返った。その目が窓から射し込む日射しに青い炎のようにきらめいた。それが長内には、ハッ、と胸をつかれるほど美しいものに感じられた。長内は自分で呼びとめておきながら、清水晶子の顔を見たとたん、何をいったらいいのか、わからなくなってしまった。

——この少女は強い。

長内は唐突にそんなことを思った。たぶん恋をしているからだろう。恋をしている少女はほかの誰よりも強いのかもしれない。

「何かご用ですか、先生——」彼女は挑むようにいった。その目はもう乾いていた。

「いや……もし何だったら……」長内は口ごもりながらいった、「佐々木一飛曹の介護に、もう一人、頼んだほうがいいんじゃないか、と思って……」

「大丈夫です、先生、わたしひとりでやれます——」

清水晶子は切り返すようにいった。そして身をひるがえすと、その場から足早に立ち去っていった。

少女の、ガラスの鈴を振るように澄んだ声だけが長内の頭に残された。そして胸には切なさが残された。いつまでも——

「いまも、あのときにもうすこし私が親身になってやれば、あんなことにはならなかったのではないか、と後悔しています」

「あんなこととは？」タナカが訊いた。

「あんなこと――」長内の声が低くくぐもった。「佐々木二飛曹が清水晶子を殺すようなことには……」

5

「ところで……」タナカが急に話を変えた。「さきほどから私は当たりまえのように『椿がえし』という言葉を口にしていますが、じつはそれがどんな戦法なんだかよく知らずにいるのですよ。ちょっと『椿がえし』のことを教えてはいただけないでしょうか」

「じつは私もそうでした。私も『椿がえし』が実際にはどんな戦法なのだか知らずにいたのでした。佐々木二飛曹が何か精神的に問題を負っているのなら、それを究明するのが、脳神経科医としての私の仕事です。そのためにも、『椿がえし』がどういう戦法なのか、それを知っておく必要がありますから」

「先生はご立派だ。じつに職務に忠実でいらっしゃる」

タナカは皮肉をいったのだろうか。長内は首筋に冷たいものを覚えた、これは冷や汗か。

「それで私は、『椿がえし』とはどんな戦法なのか、と佐々木二飛曹に尋ねたのでした。佐々木二飛曹が入院した翌朝のことです。すると佐々木は、要するに急降下だ、それに尽きる、とそういいました。単純に操縦桿《そうじゅうかん》を前に倒して機首を下げる。優位の高度から降下加速を利用して、敵機に銃弾を浴びせかけ、そのまま下方に突き抜けていく……それが佐々木二飛曹の『椿がえし』だというのです」

　タナカは長内の説明に納得しきれずにいるようだ。首を傾《かし》げて、

「それは要するにヒットエンドラン戦法のことではないのですか。空中戦ではごくありきたりの戦法ではないですか」

「アメリカではヒットエンドランというのですか。わが国ではそれを一撃離脱と呼んでます。たしかに、ありきたりの戦法といえないことはない。けれども佐々木二飛曹の一撃離脱はほかの操縦員たちのそれとは基本的なところで違うということなのです」

「違う？」タナカは眉をひそめて、「どう違うというのですか」

　タナカのその疑問は当然のことだ。なぜなら、長内にしても「違う？　どう違うというのか——」佐々木にそう訊かずにはいられなかったのだから。

　佐々木は寝台の毛布に足だけ入れ、上半身を起こしていた。その青ざめた顔は、ほとんど無表情のままで、放心したように、ただ窓の外に目を向けていた。ほんとうに長内の言葉を聞いているのか、それが疑わしく思えてくるほどだった。

　たしかに、この佐々木という若者には、男の長内の目から見ても、なにか独特の色気のようなものが滲んでいるのが感じられるのだった。男女を問わず、人を惹きつけずにはおかない、ふしぎな魅力がある。なるほど、これなら若い芸者が、蛾《が》がロウソクの火に吸い寄せられるように、死の淵《ふち》に飛び込んでしまったのも納得できる気がした。

が、長内は脳神経科医であり、いつまでも佐々木の横顔に見入っているわけにはいかない。もう一度、同じ質問をした——「椿がえし」と通常の一撃離脱とはどこが違うというのか?

佐々木はおもむろに長内に目を向けた。その、ふしぎにこちらの胸のうちを見透かすような透徹した視線に、長内はわずかに自分がたじろぐのを覚えた。脳神経科医が患者に胸のうちを見透かされるようでは話が逆だ、と思った。

「急降下には基本形があります。まず操縦桿を横に倒して百八十度の半横転をする。背面姿勢になったところで操縦桿を引く……これだと操縦員に無理なGがかかりませんし、機体にもそれほど負担がかかりません。ただ、これにも問題があって、いったん背面姿勢にならなければならない必要から、どうしても初動が遅れてしまいます。わずか一秒、二秒の違いが勝敗を決することさえある空中戦では、この初動の遅れが生死を分かつことになりかねません。自分の急降下はこれを割愛するのです」

「割愛する?」長内にはとっさに佐々木二飛曹の言葉が理解できなかった。「それはどういうことですか」

「もちろん、これは敵機に対して優位な高度位置をとることができたうえでの話でありますが——自分は背面姿勢をとらずに、そのままの姿勢で、急降下に入るのであります。ただ単純に操縦桿を前に倒して急降下に入る——これをすれば初動に無用な時間をとられることがありません。すぐに戦闘体勢に入ることができるのであります。そのぶん敵を撃墜しやすくなるのであります」

「だとしたら――どうしてほかの操縦員たちはそうしないのですか。なぜわざわざ背面姿勢をとってから急降下に入るのですか」

「Gの問題からです。背面姿勢をとっての急降下は、ふつうに下方向へのGが増すだけでありますが――つまりオーバーGを耐えればいいだけの話でありますが――そして操縦員たちはそれに耐える訓練をふだんからしているのでありますが――『椿がえし』の、いきなりの急降下はマイナス方向にGがかかることになるのであります。人体は、下向きにかかるオーバーGよりも、マイナス方向――つまり上向き――にかかるマイナスGへの耐性のほうが弱いのであります。血流が頭や目に逆流してしまうのであります。思考力、判断力が鈍り、視界が真っ赤に染まってしまう……そのために失神してしまう操縦員が多いのであります」

「……」

「それを避けるために、急降下をしかける操縦員は、初動に遅れが出るのを承知のうえで、いったん背面姿勢をとるわけなのであります。ですが、自分の『椿がえし』は背面姿勢をとらずに、すぐに急降下攻撃に入る。しかも、自分の『椿がえし』はときに、通常の『一撃離脱』とは異なる戦法をとるのであります。敵機に機銃弾を浴びせかけ、そのまま離脱するのでなしに、すぐさま機を引き起こし、急上昇し、二撃めを放つ――マイナスGからオーバーGへと一気に変転する。この戦法に耐えられる操縦員はまずおりません。ほとんどが失神してしまうのであります」

　話の内容は過激だが、佐々木の口調はふしぎなほど冷静だった。刃物を突きつけるような覚悟のほどが感じられた。しかし、誰に刃物を突きつけているのか。何の覚悟なのか……長内はしだいに自分が気押《けお》されるようなものを感じていた。

「失神してしまう？　あなたもですか。あなたも『椿がえし』の戦法で飛行中に失神してしまうことがあったのですか」

「それは何度もありました。何度も、何度もありました……」

　佐々木はそういったのだったが、そのとき、それまで氷のように凍《い》てついていた彼の口調が、にわかに変調した。どこか陶然《とうぜん》としたような声の響きに変わったのだ。

　なぜか長内はそのことに慄然《りつぜん》とさせられずにはいられなかったのだが……

「それではもしかしたら――」タナカがまたエンピツでコツコツ前歯を打ちながらいった。

「佐々木さんが失神して、基地に着陸することになったのも、そのせいだったのではないでしょうか。『椿がえし』をして意識を失った……」

「はい、私もそう思いました」

　長内の声がわずかにうわずった。そう思ってくれるなら、それで佐々木二飛曹のことにけりをつけて、この尋問を終えてくれるのであれば、長内にとって、こんなにありがたいことはない。しかし、そうは問屋がおろさなかった……

「いや、そんなはずはないな」タナカはかぶりを振って自分で自分の言葉を否定したのだった。「その日、佐々木二飛曹は美母衣の上空で敵機に遭遇したわけではない。それなのに『椿がえし』をして、失神するというのは、いくら何でも理屈にあわない——そうじゃないですか」

「……」

長内はタナカの言葉に落胆した。しかし、そんな内心の思いを表情にあらわすことはしなかった。

そのとき長内がぼんやり考えていたのは、ぜんぜん別のことだった。いや、ぜんぜん別のことといい切ってしまっていいものかどうか——

6

タナカにはいえないこともある。

たとえば、このときのことはタナカにはいえない……

長内は清水晶子との話を終えて、病室に戻ったが、そのときにはすでに高村軍医の姿はなかった。

佐々木二飛曹も病室にいなかった。高村軍医が来るのと入れ替わりのように検査に出ていったらしい。それで高村軍医は、いても仕方がない、と思って、基地に戻っていったのにちがいない。

一人、若い兵隊がいて、長内を見るなり、直立、敬礼し、「佐々木二飛曹どのは検査にお出になりました」とそういった。

その顔に見覚えがあった。

佐々木が不時着同然にぶざまに着陸したとき、真っ先に零戦機に駆けつけたのが、この若い整備兵なのだった。

たしか名前を伊関といった。

「入院する人間は誰でも、その当日に、体重とか、血圧とか、基礎的な検査をするのが決まりになってるんだ。たいして時間はかからない——佐々木二飛曹の付き添いで来たのか」

「はい、そうであります——佐々木二飛曹どのが病院に行くのに付き添うように命令されてきました。佐々木二飛曹が部屋に戻り次第、自分は隊に戻ります」

「ご苦労だな」

「いえ、すこしでも佐々木二飛曹のお役に立てるのであれば自分は光栄であります」

その言葉に嘘はないようだ。その表情が純粋な熱意に輝いていた。

この若い兵隊にしてみれば、「椿がえし」の戦法で名をとどろかせている佐々木二飛曹は、まさに憧《あこが》れの英雄なのにちがいない。

――この若者は佐々木のためなら何でもするだろう。

そう思い、ふと石に躓《つまず》いたかのような、カチン、と硬い感触を胸に覚えた。

――待てよ。

フッと思いついたことがあった。

――ちょっと待てよ。

その思いつきを、胸のなかで、ためつすがめつ検討してみた。まるで拾った石を両手で丹念に撫《な》でまわすように――若い兵隊が「伊関二等兵、厠《かわや》にいってきます」そういって病室から出ていったのも、ほとんど意識に残らないほどに……

あの若者は佐々木二飛曹のためだったら何でもするだろう、と長内はそう思った。そしていまは、さらにその先に思いを集中させたのだ。そうであるなら、と思ったのだった。

――そう、そうであるなら……そういうことだって十分にありうるんじゃないか。

そのことをしきりに考えた。視線が部屋をさまよった。

ふとその視線が、病室に造りつけられた小机のうえにとまった。

まず最初に目についたのは半分食べかけの夏みかんだった。きれいに小房にわけられ、ていねいに筋もとられ、これもきれいに剝《む》かれた皮が、そのうえにかぶせられていた。それに――

きちんと折り畳まれた軍衣一式が「整頓」され、そのうえに背嚢《はいのう》が置かれている。横に、患者の小物を入れる手箱があった。軍の官給品、それに白いマフラーが入っていて、そのうえに、萎れて、紙のように乾ききった椿の花が無造作に投げ出されてあった。木乃伊《みいら》のようだった。

マフラーはあのときに佐々木二飛曹が首に巻いていたものだろう。高村軍医が妙に気にしていたマフラーだ。

それでは椿はどうか？　それもおそらく、あの零戦の操縦席にあったものにちがいない——手に取ってみたかったが、古い押し花のように乾燥しきっている。下手に指を触れようものなら、すぐにもバラバラになってしまうにちがいない。それに、触れたところで何がわかるものでもない。

——どうして佐々木はこの夏椿を後生大事に持っているのか。

その疑問が胸に動いた。

——なぜ捨てないのだろう。

佐々木二飛曹という男の心理には、妙に得体の知れないところがある。そのことに対して、なにか恐怖にも似た感情が体の底からつきあげてきた。悪寒がした……

佐々木が病室に戻ってきた。

長内の階級は中尉であり、佐々木は二飛曹である。

佐々木が病室の入り口で敬礼するのを手で制し、「私は医師できみは病人だ、ここではそういうのはやめておこう」そういって寝台に休ませた。

佐々木が両手の指を小刻みに震わせているのを、長内の目は見逃さなかった。精神的に失調しているあかしだ。

「眠れるかい」

「いえ、あまり……」佐々木は目を伏せていた。

「そうか、それはいけない——あとで睡眠薬を出してあげよう」

長内自身が不眠に悩まされている。一晩、まんじりともせずに、明け方まで眠れないことがよくある。いろいろと悩ましい物思い、恐ろしい想像が、ひっきりなしに脳裏をよぎり、長内の睡眠を妨げる。

そのために、いつからか長内は常時、睡眠薬を持ち歩くのが習慣になってしまった。それもかなり強い効き目の睡眠薬を。いまも持ち歩いている。そのことを高村軍医に知られて、やんわり注意されたことがある。

が、それがこの場合には役に立った。戦況が逼迫《ひっぱく》し、薬の備蓄が不足しているいま、つねに睡眠薬をポケットに持ち歩いているという習慣が、長内自身に対してはもちろん、患者の精神治療にもどれほど役に立ったか、はかり知れないものがある……

だから——ここまではいかにも医師らしい行動だといえたろう。が、ここから先がいけない。ここから先、長内がしたことは医師にあるまじき、いや、人間としても恥ずべき行為だったかもしれない。ほとんど反射的に——あまりといえばあまりに唐突に——こんなことを口走ってしまったのだ。

「佐々木二飛曹、じつは清水看護婦はきみのことを好きなんだよ」

自分でもどうしてそんなことをいったのかよくわからない。いや、漠然とわかるような気もするのだが、むしろわかりたくない、という気持ちのほうが強かった。それは自分に醜い一面があるのを認めることでもあったから。

いうべきことではなかった。しかし、いってしまった……

「……」

佐々木二飛曹はゆっくり顔をあげて長内のことを見あげた。その目が鋭い。佐々木の表情が一変していた。劇的なまでに――

「……」

長内は息を呑《の》んだ。佐々木の表情にナイフがひらめくのを見たように感じたからだ。極限まで研ぎすまされ、冷たく、美しい光を放ちながら……しかし触れるものをことごとく傷つけずにはおかない獰猛《どうもう》なナイフを……

――これが……

と長内は実感した。

――これが佐々木二飛曹という若者の正体なのか。

後悔の念はあった。ないはずがない。しかし、いったん口にしてしまった以上、最後までそうといい張る以外にない。すでにルビコン河は渡ってしまったのだから……

「そうなんだよ、佐々木二飛曹――」長内はあらためて自分にナイフの切っ先を突きつけるようにそうくり返すのだった。「清水看護婦はきみのことをひそかに愛しているんだよ……」

「おかげで『椿がえし』のことはよく理解できました。それでは――」

タナカはまたふいに話柄をかえた。それがこの男のクセなのだろうか、それともそうした「尋問術」でもあるのだろうか。

「そろそろ『零戦心中』のことをお話しいただきましょうか。ご存知の範囲内のことでけっこうですから」

「『零戦心中』のことを……」

何を話せばいいのだろう？　何をどう話したところで、論理的に矛盾《むじゅん》が生じる気がする。その矛盾をつかれて自滅するはめになるような気がする。もちろん、すべて真実を話せば、それでいいことなのだろうが……それができないのだ。

大きな嘘をつくには、小さな事実をまんべんなく、そのまわりに散らして、その嘘を隠してやればいいという。が、その嘘があまりにも大きすぎる場合はどうすればいいか。どんなに事実をそのまわりに散らしてやったところで、それを隠し切れない場合にはどうすればいいか。それでも論理的に話を貫きとおすことは可能だろうか。

――どう話したらいいのか。

その判断がむずかしいが、あれこれ迷っている余裕はない。タナカの長内を見る目が異常なまでに鋭かった。おざなりな話をしたところで、その視線から逃れることはできないはずなのだから。

と、そのときのことだ。思いもかけない僥倖《ぎょうこう》、というか、啓示が下された。

机に置かれた電気スタンドの明かりが瞬くように点滅した。いまにも停電しそうだ。このご時世には、めずらしいことではないが。

ふとタナカの背後の窓が橙色《だいだいいろ》に染まっていることに気がついた。すでに夕暮れが近いようだ。窓に滴る夕陽が見るまに暗さを深めていく。白と見まがわんばかりの淡い青から、群青色、そして濃い赤へと……それが何かに似ているように思った。何に似ているのだろう。

——そうだ。赤い椿に似ている。赤い寒椿、白い夏椿……

意識の奥底で何かが動くのを感じた。それが何であるのかを見さだめようとした。ひたすらそれに思考を集中させた。

——七月の事故のとき、佐々木は操縦席に夏椿の花を持ち込んでいた。基地には夏椿の群生がある……

いま自分は極限まで脳髄をしぼっているという実感があった。そのギリギリという軋《きし》みが実際に頭のなかで鳴っているように感じた。ひたすら思念を集中させようとした。

と、そのとき——

それまで隅の机にすわって、長内の話を記録していた男が、つと立ちあがると明かりのスイッチを入れた。

明かりがあふれた。タナカの顔がそれまでにも増して白っぽいものに見えた。当然だ、この男はアメリカ人なのだから……そう思い、いや、そうではない、と思いなおした。タナカはアメリカ国籍を持ってるかもしれないが、白人ではない。日系二世なのだ。顔が白く見えるのは相手がアメリカ人だからという先入観のなす錯覚にすぎない。

と、また意識の底で何かが動いた。今度はそれが何であるかはっきりわかった。そうか、そうすればいい……

「どうかしましたか」タナカがいった。「なにか、さしさわりでもあるのですか」

「いえ、べつに……」

長内は顔を撫でおろした。手のひらにかすかに汗の感触が残った。その汗をズボンで拭って、話をつづけた。

「それで、お尋ねの『零戦心中』のことですが――先ほど申しあげたことと矛盾しますが……じつは、私も、当時の警察が女を取り調べた調書の写しを取り寄せたり、そのときの事情を知っている人から話を聞いたりはしたのですが、なにぶんにも四年まえのことなのでくわしいことはわかりません」

「警察の調書を取り寄せた？」タナカは眉をひそめた。

「はい。佐々木二飛曹の治療のために必要だと思ったからです。先ほどは嘘をつきました。軍のほうから当地の警察に連絡してもらい便宜《べんぎ》をはかってもらいました」

「それはまた熱心なことですね。ああ、その調書の写しはいまもお持ちでしょうか」

「いえ、残念ながら――」

「ああ、そうでしたね。日本の軍隊は終戦時に大量の書類を焼却したのでしたね――」タナカの声にわずかに嘲笑《ちようしよう》の響きがこもったようだ。「しかし、当地の警察にはまだ調書が残っているかもしれない。近いうちに問いあわせてみましょう」

要するに、下手に嘘をついてもあとでバレることになる、と暗に釘を刺されているわけだ。もちろん、長内には最初から嘘をつくつもりなどない。その必要がない。静かにいった。

「いまから調書を取り寄せるのは無理だと思います。当地というのは広島のことですから――」

「ヒロシマ……」

一瞬、タナカの表情が歪《ゆが》んだように感じたが――見あやまりだったかもしれない。あらためてその顔を見ると、もうそこにはどんな表情も読みとれなかったからだ。平静、という以上に平静な顔がそこにはあった。

長内としては言葉をつづけるほかはない。

「私は脳神経科医です。まず患者さんの過去の経歴を聞くことから仕事をはじめます。佐々木二飛曹についてもその例外ではありませんでした……昭和十六年九月、佐々木二飛曹は広島湾での、艦上離着訓練において、着艦の失敗により、機を大破、自分も重傷を負いました。H海軍病院に入院し、そこで当地の芸妓《げいぎ》たる弓松こと――本名、柏木《かしわぎ》弓恵さんに出会う。H市の花街では名花とうたわれた女性だったそうです」

「……」

「ああいう世界の人たちは、首が落ちる、というので、ふつう椿の花を嫌うのですが、弓恵さんは好んで、椿の花を模様にあしらった着物を着ていたということです。椿の、ポロリと花が落ちる、その潔《いさぎよ》さがわたしは好きなのだ、というのが彼女の口ぐせだったといいます。それでついた異名が『椿芸者』――その美貌《びぼう》、きっぷのよさ、それにその若さで、H市の花街では名物芸者だったそうですが、実際には孤独で、淋《さび》しがりやの一少女にすぎなかった……と私は思います」

「……」

「それだからでしょうか。どちらかといえば彼女のほうが一方的に佐々木に燃えあがったようです。それで、とうとう心中騒ぎまで引き起こしてしまった。何にしろ、当時、まだ十九歳だったそうですから。一途になってしまったわけなのでしょう。それで――そう、それで……」

ついに軽業師が綱渡りをはじめたのだった。両手に長い棒を持ち、それで体のバランスを取りつつ、落ちないように万全の注意をこめながら……

7

昭和十六年九月、広島湾において、きたる真珠湾攻撃を想定しての、艦上機の母艦離着の演習訓練があった。

その演習訓練に佐々木二飛曹も参加していたのだった。空母「蒼龍《そうりゅう》」の艦上航空兵として、である。

佐々木は、その一年前、昭和十五年九月、新鋭・零戦機を駆って、漢口《かんこう》上空での空中戦で、はなばなしい戦果をあげた。戦闘機乗りとして、すでに海軍で名をあげつつあったといっていい。

ただ、広島湾での演習訓練時には、「蒼龍」はドック入りしていた。それでやむなく、「蒼龍」の艦上航空兵たちは、「飛龍《ひりゅう》」を母艦がわりにして、離着艦の訓練をすることになった。

「蒼龍」と「飛龍」は同じ中級母艦であり、艦上滑走路の長さなどにほとんど違いがない。そのかぎりにおいて、離着艦訓練には何の不都合もなかったが、唯一、両艦の艦橋《かんきょう》の位置に問題が——それも重大な問題が——あった。つまり「蒼龍」の艦橋は右にあり、「飛龍」の艦橋は左にあるのだった。

艦上機を操縦したことがない人間は、これをさしたる違いとは思わないかもしれない。

が、艦橋の位置の相違は、想像以上に「蒼龍」の艦上航空兵たちを混乱させることになったようだ。

短い飛行甲板に離着しなければならない艦上航空兵たちは、地上滑走路の航空兵たちとは比較にならないほどの、繊細《せんさい》にして極度の感覚の集中を要求される。なにしろ着艦の最終段階では、機首を上にあげたまま、ほとんど半失速の状態で、尾部を甲板《かんぱん》に叩きつけなければならないのだ。じつに超絶の技術を要求されるといっていい。わずかな感覚のずれが大きな齟齬《そご》をきたすことになるといっていい。

そのことは訓練の当初からある程度は予想されたことだった。だから「飛龍」の艦橋の基部に、艦上整備兵たちが何人か待機し、それぞれに白い旗（ゴー）、赤い旗（ストップ）を持たせ、慎重に艦上機に着艦の指示を与えることにしたのだ。

が、それでもなお事故は避けられなかった。海軍内においても、極秘にされたため、事故の件数、その規模などはつまびらかではないが、軽微の接触事故まで入れると、相当数の艦上機が破損をこうむったのだという。

要するに、「蒼龍」の航空兵たちは、無意識のうちに、左の艦橋をないもののように錯覚し、そのまま着艦したために、事故があいつぐことになったらしいのだ。

とりわけ佐々木の事故は大きかった。着艦の最後になって、きわどく艦橋を避けようとしたが、避けきれずに、ほとんど片輪だけで着艦した。

佐々木二飛曹は、優秀な操縦員であったのだが、それだけにかえって微妙な感覚の狂いが大きな事故につながったのかもしれない。炎上こそしなかったが、機は大破し、佐々木も全身を打撲《だぼく》し、肋骨を何本か折った。

もちろん、その後の真珠湾強襲作戦に参加することはできなかった。そのままH市の病院に入院することになった。

治療の効果がはかばかしくなく、全治するのに意外に手間どり、ぶじ退院の運びとなったのは十一月も後半にさしかかってからのことだった。

温暖なH市にはめずらしく、まだ十一月だというのに、この日はひどく冷え込んだ。風が身を切るように冷たかった。

退院を翌日にひかえ、駅前の旅館で、内々に祝宴が設けられた。

とはいっても、「蒼龍」の艦上戦闘機の同輩が二人、艦上整備兵が一人、それにこれはどういうわけか艦上炊事兵が一人の——当の佐々木二飛曹を加えても、わずか五名の宴にすぎなかったが。

この宴席に呼ばれることになったのが芸者の弓恵だった。

その日も、弓恵は「椿芸者」の名にたがわず、朱色の帯、白地に赤い椿模様をあしらった、目にもあざやかな椿の着物を着ていたという。

もちろん、佐々木二飛曹と彼女とはこの日が初対面だった。

それが——知りあってから、ほんの数時間とたたないうちに、もう弓恵の佐々木に対する気持ちは、のっぴきならないものになってしまったようなのだ。

「零戦心中」などという、ことごとしい命名から、人は、二人の間に綿々たる恋情がつづられたのだろう、と思うかもしれないが、じつは二人の交情はわずか数時間を数えるのみであったのだ。

おどろくべきことに、それが翌朝にはもう心中騒ぎにまでなってしまった。

「もしかしたら――」ふいにタナカがいった。

「当地に、当時の調書が残っているかもしれない。それが、たとえヒロシマであっても、ね。取り寄せられるかどうか問いあわせてみましょう」

一瞬、間があり、長内はいった。

「もっとも弓恵が『椿芸者』と呼ばれているのは、H市の花柳界《かりゅうかい》でもごく一部のかぎられた人間しか知らなかったようです。椿は首が落ちるから縁起が悪い、と嫌う人が少なくなかったからです。何といっても芸者は人気商売ですからね。そんな通り名はあまり人に知られないほうがいい」

「……」

「私も彼を診療したからよくわかるのですが――佐々木に接した人間は男であろうが女であろうが強く彼に魅《み》せられずにいられない。男であれば何とか力になりたいと思うようになるし、女であれば異性として強く惹きつけられることになる。佐々木二飛曹には何かそうした魔力のようなものがありました。佐々木二飛曹の戦法が『椿がえし』と呼ばれるのは、もちろん彼の名字が『宮本武蔵《みやもとむさし》』の佐々木小次郎《ささきこじろう》を思わせるからでありますが……それは何も名前だけの一致にとどまらなかった。佐々木二飛曹は物語の佐々木小次郎のようにじつに美しいのです。それも、たんなる美貌というのではなしに、何といえばいいか、いつも『死』を身近に見つめているような、自分の身と心をつねに生死のはざまに置いているような……そうした不思議な磁力を身におびていたのです。おわかりになられるでしょうか」

「……」

「男も女も佐々木のそうした磁力に惹き寄せられずにはいられなかった。ましてや弓恵は、ほんの子供のころから花柳界に身を置いて、男と女のせめぎあい、だましあいに、浮いて、沈んで、ときに巻き込まれもしてきた若い女性なのです。佐々木二飛曹の『死』を凝視するまなざしに、これまで自分が知らなかった、そんなものが世にあるとは思いもしなかった、男の——そう、ほんとうのようなものを感じずにいられなかった、のではないでしょうか。なまじ幼いころから虚飾《きょしょく》の世界に身を置いていたがゆえに、かえって、そうした男の存在にうぶだった、ということもあるかもしれません。それは恋《ラヴ》だったのかとお訊きになられるのですか。そうだったのかもしれません」

「……」

「よくあなたがたは誤解なさるようですが、日本の芸者は娼婦《しょうふ》ではありません。踊り、音曲、それに女性美を売る、一種のアーティストなのです。そうであれば、弓恵が佐々木二飛曹に夢中になったとしても不思議はありません。なぜなら佐々木二飛曹もまた、零戦をかって、空に生と死のアートを描き出す、一人のアーティストだったからです。彼の『椿がえし』が芸術的だといわれるのもそのためといっていいでしょう。二人のアーティストの魂がたがいに相手を引き寄せた……ただ、弓恵にかぎっていえば、あまりに夢中になりすぎたといってもいいかもしれません」

当時、現地の警察は、心中の後遺症がたたって、寝込んでしまった弓恵を訪れ、置屋《おきや》の女将《おかみ》が制止するのを振り払って、強引にその取り調べにあたっている。

そこには、この非常時に陛下の赤子をみだらな心中に誘い、死なせようとした、という罪を一方的に女だけに被《かぶ》せ、佐々木を何とか無傷のままとどめたいという、軍の勝手な思惑が働いていたのかもしれない。

その直後に、弓恵は、おそらく心労のため急死したということだが、そこには取り調べの苛烈《かれつ》さ、そのあまりの不条理さが、大いに原因していたと考えるのが妥当だろう。

「調書に残された弓恵の証言は、こんなふうにはじまっていました――せっかくのお尋ねですから、できるだけ正直にお答えしたいと思いますが、話があまりあけすけになりすぎて、ご不快に思われるかもしれません。そのことはどうか、ご勘弁のほどをお願いいたします、と――」

そこで長内は視線を宙にさまよわせ、調書を思い出すかのようにこう言葉をつづけた。

「その夜、わたしは、わたしが身を寄せさせていただいている置屋から、まっすぐ曙《あけぼの》旅館に向かいました。言葉をかえれば、それだけ海軍さんが大切な客だということです。海軍さんからお座敷がかかったときには、よほどのことがないかぎりはしごはしないようにしていました。それはもう、わたしらにとって海軍さんは大切なお客様でしたから……」

8

H市は海軍でまわっている街なのだ。

この夜も、新たに艦が入港したらしく、町のいたるところ下士官や水兵があふれていた。曙旅館に来る途中、飲み屋からの男たちの歌声を聞いた。

腰の軍刀にすがりつき
連れていきゃんせ　どこまでも
連れていくのはやすけれど
女は乗せない雷撃機

このお座敷でもその歌が出た。ただし、言葉をかえて「零戦機」とうたわれた。今夜の客の主役は零戦の操縦員たちだということだ。

——ゼロ戦。

何て素敵な言葉の響きだろう。

もちろん気のせいだろうが、艦爆機や、艦攻機の乗員よりも、ゼロ戦乗りのほうが、男として一段、上等のような気がする。何か、いつも体のなかを風が吹き抜けているような爽《さわ》やかな印象が強い。弓恵にはどこかゼロ戦乗りに憧《あこが》れているところがあった。

ましてや、この夜の客は「椿がえし」の佐々木二飛曹なのである。「宮本武蔵」の佐々木小次郎のように凜々《りり》しく、美しい。

総じて芸者衆、仲居衆の、客としての、航空兵たちの評判は上々であるが、なかでも佐々木二飛曹の評判は高い。

深酒はせず、女に妙な悪がらみもしない——というか、そもそも女にはさして興味がないようなのだ、冷淡にさえ見える、弓恵から見てもふしぎな人だった……

いつもはお座敷に出るまえに、置屋で食事を済ませてくるのだが——そのために看板料だけではなしに食費も毎月入れている——お風呂《ふろ》に行くのに手間どって、その時間がとれなかった。そのためだろうか、お座敷をつとめているうちに、妙に疲れて、ちょっと風を入れるつもりで、座敷を離れた。弓恵自身、さだかに意識していなかったが、佐々木をまえにして、いつになく緊張がつのっていたのかもしれない。

それで、お座敷に戻る途中、廊下の鉤《かぎ》の手の水飲み場のわきに、佐々木がたたずんでいるのを目にしたのだった。

二階だ。佐々木はしきりにそこの窓から下を覗き込んでいるようだ。

「何をご覧になられてるんですか」

弓恵は佐々木の横に寄り添った。一瞬、触れた肩に、燃えあがるように熱い感触を覚えた。そのことに動揺した。あ、と小さく声をあげてしまう。その声が聞こえなかったろうか、という不安にかられた。

窓からもれる明かりに隣家の庭がうっすら照らし出されている。椿だろうか。その一角に花々がぼんやり浮かびあがっているのだが、その色まではっきり見てとることができない。

「あれは赤い椿だろうか、白い椿だろうか。きみにはそれがわかるか――」その声が妙に切実なものに暗い廊下に響いた。

「それが大事なことなんですか」

「おれたち戦闘機乗りはげんをかつぐのさ。それが赤い椿なら何てことはない。ただの椿だ。だが、それが白い椿なら、おれは好かない、椿は首が落ちるからな。白い椿は白装束に通じる。不吉だ――」

「あら、やだ。そんなこと信じてらっしゃるんですか。そんなの迷信だと聞いたわ」

「むろん迷信さ。迷信だからこそ、それで運を占うんじゃないか。おれの出撃を、おれの武功を、おれの――」

佐々木はそこで唐突に言葉を切った。

が、弓恵の耳には、佐々木がそのあと「愛を――」という言葉をいいかけ、それをきわどく呑み込んだかのように聞こえた。いや、聞こえたのではなしに感じた、といったほうがいいかもしれない。おそらく、それは弓恵の気の迷いだったろう。たんなる思い込みだったかもしれない。なぜなら、海軍のゼロ戦乗りたちは、いや、この国の男たちは、一般に「愛」などという言葉を口にしたりはしないからだ。花柳界に身を置き、数えきれないほどの男からくどかれてきた弓恵にしてからが、「愛」などという言葉はこれまで一度も耳にしたことがないように思う。そんなことは誰もいわなかった。

が、それでは、そのとき弓恵が敏感に感じとった、「佐々木には誰か好きな相手がいる」、という強い印象を——いや、それはもうほとんど確信とまでいっていいものだったのだが——どう説明したらいいだろう？　若い女性の、好意を抱いている異性に対する、なかば本能的なまでの直感とでも考えればいいのか——佐々木には誰か好きな相手がいる、そして、たぶん、その想《おも》いは永遠に報われることはないだろう、というその直感、そのふしぎなおののき……

「おれには見えない。あそこにあるのは赤い椿なのか、それとも白い椿なのか」

「どうしてもそれを知りたいの？」

「知りたい。どうしたって知らなきゃならない。明日からおれはまた零戦に乗るんだから……」

佐々木の声は低かった。それでいて、熱にうかされてのうわごとのように、ふしぎなまでの熱っぽさを感じさせたのだ。

何かにとり憑かれたように、とそのとき弓恵はそう思ったのを覚えているという。何かに——そう、たぶん、その報《むく》われない愛の相手に——とり憑かれたように……——そして、そのとき自分も、佐々木にとり憑いているそれと同じものにとり憑かれたのにちがいない……

と、あとになって、そう弓恵は刑事に証言している。同じもの——佐々木に対する、やはり永遠に報われないであろう「愛」に。

どうして、弓恵はそれを最初から「報われない」愛だなどと決め込んでしまったのだろうか。どうして、はなから佐々木の思いを自分に向かせることをあきらめたのか。それはたぶん、佐々木の、その「誰か好きな相手」にはどうしたってかなわない、という思いが、あまりに確信めいて揺るぎがなかったからだろう。それに完璧《かんぺき》に打ちのめされてしまった……

とてもかなわない、無理だ、と直感した。けれども誰だかわからない、たぶん永遠にわかることがないであろう、その「誰か好きな相手」に対して、猛烈な敵愾心《てきがいしん》がわき起こるのを抑えることだけはできなかった。

そして、そのことが彼女をして、

「いいわ、見てあげる」

自分でもそれまで考えてもいなかった大胆な行為へと踏み切らせたのだ。その瞬間まで、自分がそんなことをしようとは、まるで夢にも思っていなかったことに——

窓をがらがら引き開けると、桟におなかを乗せて、上半身を極限まで乗り出した。足が廊下から離れた。蹴出《けだ》しがめくれ、腰巻が覗いたことだろう。

「何をするんだ」

さすがに佐々木は仰天したらしい。その声がうわずっていた。

弓恵はかまわず、手を後ろにのばし、そこに置かれてあった家庭用の燐寸箱《マッチばこ》を取ると、それら何本かまとめて火をつけた。それをロウソクのように頭上にかざし、あらためて窓の下を見つめた。「危ない、落ちてしまう」佐々木のさらに切迫した声が聞こえたが、それは無視して、じっと視線を凝らした。燐寸の火に指先がちりちり焼かれるのを覚えた。火傷《やけど》しそうになる寸前に、火を消して、体を元に戻した。そして、あらためて佐々木に向きなおると、「心配なさらないでください。あれはただの赤い椿です」とそういったのだ。ほんとうにそれが見えたのか、あるいはそう見えたように錯覚しただけなのか、それは自分でもどうにも判断できないことだったのだが。

よしんば確信がなくても、そういわずにはいられない女の意地のようなものが無意識のうちに働いたのかもしれない。心のどこかに、佐々木の「誰か好きな相手」に対して、そして佐々木自身に対しても、全身で挑みかかるような気持ちが動いていた。

「ただの赤い椿——」それを聞いて佐々木の表情が動いた。「おれを哀《あわ》れむのか」嚙《か》みしめた歯の間から息を洩らすようにいった。

「……」

ハッ、と弓恵は体をこわばらせた。自分はいってはならないことをいってしまったのだ、ということに気がついた。佐々木にとって、椿は何かしら神聖で、侵すべからざるものであって、たとえ誰であろうと、うかつに触れさせてはならないものであるようだ。それなのに、弓恵は不用意にそれに触れてしまった。

「かんにん――」

反射的に逃げようとしたがそのときにはもう遅かった。猛烈な力で体を引き寄せられた。八つ口から指を入れられ、乳房を摑《つか》まれた。それで動きを封じられ、そのまま水飲み場と向かいあわせにある布団部屋に引きずり込まれた。ふすまを蹴って閉ざした。

佐々木はそこに積みあげられてあった布団を畳に蹴りくずすと、そのうえに弓恵の体を押し倒した。そのときにはもう弓恵のほうも抵抗する気力を失っていた。こうなることがすでにわかっていたような気がした。いや、それどころか、こうなることを心のどこかで祈っていたかのように感じた。むしろ自分から佐々木の体にしがみついていった。

が――

「白い椿がふいに赤く変わってしまうことがある……」

行為の最中、佐々木が口走ったそんな言葉が、ふと弓恵の意識に引っかかった。その言葉のあまりの異様さに、一瞬、われに返ってしまったのだ。

「見てるまに白い椿が赤い椿に変わってしまうんだ。おれにはそれが怖い」

――これって何だろう？　どういう意味なんだろう。

しかし、そんな疑問が意識の淵にとどまったのも、ほんの一瞬のことで、すぐにすべてがどうでもよくなってしまう。快美の大波にさらわれるまま、自分を忘れた……嵐《あらし》のようなひとときが二人の体のうえを吹きすぎていった。その奔騰《ほんとう》する時間の果てを、おれの首を絞めてくれ、という佐々木の声がかすめていった。「どうか本気でおれの首を絞めてくれ」――夢うつつのなか、佐々木がそういうのをたしかに聞いた。ただもう佐々木のことが愛《いと》おしかった。佐々木の頼みなら何でも聞いてやりたかった。それなのに――「何をいってやがる、ばかやろ」自分でも知らず伝法な言葉が口をついて出た。「そんなの、あんたのいい人にやってもらえばいいじゃないか」

「おれのいい人？」佐々木がつぶやいた。「そんな人はいない」

が、その放心したような口調、自信なげな声が、その言葉を裏切っていた。佐々木は嘘をついている、と弓恵は恋する女の直感からそう感じとっていた。

「嘘つくな――」

気がついたときには佐々木の首に両手をかけていた。渾身《こんしん》の力を振り絞って、絞めた。いつしか佐々木の両手も弓恵の喉《のど》にかかっていた。凄《すご》い力で絞められた。急速に薄れゆく意識のなかで、こんなふうにしてもわたしはあんたに勝てないんだ、と頭のなかでその「誰か好きな人」に囁きかけていた。強烈な官能の悦《よろこ》びと、いやまさる敗北感のなか、弓恵は佐々木を殺し、わたしもまた死ぬんだ、とそのことをしきりに自分にいい聞かせていた……

「――嘘いつわりはもうしません。これがいっさいがっさい、わたくしどもの『零戦心中』の一部始終でございます。世間をお騒がせし、皆様にご迷惑をおかけしたことを、心よりお詫びして、これにてわたくしの話を終えたいとそう思います……弓恵の調書はそう終わっていました……」

長内の話は終わった――部屋に深々と沈黙が満ちる……

9

それまで黙って記録を取りつづけていた男が、エクスキューズ・ミーといい――長内にもそれぐらいの英語はわかる――席をたって、部屋を出ていった。トイレだろうか。

タナカはその男には目もくれずに、ひとしきりコツコツとエンピツで前歯を叩いてから、

「それではそろそろ八月十六日、佐々木二飛曹が死亡したときのことをお話しいただきましょうか――これもまた腑に落ちないことが少なくない」

おもむろにこういったのだ。これまでにも増して、静かな――むしろ静かすぎる――口調だった。

「佐々木さんは、どうして戦争が終わった翌日に、零戦を発動させたのでしょう。何を目的にして基地から飛びたったのか？　しかも三百三十リットルの落下式増槽《ぞうそう》を懸吊してい

たと聞いています。常識的に考えれば、余分の燃料を積んでいくというのは、長時間飛行のためと考えるべきでしょう。けれども、すでに戦争が終わっているというのに、佐々木さんが向かうべき遠方の場所などどこにあるというのでしょう。しかも、わざわざ増槽を懸吊したというのに、飛びたつとすぐに基地に帰還してきた。これはどうしてなのか？　それだけではありません。真昼で、晴れあがり、きわめて視界が良好だったにもかかわらず、まるで急に操縦員の視界がふさがれでもしたかのように、滑走路に真っ逆さまに墜落してしまった、これはなぜなのか？　佐々木さんの最後の事故は、それ以前の二度の事故にも増して、じつに不可解なものだった、といわなければなりません。長内さんはそのことについてはどう思われますか」

長内はタナカの顔を見た。

このタナカという男は身分を名乗らなかったが、たぶん情報局――という部署が米軍にあるかどうかは知らないが――の人間にちがいない。むろん、ただの軍人などではありえないし、日本の陸軍でいう憲兵ですらないだろう。陰険で、狡猾《こうかつ》で、緻密な頭脳を持つ情報員なのだ――そのことはすでに揺るぎない確信として長内のなかにあった。

その優秀な情報員を相手に、いま長内は口舌一枚、それに脳神経科医としての相手の心理を見抜くスキルのみを唯一の拠《よ》りどころにして、単身、立ち向かわなければならないのだが……

――どう切り抜ければいいのか。そもそも切り抜けられるのか。

長内は首筋にじっとり冷たい汗をかいていた。それを拭くためにズボンのポケットからハンカチを取り出した。

そのとき——

部屋の明かりがフッと消えたのだった。今度こそ完全に停電のようだ。部屋が闇《やみ》に閉ざされた。その闇のなか、タナカの立ちあがる気配がした。

「停電のようですね」

タナカがいまいましげにそういう。

それにつづいて、かすかな音が闇のなかに響いた。エンピツが机のうえを転がる音のようだ。タナカが前歯を叩いていたあのエンピツだろうか。そうにちがいない。

どうしてそんな小さな音が耳に届いたのだろう？　長内は自分で考えていた以上に緊張していたのだろうか。それで全身の感覚を自分でも気づかぬままに極限まで研ぎすましていたのかもしれない。

——いまだ……

自分でもそうと意識しないままに体が勝手に動いた。すかさず、それをした。

椅子を動かす音がした。

——おれのしたことに気づかれたか。

そう思い、ヒヤリとした。

けれどもそうではなかった。

「ちょっと失礼します」

タナカが部屋を出ていった。

開閉器《スイッチ》でも見にいったのだろうか。それともランタンでも探しに行ったのか。

闇のなかでただ長内は体を硬くしてすわっていた。

自分がしたことの結果がどう出るか、吉と出るか、凶と出るか……そのことにおののきながら、ひたすら待ちつづけるほかはなかった。

――この闇はあの闇を連想させる。

ふとそんなことを思った。

掩体《えんたい》の地下深くにひろがるあの闇を……その闇の底に白々とうずくまる、零戦の姿を……そして――

唐突に、頭のなかに、あの男の声が聞こえてきたのだ。あの男、そう、呪師霊太郎の声が……

10

――なにしろ、ぼくは幽霊を探偵しているもんですから。

――清水看護婦はきみのことをひそかに愛しているんだよ……

病床の佐々木二飛曹にそう伝えた翌日のことである。

高村軍医から、呪師霊太郎が会いたがっているという連絡を受けた。

——呪師霊太郎？

とっさにそれが誰のことだか思い出せなかった。が、すぐにそれが、高村軍医が相談しようといっていた探偵の名だということを思い出した。

——どうしてその男がおれに会いたがっているのか。

が、階級は同じ中尉でも、年長の高村軍医の言いつけに逆らうことはできない。いわれるままに、指定された時刻に、指定された場所に行くほかはなかった。

基地には、第一滑走路と、第二滑走路がある。その第二滑走路の端に板塀《いたべい》でかこまれた、かなりの広さの敷地があった。

高射砲のための探照灯の小隊がそこに駐留しているのだという。

呪師霊太郎は、その探照灯小隊の駐留地のすぐ近くにいるのだと聞いた。

板塀の入り口を何人かの兵隊がしきりに出入りしていた。どうやら敷地のなかに畑があるらしい。ジャガイモでも耕作しているのだろうか——いまはまだ収穫には早いが、それでも何かと農作業の必要があるのだろう。鋤《くわ》や、鍬《すき》、荷車に肥桶《こえおけ》を積んで動いている彼らの姿はもう兵隊というより農夫そのものだった。見るからにノンキそうだ。

彼らに呪師霊太郎の所在を訊いた。

それだけでもう、何がおかしいのか男たちは笑い出している。霊太郎はこの員数外のような兵隊たちに妙な人気があるらしい。——

「おう、軍医どのを霊太郎さんのところに案内してやれや」

ひげ面の古参兵らしい男が、笑いながら若い兵隊にそういった。その歯が煙草《タバコ》に黄ばんでいた。

「はい、今村《いまむら》二等兵、軍医どのを霊太郎さんのもとに案内します」

命令する古参兵も笑っていれば、命令を受ける若い二等兵も笑っている……

呪師霊太郎という男には、その名を口にするだけで人の笑いを誘う、どうもそんなところがあるらしい。

——おもしろそうな男だ。

長内はがぜん霊太郎という男に興味を覚えずにはいられなかった。

若い兵隊に案内されて、さらに第二滑走路の先に向かった。

滑走路の端のほうに、コの字型に土塁《どるい》が築かれ、その上部をアーチ型にコンクリートの屋根が覆った建築物がある。しかも、それが幾棟も並んでいるのだ。

そのうちの一つ、入り口わきに、夏椿の低木林が広域にわたって、あざやかに群生している棟があった。

若い兵隊はそこで足をとめると、「このえんたいの奥に霊太郎さんの入っている営倉があります」とそういった。

えんたい、は「掩体」である。

掩体を入ったすぐの側壁に幾つかのカンテラが下がっている。若い兵隊は、その一つをとって、燐寸で火を入れた。長内を振り返り、どうぞ、とさし招いた。

——昼の日中にカンテラ下げてよ。

という俗謡の一節が頭をよぎる。

ふいにカンテラの明かりのなかに異様なものが浮かびあがった。

いや、ここが航空基地であれば、むしろ、それはあって当然なものなのだが——

ただ、それが掩体の地下に収納されているのが異様なのだった。

零戦なのだ。

長内は海軍の軍医でありながら、さして飛行機に興味もなければ、知識もない。が、さすがに、それが零戦52型丙と呼ばれる機種であるぐらいの見当はついた。

長内たちが歩いている掩体の、さらにその一層下の眼下に、格納エレベーターのような設備があり、そこに一機の零戦が収納されているのだった。

地下の闇のなか、カンテラの明かりのなかに、一瞬、浮かびあがったそれは、なにか怪物めいて、白々と長内の目に焼きつけられたのであった。

来たるべく本土決戦にそなえて、戦闘機、爆撃機が基地に温存されているという話は聞いたことがあったから、そのこと自体はさしておどろくべきことではなかったかもしれないが——それでも闇の底に息をひそめ、ひそかに爪《つめ》をといでいる零戦の姿には、なにかしら深い衝撃をもたらすものがあった。

が、若い兵隊にとって、それはそこにあって当然のものであり、ことさら興味を引くべきほどのものではないようだった。

路傍の石を見るように、あっさりそれを無視して、さらに奥に向かいながら、こういった。

「ご存知ですか。この掩体の一部が獄舎になっているのです。昔ながらに、牢屋《ろうや》といったほうがいいかもしれない。これらの基地を、突貫工事で作り上げた男たちの半分は、網走刑務所から強制的に連行された囚人たちでした。なかには、手のつけられない者たちもいた、と聞いております。狡猾な者、凶暴な者、脱走をはかる者……これはそんな連中を懲《ちょう》罰《ばっ》のために、叩き込んでおく獄舎なのでした。ところが、ここに呪師霊太郎という物好きな人がいて――」

クスクス笑った。手に下げているカンテラが、わずかに上下に揺れ、その明かりがコウモリのように羽ばたいた。

「自分から志願して、そこに入ろうといいだしたのです。何でも、その人の知っている囚人が、まえに、そこから脱走したということでした。脱走そのものは、さして困難なことではないが、そのときのその男の心理を知りたい、とそういうのですな。そのためには、自分も牢屋に入るにしくはない。それで、まあ、物好きに、みずから牢屋に入っているわけなのですが――まあ、何としても変わり者ですよ」

「それが――」

ふと気がついて、長内は尋ねようとしたのだが、それに答える声は兵士の口からではなしに、掩体の奥にたちこめる闇のなかから聞こえてきた。

「そう、それが――」明るく、若々しい声だった。「ぼくです。呪師霊太郎といいます」

若い兵隊が、その声に誘われるように、サッ、とカンテラを頭上にかかげた。その明りのなかに格子の影が浮かんだ。

なるほど、兵士がいったように、昔ながらの牢屋という呼称こそがふさわしい。まるで映画に出てくる小伝馬町《こでんまちよう》の牢屋だ。掩体の一角を、太い木材を組みあわせた格子で仕切って、じめじめと湿った獄舎が作られている。便臭がきついのは、牢獄のなかの桶が便所がわりに使われているからだろう。臭いことも臭いが、寒いことも寒い。

「よく来てくださいました。私が長内さんをお呼びたてした呪師霊太郎です。わざわざのご足労、恐縮です、申し訳ありませんでした――」

そのなかに、一人の若者が、ムシロを敷いて、すわっていた。この寒さのなか、外套《がいとう》も着ずに、軍衣、巻脚絆、靴下に、編上靴《あみあげぐつ》だけの姿だ。ナンキン虫か、ノミでもたかっているのだろう。襟布《えりふ》を取り、ボタンをだらしなく外し、一方の手を胸に入れて、しきりにボリボリ掻《か》いていた。

「そんなことはかまいませんが……きみはどうして、そんなところに入っているんですか」

ぶしつけかもしれないが、若者のあまりに不可解な行為に、長内はそう尋ねずにはいられなかった。何を好き好んで、この若者はこんな寒くて、暗くて、不潔きわまりない場所にみずからを幽閉しているのだろうか。酔狂にもほどがあるではないか。

「昭和十四年、ここら一帯の基地建設がはじまったとき、網走刑務所から、ほかのおびただしい囚人たちに混じって、一人の若者が強制労働に駆り出されましてね。その若者が、ここから、まさにこの牢獄から、見事に脱出してみせたのですよ。それについて、ぼくにはどうしても釈然としないことがありましてね。解決できない謎《なぞ》がある。その謎を解明するには、ぼくもどうしたって、この牢獄に入る必要があった——それというのも、ぼくが探偵だからなんですけどね」

「探偵？」

「はい」

「この非常時に？」

「この非常時だからなおさらのこと——なにしろ、ぼくは幽霊を探偵しているもんですから」

「なにを探偵しているんですって」

「幽霊です。あのヒュードロドロの幽霊……こいつは探偵にとってはこたえられない代物でしてね。あ、ぼくのまわりにナンキン虫がいっぱいいるでしょ？」

「たしかに——できれば、あまり体を動かさないようにしてくれませんか。こちらに来られると困る」

「いまのご時世はね、このナンキン虫ぐらいに、いたるところからゾロゾロ幽霊が湧《わ》き出てくるんですよ。いやー、これぐらい探偵しがいのあるものはない」

「だから、あまり体を動かさないようにしろっていってるだろが」

長内は逃げ腰になりながらも、あらためて霊太郎のことを見ずにはいられなかった。

——こいつは何だ？

という思いが強い。

この若者はどこまで本気で話をしているのだろうか。ただ、韜晦《とうかい》しているだけのことで、ぜんぶ本音なのだろうか。それとも、すべてははぐらかしであり、一種の冗談のようなものにすぎないのだろうか。

「ところで——」と長内は訊いた。「その解決できない謎というのはどんなものだったんですか」

「ああ、井口《いぐち》二等兵——」と霊太郎が呼びかけたのは、あの若い兵隊に対してのようだった。「先生にお茶をさしあげて」

若い兵隊はへらへら笑って、

「冗談じゃないぜ、霊太郎さん——ふつうの人がこんな臭いところでお茶なんか飲めるもんかよ」

「どうぞ、おかまいなく——」長内は、そこらにあった木箱を引き寄せ、そのうえにすわると、「とはいっても、私はどんな臭いところであろうが、お茶を飲むのは平気ですけどね。鼻ではなしに、口で息をすればいいだけのことですから――」

「なるほど、それはそうですね」何が嬉《うれ》しいのか、霊太郎はニコニコ笑っている。

「ところで、私にどんな話がおありなんでしょう」

「話はありません。というか――もう終わりました」

「もう終わった？　それはおかしいですね。私たちはまだ話らしい話はしてないじゃないですか」

「そう思われますか」

「そう思われますかって――事実としてそうじゃないですか」

「先生がそう思われるのならそうかもしれませんね。いや、かまいませんよ。ぼくはこういう人間ですから、雑談ならいくらでもしますが……」

「そいつは願い下げだ。私もそれほど暇じゃない」

怒る気にもなれなかった。長内はしょうことなしに苦笑しながら立ちあがった。しょうことなしに？　いや、もしかしたら、その苦笑は、長内なりの精いっぱいの虚勢だったかもしれない。どうしてか、これ以上、霊太郎といっしょにいないほうがいい、という思いが強かった。いや、いっそ恐ろしかった、といってもいいかもしれない。

脳神経科医の長内が、なぜか霊太郎に心の底を見透かされるような気がして、そのことが恐ろしく、その場にいたたまれない思いがしたのだった……

「東京の豊島区に東長崎という駅があります。ご存知ですか」

立ち去ろうとする長内に霊太郎がこう声をかけてきた。

「豊島区は東京の中心から見ると西にあります。それなのにどうして東長崎というのか、わかりますか」

「……」

長内はまじまじと霊太郎の顔を見た。本気でそんなことを訊いているのか、と疑ったのだ。霊太郎はニコニコと笑っている。どうやら本気の質問らしい。長内はますますこの霊太郎という若者のことがわからなくなった。

「知らないよ」

そっけなくそう答えて、霊太郎に背を向けた。その場を歩き去りながら、なんで東長崎は東京の西にあるのに東長崎なんだろう。とそのことを考えた……

11

……が、呪師霊太郎のことを考えるのもそこまでだった。

背後にドアの開く音がして、長内の回想を打ち切ったのだった。

背後からのロウソクの明かりが長内の影を前方の壁に映した。それが揺らめきながら移動した。

部屋に入ってきた男は、ロウソクの火を机のうえに置いた。手暗がりで目測を誤ったのかもしれない。腰を机にぶつけたようだ。カタン、という軽い音がした。長内の体にもぶつかった——が、何事もなかったかのように、そのまま小机のほうに歩いていって、そこに落ち着いた。ペンを取る。すべては無言のうちに運ばれた。

タナカが部屋に戻ってきた。

「どうも失礼しました——」

すわるなり、さっそくエンピツを手に取って、ひとしきりコッコッと前歯を叩いてから、

「すっかり暗くなってしまいましたね。最後に、八月十六日のことをお話しいただいて、それで今夜の話は終わりということにしましょうか」

——昭和二十年八月十六日……

一瞬、長内は、ギュッ、と目をつぶった。そして、そのときも自分はその場にいた、と内心でつぶやいた。

——そう、そのときも自分はその場にいた……

前日には玉音《ぎょくおん》放送があり、すでに敗戦は不可避のことであり、既知の事実となっていた。解体を運命づけられ、いまや海軍に残されているのは、すみやかな残務処理以外には何もなかったといっていい。

第三航空基地は、いたるところ書類を燃やす煙が立ちのぼっていた。海軍としては、アメリカ軍が北海道に上陸してくるまえに、不都合な記録はすべて焼却しなければならなか

った。好ましからざる証拠はぜんぶ隠滅《いんめつ》される必要があったのだ。

基地に残された飛行機は、いずれ接収されるか破壊されることになるはずだった……長内はそのことを念頭において、話を組み立てることにした。

「佐々木が基地から飛び立ったのはそれを嫌ってのことだったかもしれません。あるいは愛機に最後の別れを告げるつもりでもあったのか……どうして機に三百三十リットルの落下式増槽を懸吊していたのかは私にも見当がつきません。たしかに私は脳神経科医ではありますが、一度、二度、話を聞いただけでは、患者の心のうちなど読み取ることなどできようはずがないからです。ただ、操縦席のなかから彼が見た滑走路の光景が、彼の目にどう映ったのかは、だいたい想像することができます――」

ロウソクの火明かりのなかに人影がぼんやり揺れている。わずか数十センチ隔てているだけなのに、もうタナカの姿を見ることはできない。ただ、その前歯をエンピツで打っているであろう、カチカチ、カチカチ、という音が闇のなかに聞こえているだけだ。

「滑走路にはいたるところ書類を焼却する炎が浮かびあがっていました。彼の目には、それらが真っ赤な椿の群生のように見えたのではないでしょうか。佐々木にとって、赤い椿は特別な意味を持っていたようです。弓恵との会話でも、自分にとって赤い椿はゲンがいい、ということをいってますし、見てるまに白い椿が赤い椿に変わってしまう、などと妙なことを口走っていますし……だから、滑走路に点々と燃える火を見て、そこから赤い椿を連想しないはずがなかったと思うのです。基地の掩体には白い夏椿が群生していたからなおさらのことでしょう。白い夏椿の群生を上空から見た。それと同時に赤い炎が滑走路に点々としているのが赤い椿が散っているようにも見えたことでしょう。それが飛行中の彼の精神状態にどんな変調を引き起こしたことか……」

長内は全身にジットリと冷たい汗をかいていた。タナカの前歯がたてる、カチカチ、カチカチ、という音に、いやでも緊張を誘われる。その音がヤスリのように長内の神経をさいなんでやまないのだ。まるで拷問のように。

綱渡りがいま最後の数メートルにさしかかろうとしているという実感があった。もうすぐだ、と自分にいい聞かせる。もうすぐこの綱渡りも終わる、向こう側に渡ることができるのだ、と——

しかし、綱渡りは最後の一、二メートルが最も危険なのだ、という話を聞いたことがある。最後の一、二メートルに達して、つい気がゆるんで、あるいは気があせって、綱から足を踏み外してしまう例が多いのだという。そうならないためにも慎重に言葉を運ばなければならない。そう、慎重に、慎重に……

いま、すぐ眼前に揺れているロウソクの炎が、長内の目のなかで、あの日のカッと照りつける太陽の明かりのように錯視されるのだった。

あの日、八月十六日の、まばゆい太陽の光輝のように……

12

……その、めくるめく太陽の輝きを背にして、一機の零戦がシルエットを刻んでいる。翼をきらめかせながら、基地に向かって一直線に飛んでくるのだ……

そのとき長内は、ほかの関係者たちと一緒に、滑走路に出て、おびただしい記録を石油の空き缶に入れて燃やしつづけていた。

そこかしこに立ちのぼる煙が、薄雲のようにうっすら滑走路を覆い、たちのぼり、上空にたなびいた。視界が悪かった。それだからかもしれない。空の一点に、ふいにわき出《い》でたかのような唐突さで、零戦が出現したのだった。

たぶん長内はほかの誰よりも早くそれに気がついた。

二時間ほどまえ、佐々木二飛曹が上官に無断で零戦に搭乗し、飛びたったことは、すでに基地中に知れわたっていた。戦時中であれば、絶対に許されるはずのない軍規違反であるが、ふしぎなほど誰もそれをことさら問題視する者はいなかった。

昨日、玉音放送があり、敗戦を告げられてから、まだ一日しかたっていない。それなのに基地にはすでに自堕落《じだらく》で弛緩《しかん》したような空気がたちこめていた。いまさら佐々木二飛曹の軍規違反などどうでもいい、ということかもしれない。

事実、意気消沈したり、悲嘆にくれたりした者はあったが、おおむね日本の降伏は平静に受け入れられたようだ。

厚木航空基地が抗戦を主張し、独立を宣言したという受電があった、ということだが、それを真剣に受けとめた者は少なかった。おおむね苦笑まじりに右から左に聞き流されただけのようだった。

佐々木二飛曹が零戦に搭乗して飛びたったことにしてもそうだ。もともと佐々木にはどこか孤剣をおびたひとり剣客のようなところがあり、およそ愛国的な言動ぐらい、彼からほど遠いものはない。彼にかぎって、降伏を受け入れられずに、抗戦の挙に出た、などということはありそうにないことなのだ。それでも航空兵としての優れた技量は誰しもが認めるところであったから、おそらく零戦の乗りおさめをしたいのだろう、というあたりが衆目の一致するところであった。

もちろん佐々木の命令違反は明らかであり、帰還後、営倉処分を受けるか、最悪、軍法会議に処せられるのは避けられないだろう。が、そもそも海軍それ自体が存続するかどうかさえわからないのだから、それすらどうなるかわからない。要するに、基地の誰も佐々木の行動をほとんど気にとめていなかったということだ。さして問題とするに当たらない。

佐々木がおびている孤影、殺気、色気のようなものには、男女を問わず魅せられずにはいられなかったが、それもしょせんは非常時に特有のものであり、時勢がこうなってしまったのでは、早晩、忘れられるべきものであったろう。

が、そんななかにあって、長内は——たぶん彼だけは——佐々木二飛曹のことを強く気にかけていた。長内には、ほかのみんなのように、そのうち帰ってくるだろう、とノンキにかまえてはいられない事情があった。それだからこそ、ほかの誰よりも早く、佐々木の零戦が帰還したことに気づいたのだろう。

長内はそれを呆然と見ながら、

が、それは何という帰還であったことか。それは通常の飛行ではなかった。まるで映画の齣《こま》が飛ぶように佐々木の零戦は一瞬のうちにその高度を変えてしまう。

――これが「椿がえし」か。

しびれるような思いでそう自分につぶやいた。

三千メートル以上の高度から――通常の急降下のように――百八十度横転《ハーフ・ロール》を経ずに、鉈《なた》で断ち切るように、一気に急降下に移行する――まるで椿の花が「散る」のではなしに、首から一気に「落ちる」かのように――それが結果的に、人に、ふいに零戦が宙からわいて出たかのような印象をもたらすことになる。たしかにこの「一撃離脱」戦法は敵機の操縦員を幻惑せずにはおかなかったにちがいない。

が、いま幻惑されているのは敵機操縦員ではなしに――というか、すでに戦争は終わったのだ、もう敵などいないのだ――次から次にそれに気づきはじめた第三航空基地の男たちなのだった。

基地に近づいてくる零戦を見て、誰もがそれを指さし、声をあげている。理由もなしに「椿がえし」を連続させる……その異常としかいいようのない飛行の仕方に、滑走路は騒然とした雰囲気に包まれた。

佐々木は何でそんな異様な飛び方をしなければならないのか。まるで錯乱したかのようではないか。

なにしろ、何を考えて佐々木が零戦を離陸させたのかわからないのだから、彼の行為が何を意味するのか、それもまたわからないのが当然なのだった。

佐々木が飛びたつのを助けたのは、あの伊関整備兵だったが、それもただ尊敬する佐々木にいわれるままに離陸を手伝っただけで、何を目的としての飛行なのかは知らされていないらしい。

熱いのではなく冷たい。燃えているのではなく凍っている……それが佐々木二飛曹という零戦操縦員なのである。

敵機を撃墜するのに技術的なこだわりはあっても、それが必ずしも愛国心へと直結するわけではない。誰しもが一致して認めるところ、要するに佐々木は戦闘機乗りの職人なのだろう、ということに尽きる。それ以上でもなければそれ以下でもない。そうでなければ、どうして戦争中に「零戦心中」などというふらちなことをしでかしたりするものか。

そんな男がなぜ敗戦の翌日に基地から飛び立ったりしたのだろう？　三百三十リットルの落下式増槽を懸吊までして。

それに「椿がえし」で、何段にも切り返すように高度を下げながら、基地に向かってきているのはどうしてなのか？　まるでこれから敵機と空中戦をくりひろげようとしているかのように。

その姿にはありありと敵意さえ感じられるようではないか。しかし、その敵意は誰に対するものなのか。何に原因するものなのか……ここには、いや、もうどこにも敵機など存在しないというのに。

が、そんななかにあって長内は——おそらく長内だけは——佐々木二飛曹がどうしてそんなふうになっているのか見当がついていた。これから彼が何をしようとしているのかわかっていた。

佐々木二飛曹が飛行するその先にある、いや、いるのは——

清水晶子なのだった。

清水晶子は滑走路の端にひとり立っている。両手に余るほどの白い夏椿の花束を持って——長内からははるかに遠い。優に五百メートルは離れているだろう。

灼熱《しやくねつ》の路面からたちのぼる陽炎《かげろう》に、空き缶の炎の煙があいまって、彼女自身が宙に浮かんでいるかのようだ。空に浮遊する純白の天使……その風に揺れる夏椿の花束は白い翼でもあるだろうか。

まるで降伏後の日本の無人の空に、単機、零戦を駆る佐々木二飛曹を、空に浮上しつつ待ちうけてでもいるかのように……

つい二日まえまでの第三航空基地であれば、いかに従軍看護婦であろうと——何の必然性もないのに——若い女性が一人、滑走路に無断で立ち入ることなど許さなかったにちがいない。場合によっては即座に憲兵に連行されたとしてもふしぎはなかったろう。が、いまはもう日本は戦争に負けたのだ。たぶん海軍はいずれ解散させられることになるだろう。それどころか日本そのものが消滅しかねない緊急事態なのだ。いまや、すべての法が無効に瀕《ひん》しつつあるといっていい。もはや女性が滑走路に立ち入るのを力ずくで禁じるものは何もない。

それなのに長内は、彼女の姿から、なにがなし不自然な印象を受けずにはいられないのだった。いや、彼女の姿に、ではない。この光景そのものに何かとてつもなく不自然なところがあるように感じる。それは何か？　長内の視線が、地上の彼女の姿と、急降下してくる零戦とのあいだを、あわただしく行き来した。

そして気がついたのだ。佐々木の零戦が、いましも彼女に向かって突っ込んでいこうとしていることに――おそらく佐々木の錯乱した頭のなかには敵機との空中戦が幻視されているのにちがいない。そして彼が「椿がえし」をくり返しながら向かいつつある敵というのは……

――清水晶子……

であることにまちがいない。

――佐々木の零戦は清水晶子に突っ込んでいこうとしている……

たぶん、いま、それに気がついているのは長内ひとりだけであるはずだ。あまりに突拍子もなく、異常なことでありすぎるために、誰もそのことに気づかない。いや、よしんば気づいたにしても、まさかと即座にそれを打ち消してしまうのにちがいない。そんなことが起ころうはずがない、という常識、先入観が、いま現実に起こりつつあることを頭から否定してしまう。

むろん、突っ込んでいく、といっても、地上に立つ人間めがけて特攻することなどできようはずがない。そんなことは物理的に不可能だ。低空飛行に移り機銃射撃するのか、そうでなければ……

——ああ！

長内は思わず頭のなかで悲鳴をあげていた。自分の失策に気がついたからだ。それも取り返しのつかない失策に！　何てことだろう。どうしてこれまでその可能性に思いがいたらなかったのか。

——そうでなければ、可能なかぎりの至近点から、彼女めがけて増槽を落下させるつもりなのではないか。

佐々木のことだ。そんな無茶なこともしかねない。

——佐々木二飛曹、じつは清水看護婦はきみのことを好きなんだよ。

長内が佐々木にいった言葉がいまさらのように思い返される。おれは何ということをいってしまったんだろう、という後悔の念がするどく胸をついた。じつに取り返しのつかないことをいってしまった……

いま長内の視線には、零戦と、彼女とのあいだが、一本の糸で一直線に結ばれているのがありありと見えるのだ。佐々木二飛曹と清水晶子の二人の生死を結ぶ糸……このままでは彼女が死ぬことになるのは明らかだ。それがわかっていながら、しかし長内は、まるで金縛りにでもあったかのように、その場から一歩も動くことができずにいる。声をあげることさえできずにいる。

が、いよいよ零戦が彼女に迫り、そのエンジン音が頭上を擦過し、地上に響きわたるにいたって、ようやく長内以外の人間も、佐々木の飛行がいかに異常で危険なものであるかに気がついたようである。

「あ、いかん」

長内の背後で悲鳴のような声が起こった。たしかめるまでもない。それは高村軍医の声なのだった。そして──

「おおい、呪師霊太郎！」

これはどういうつもりなのか、高村軍医はそう大声で空に叫んだのだった。

そのあとで起こったことはよく長内にも理解することができない。零戦がさらに降下したのはわかる。急速に近づいてきたのもわかる。が、そのあとに何が起きたのかがよくわからない。

一瞬の錯覚だろうが、零戦の操縦席に、佐々木二飛曹の顔を見たように感じた。頭のうえをエンジンの轟音《ごうおん》が擦過した。それが耳を聾《ろう》して鳴りわたった。上空からの風が猛烈な勢いで地を叩きつけた。

が、音よりも、風よりも、さらに鮮烈に意識に焼きつけられたのは光だった。零戦が真っ白な光に包まれたのだ。夏の陽光よりも、さらに激しく、まばゆい光に！　ぐわっと炸《さく》裂《れつ》するように光がひろがった。何が起こったのかわからない。どこからの光なのかもわからない。とにかく、目に突き刺さらんばかりの凄《すさ》まじい光なのだった。

あまりのまぶしさに、あっ、と声をあげ、目を閉じた。その瞼《まぶた》の裏に光が閃光弾《せんこうだん》のように尾を曳《ひ》いた。長いように感じたが、実際には十秒足らずのことであったにちがいない。どうにか目を開け、サッと振りあおいだときには、すでに零戦は頭上を通過していた。見るまに遠ざかっていった。

その先に、清水晶子がいる。自分めがけて飛んでくる零戦に震えあがったのか。その場にフラフラと倒れ込んでしまった。そのうえを零戦が通過した。

佐々木は彼女に機銃掃射《きじゆうそうしや》したろうか？　増槽を落としたか？　いや、そうではない。そのとき実際に佐々木がしたのは——とっさに操縦桿を引いたことだった。機は急上昇した。昭和二十年八月十六日の空に舞いあがっていった。旋回し、海に向かった。

その先に入道雲が純白にきらめいていた。その雲のなかに消えていった……

長内は、倒れている清水晶子のもとに駆け寄り、その体を抱き起こした。

清水晶子の顔は白かった。地面に夏椿の花が点々と散っていた。その花よりもさらに白かった……

息せき切って駆け寄ってきた高村軍医がこう訊いてきた。

「どがんしたとね、大丈夫か」

「死んでます」長内は沈痛な声でいった。「零戦が自分に向かってきたのがよほどショックだったのでしょう。たぶん、心臓マヒではないかと思うのですが……」

「心臓マヒ……そんな……」高村軍医はその場に呆然と立ちつくした。

長内は手袋を脱いで、その指の腹でソッと清水晶子の頬に触れた。頬はかすかに濡れていた。晶子は泣いたのだろうか、と長内は思った。それとも……

13

「それがわれわれが佐々木二飛曹を見た最後のときでした。佐々木の零戦はそのまままっすぐに基地に戻ってきませんでした。たぶん海に墜落したのではないか、と思います」

闇のなかに、タナカが前歯を叩く、カチカチ、という音が響いている。それを聞きながら、長内は話をつづけた。

「佐々木が、弓恵と性交をする際に、自分の首を絞めてくれ、といったことを思い出してください。それと、佐々木の『椿がえし』が、マイナスＧからオーバーＧへの苛酷な切り返しによって、人を容易に失神に誘う戦法であることをあわせ考えれば、ここに彼のある種の性的嗜好《しこう》のようなものをうかがい知ることができるのではないでしょうか。要するに佐々木は、失神する、というそのことに快感を覚える人間だということです。性的に特殊な嗜好を持った人間なのだということなのです」

カチカチ、カチカチ……

「特殊、といいましたが——脳神経科医としていわせてもらえれば、私の乏しい経験からいっても、性交中に失神するのを好む人間は意外なほど多い。特殊という言葉は当たらないかもしれません」

カチカチ、カチカチ……

「ただ佐々木の場合、その性的嗜好が、作戦時、あるいは訓練時の飛行中にも敷衍《ふえん》されるのが、異常といえるかもしれません。ある学説によれば、人間には性の衝動ばかりでなしに、死の衝動もあり、この両者は、一枚の硬貨のように、表裏一体となって、つねに人間をつき動かしているのだそうです。そして、どちらの衝動にも強烈にエロティシズムがつきまとう」

カチカチ、カチカチ……

「つまり佐々木にあっては、死を賭《と》してくりひろげられる空中戦にしろ、あるいは極端に滑走距離の短い航空母艦への着艦訓練にせよ、それが死に近しいことにより、性的な快感をともなう行為として意識されていたにちがいないのです。性交の代替行為、としてではなく、むしろ性行為そのものとして——ここまではおわかりになりますか」

が、タナカは、わかる、ともわからない、ともいわずに、ただ無言のうちにエンピツを前歯に打ちつけているだけだ。

――切り抜けられるか。

何としても切り抜けなければならない。さもなければ長内は身の破滅だ。

内心の恐怖、葛藤《かっとう》とは裏腹に、あくまでも長内の口調は平静そのものだった。淡々と話した。

「昭和十六年の広島湾での事故は、なにも『蒼龍』と『飛龍』の艦橋の位置が左右逆だったから、事故を起こしたわけではない。それはたんに、佐々木があまりに強く失神を求めたゆえのやりすぎだったにすぎないのでした。七月の事故にしてもそうでした。すでに佐々木はマイナスGとオーバーGの過激な切り返しだけでは満足できないようになっていた。脳神経科医としては、こういうのには多少、抵抗があるのですが――性に対する嗜好は万人それぞれに異なっていて、どれが正常で、どれが異常とは、いちがいに断定できないので――要するに症状がそれだけ進行したということなのでしょう。それだから彼は飛行中、発作的に、自分で自分の首を絞めたのではないでしょうか。もうおわかりでしょうが、着陸時、そのことをおぼろげに察して――その動機まではわからなかったでしょうが――、佐々木の首のあざを人目から隠すために、その首にマフラーを巻いたのは、真っ先に機に駆けつけた伊関整備兵がしたことでした。もちろん佐々木に対する尊敬の念からのことです。たぶん佐々木は自分の首を絞めるためにマフラーを取ったのでしょう。そのマフラーが操縦席にでも落ちていたのか。それを取って、ふたたび佐々木の首に巻きつけた。ところが慌てていたために、それがゆるんでしまった。それで結果、佐々木の首のあざが人目にさらされることになってしまった……」

長内としては、可能なかぎり自分の言葉に説得力を持たせるように、万全の配慮を働かせたつもりだ。細心の注意をこめた。

が、だからといって、それをそっくりタナカが鵜呑《うの》みにしてくれると期待するほど、長内は楽天的になれなかった。

ここまで長内は彼なりに精いっぱい、巧妙に話を運んできたつもりだ。が、それでもまだ、その説得力は十分とはいえない――タナカは狡猾で、疑い深く、なにより緻密な頭脳を持っている。なまなかなことでは彼を完全に納得させることなどできないだろう。

「白い椿がふいに赤く変わってしまうことがある……見てるまに白い椿が赤い椿に変わってしまうんだ。おれにはそれが怖い……佐々木が弓恵にいったという、この言葉を思い出してください」

カチカチ……カチカチ……

「これは何を意味する言葉なのか。飛行中のマイナスGからオーバーGへの極端な切り替えは往々にして失神を招いてしまう。もちろん、これは個人差があることなのでしょうが、一般には、最初、視野は赤っぽい色に染まり、ついで光がいっぱいにあふれて、真っ白になってしまう、ということのようです。てんかんの症状に似たところがある。佐々木にあってはそれが逆だったのかもしれません。白っぽい視界から赤っぽい視界に変わってしまう。とりわけ美母衣に来てからは、そのことが顕著だったのではないか。基地の掩体近くには白い夏椿の群生があった。佐々木は、訓練飛行中、上空からそれを見る機会が多かったことでしょう。地にあふれんばかりにひろがる白い夏椿……それが彼を誘《いざな》わなかったわけがない。そうは思いませんか」

カチカチ……カチカチ……

「つまり佐々木二飛曹にあっては、白い椿が赤い椿に変わる、というのは、『椿がえし』のGの極端な変化によって引き起こされる生理的な変化であるのと同時に、心理的には自分が死へと傾斜するその前兆でもあり、いわば象徴でもあったわけなのでしょう。つまり彼は『死と再生』の儀式に——その快楽にとり憑かれてしまった。彼が操縦席に椿を持ち込んだのもそうした意味からだったでしょう。象徴としての椿であり、愛の祭壇に捧《ささ》げられるべき花でもあったわけなのでしょう。むろん、椿芸者、という通称を持っていた弓恵さんのことが、頭のなかにあった、という可能性は否定しきれませんが……」

「『愛の祭壇』？　妙だな。それは誰に捧げられる愛だったのでしょうか。だって広島湾での事故は弓恵さんに会うまえのことであり、今年七月の事故は、看護婦の清水晶子さんと知りあうまえのことだった。それなのに佐々木がどこの誰に愛を捧げた、というのでしょうか」

「だからこその『零戦心中』なんじゃないですか。どうして『零戦心中』という言葉が流布されるようになったのか？　私はそれを佐々木が何かの拍子にフッと人に洩らしてしまったからではないかと考えています。つい本音を洩らしてしまった——」

そこまで話して、長内はいま自分に話しかけたのがタナカではなかったことに気がついた。これまで隅の小机で記録を取っていた男がいきなり言葉をかけてきたのだ。この男も日本語を話すことができるのか……そのことを意外に思うのと同時に、なにかその声に聞き覚えがあるようにも感じて、軽い混乱にみまわれた。しかし、だからといって、いまさら話を中断させるわけにはいかない。このまま続けるほかはない……

「そのことと、弓恵、それに清水晶子が二人ながら『佐々木には誰かほかに好きな人がいる』という印象を抱いたこととを、あわせ考えてみてください。つまり『零戦心中』というのは文字どおりの意味であり、零戦と心中する、ということだったのです。佐々木が人しれず愛していたのは女たちではない。零戦だったのですよ……これはまったくの私の想像にすぎませんが、昭和十六年九月の訓練の際、『蒼龍』から『飛龍』に母艦が変わったことで、佐々木の意識に、自分たちは引き離されるのではないか、という妄想が生じたのではないか。だから、二人、引き離されるまえに零戦との心中をはかったのではないか。そのあと、弓恵とあんなことになったのは、もちろん零戦操縦時の失神の快楽を追体験したいという思いがあったからでもあるでしょうが、それ以上に、零戦という愛する存在がありながら、べつの女に心を動かされた自分が許せなかった。自己懲罰の意味が強かったのではないでしょうか。そのあと南方でまた負傷したというのも――それはもちろん空中戦の結果、ということもあるでしょうが、やはり愛する零戦と一緒に性交中に失神したかった、ということもあったのではないか。佐々木にあっては、零戦をかって敵機と空中戦をくりひろげることは、零戦とのいわば性交のように感じられたのではないでしょうか。八月十六日、佐々木が、地上の清水晶子に零戦を突っ込ませようとしたのも、自分たちの愛を脅かそうとする清水晶子に対する敵意、それにやはり女性に心を動かした自分に対する懲罰の意識が働いたからでしょう。このことからもわかるように、佐々木にとって、個々の零戦が愛の対象になるのではなく、零戦という概念それ自体が恋人として意識されるわけなのでしょうが……」

そこで長内は唐突に言葉を切った。自分がハッと息をのんだのがわかった。

タナカの、エンピツで前歯を叩く音がいつのまにか途切れていることに気づいたからだ。そして、それまで小机にすわっていた男がいきなり立ちあがったからだ。ロウソクの火のなかに浮かびあがったその男が何者なのか、それをはっきり見てとることができたからだ。

「これまでのあなたの話は隣りの部屋で聞かせていただきました。マジックミラーを透かしてすべて見せていただきました――」

とその男――呪師霊太郎がいった。いつ書記の男と入れ替わったのだろう?

「いまならタナカは眠っています。さっき、あなたにぶつかったときに、あなたのポケットから睡眠薬の錠剤を抜き取ったのです。水入れに入れておきました。自然に水に溶けたことでしょう。それをタナカは飲んだ。さあ、いまのうちに逃げ出してください。これまでの話で、一応、タナカも『零戦心中』のことは納得したことでしょうから、これ以上、あなたをしつこく追ったりはしないはずです。さあ、逃げて――」

「睡眠薬……いや、そんなはずは……」

わけがわからないまま、霊太郎にせかされるままに、立ちあがりながら、しかし長内は混乱の極にあった。そう、そんなはずはないのだ……

が、霊太郎には、そんな長内の内心の葛藤などに斟酌《しんしゃく》するつもりは一切ないようだ。落ち着いた、いや、冷酷《れいこく》とさえいえそうな声で、こう釘を刺すのを忘れなかった。

「勘違いしないように——どうしてぼくがあなたを逃がすのかそのわけをよく理解するように……いいですか。ぼくはやむをえずあなたを逃がすのですよ。好きで逃がすわけではない。だから、さあ、さっさとここから消えてください」

霊太郎の厳しい口調に鞭《むち》打たれるように長内は出口に向かった。部屋を出るまえに、一度、振り返ったが、闇のなか、呪師霊太郎がどんな表情をしているのか、それを見さだめることはできなかった。

長内は部屋を出た。逃げた……

長内佐樹が、ふたたび呪師霊太郎の名を聞くことになるのは、それからおよそ五十年後、平成六年(一九九四年)の夏のことになる……

エピローグ

——ほんとうにここが五十年まえには滑走路だったのかしら？

緋内結衣子にはそれが信じられない。信じろ、というほうが無理だ。自分がいま北海道の美母衣という北の果てにいること自体、とても信じられずにいるのだから。

何もない。ただもう見わたすかぎり、茫々《ぼうぼう》と草草が生い茂り、荒れ地がひろがっているだけなのだった。

けれども視線を凝らせば、そこかしこにコンクリートの残骸《ざんがい》のようなものが点在しているのが見てとれる。それでかろうじて、かつてはこの全体が巨大な施設であったらしいことがわかるのだが……いまはただもう、夏の日射しだけが白々と、まばゆく一面に照り返しているだけなのだ。

どこにも人の姿が見えない。それなのにそこかしこから煙がたちのぼっている。それが荒れ地にひろがり、空にたなびいている。夏草でも焼いているのだろうか。

炎が見えないので危険を感じない。現実感にとぼしい。

東京から女満別《めまんべつ》空港まで航路で運ばれ、女満別からここまでタクシーで運ばれた。羽田からここまでトータルで四時間足らず、というところか。それでもうこの地の果てに立っている……なにか夢のようだ。

タクシーは結衣子を下ろすとさっさと走り去っていってしまった。

こんな荒れ地にひとり残されたわけだ。人影はない。人家もない……時間になればタクシーが迎えにくるということだが、ほんとうにそうなのかどうか、保証はない。じつに心細いことではある。

タクシーに白い花が用意されていた。それまで結衣子の知らない花だった。夏椿だという。その花束を持って、下ろされた荒れ地に、ひとりで待っていろ、といわれた。

警察にかかってきたあの電話のことを思い出す。呪師霊太郎と名乗った男に、いったん外に出て、「マチス」という喫茶店に入れ、といわれた。そこにあらためて電話をかけなおすから、と——

いわれるままに警察を出て、すぐそこの角にあった「マチス」に入った。街の何の変哲もない純喫茶だ。コーヒーを注文した。結衣子のすぐあとから若いカップルが入ってきて、離れた席にすわった。彼らもコーヒーを注文した。待つほどもなく、すぐにカウンターの赤電話が鳴った。ウエイトレスが彼女の名を呼んだ。「わたしです」結衣子は席をたった。受話器を受け取って、カウンターわきの椅子にすわった。「はい」——呪師霊太郎からの電話だった。

「何なのよ、これ?」

それが結衣子の第一声だった。

「何って、何が?」霊太郎は結衣子のことをおもしろがっているようだ。

「どうしてオーディションがなかったことになってるわけ？　わかんないよ。説明して欲しい」

「あれはぼく自身、思いもかけないことでした。もちろん、ぼくがやったことじゃない。あれは彼らが関係者に徹底的に口封じをした結果です。貸しホールの関係者、ビルの管理人……あまねく口封じをした。はてはあなたの部屋に忍び込んでオーディションの通知や手帳まで盗んでいった」

「そんな大がかりなことできっこないよ。だって、そんなのできるとしたら、それって――メチャクチャ大きな組織ということでしょ。世界征服みたいな――そんなのありっこない」

「だからメチャクチャ大きな組織がやったんですよ。まさか世界征服までは考えてないだろうけど」

「だって桂子まで――」

「え？　誰ですって」

「加納桂子――わたしの劇団のお友達。彼女までが、オーディションの話なんかなかった、って……」

「それも彼らに口封じされたからですよ」

「そんなはずない。だって、わたしの友達なんだよ。いくら口封じされたからといって、わたしに嘘なんかつかない。それに桂子が嘘をついてたとしたら、わたしにそれがわからないわけがない。わたしは役者なんだから、人が——ましてや友達が——嘘ついてたらそれ絶対に——」

わかるし、といいかけて、その言葉を呑み込んだ。ほんとうにそうだろうか、という疑問がわき起こったからだ。たしかに桂子は友達だが、それ以上に演技のライバルでもある。あのとき結衣子は、桂子の表情を見つめて、彼女は絶対に嘘はついていない、という確信を得るにいたったのだが——

でも、あれが桂子が結衣子に仕掛けた、どちらのほうに演技力があるか、という挑戦だったとしたらどうだろう？　あのとき桂子が全力で「演技」をしたとしたらどうか。その可能性はある。というか、それ以外に考えられない。だけど……

「でも、そうだとして——どうして、あなたのいう彼らは、わたしの友達の桂子にまで嘘をつかせることができるわけ？　わたし、友達だから知ってるけど——桂子はおカネや強迫なんかで動かせるような女じゃないよ。強い女なんだ、あの子——」

「だから、彼らは、そんな強い人でも、いうことをきかなければならない相手だということですよ」

「そんな……そんなのありえない……」

結衣子は絶句し、そして自分がこれまでに話に出たどれよりもふしぎな体験をしたばかりだということを思い出した。あれはどう説明したらいいんだろう？

「わたし、警察署の応接室でしばらく人を待っていて、その人が現れないんで、応接室から出たんです。そしたら世界がガラリと変わって見えたわ。まるで、それまでとはぜんぜん違う、異次元の世界に飛び込んだみたいに感じた。あんなことってあるんだ。あれって何だったんですか」

「かんたんなことですよ。警察署の一階に警官だの、刑事だの、事務員だのが五十人ほどいたとしましょうか。あなたが応接室にいた短い時間に、たとえばそのうちの二十人が別人に入れ替わったら、世界はぜんぜん別のものに見えるはずです。あなたはあそこにいた誰ひとりとして知らない。でも、彼らの顔かたちは漠然と記憶に残されている。そのなかの二十人がそっくり入れ替わったとしたら、何が起こったのか理解できないとしても、なにかしら異常を感じるはずですよ」

「そんな……それがあそこで起こったことだというんですか」

「そういうことです」

「でも……警察ですよ。いったい、どこの誰が警察署の人間を、あんな短い時間に、何十人も入れ替えることができるわけ？」

「答えはもうわかってるじゃないですか。何人もの人間を相手に大がかりに口封じができ、あなたの友達にいやおうなしにいうことを聞かせることができ、かんたんに人の部屋に忍び込むことができ、しかも警察署を相手に大勢の人員を一斉に入れ替えることができるのは誰か？　どこか？　それは――」

「警察――」さすがに結衣子の声はかすれた。

「そういうことです。警察がしたことだと考えれば何のふしぎもないでしょ？　警察、それも公安警察ですけど――」

結衣子は公安警察が正確にどんな仕事をしているのかは知らない。でも、その名は聞いたことがある。何だか恐ろしげな組織らしい、という漠然とした知識だけがある……

「で、でも、どうして公安警察が、何のために、そんなことを？」

思わず声が高くなってしまったようだ。とたんに、ガタン、という大きな音が聞こえてきた。見れば、あの結衣子のあとから店に入ってきたカップルが立ち上がっている。その血相が変わっていた。二人、急いでレジで料金を払うと、逃げるように喫茶店から出ていった。彼らの正体が何者なのか、あまりに明白だった。

「あれが公安……」

結衣子は呆然とした。

「いずれにしろ公安警察のことはあなたが心配しなければならないことじゃない。要するに、これは彼らの大いなる勘違いにすぎないんですから……」

「勘違い？」

「そうです――そのうち彼らにもあなたには何の問題もないことがわかりますよ。だから、とりあえず公安のことは忘れてしまったほうがいい」

霊太郎の声はどこまでも明るく屈託がなかった。

「それより、あなたはオーディションに合格したわけなのだから、そちらの仕事に集中してもらいます。脚本に出てきた清水晶子のことは覚えてますか。あなたは清水晶子にいちばんよく似ている。そうであれば、あなたはあの日のように、夏椿の花束を持たなければならない」

「あのう、意味わかんないんですけど……」

「ご心配なく――ギャラはきちんとあなたの口座に振り込んでおきましたから。確認してください……明日、朝、七時四十分・女満別行きのフライトに、あなたの名で予約を入れてあります。カウンターでチケットを受け取ってください。向こうに着いたら、タクシーが空港まえで待っています。そのタクシーに乗れば、あなたを目的地まで乗せていってくれる手筈《てはず》になっています――ちなみに、午後五時の女満別から羽田までのフライトのチケットも取ってあります。いいかえれば、それだけの時間で終わる仕事だということです。面倒もなければ危険もない」

「これって映画のお仕事じゃないんですか。わたしをだましたんですか」

「だましました――」霊太郎は拍子抜けするほどあっさりとそれを認めた。「ああする以外に、清水晶子に似た女性を探す方法を思いつかなかったものですから。申し訳ありませんでした。お詫びのしるしに、といっては何ですが、べつの映画のお話を紹介させていただきます。主役というわけにはいきませんが、せりふのある役です。すでにプロデューサーには話を通しておきましたから」

「そういうことなら……」それを聞いて結衣子は一気に機嫌をなおした。「それで、わたし、そこで何をすればいいんですか」

「何も――ただ、そこで立っていていただければそれでいいです。あ、何かご不審のことがおありでしたら、この番号に電話を入れてください」

霊太郎は、番号を告げると、それでは、といって、電話を切ろうとした。

「あ、もしもし――」

結衣子はあわてて呼びとめたが、相手に、何でしょう、と訊かれると、自分が何をいおうとしていたのか、わからなくなってしまった。苦しまぎれに訊いた。

「あのう、どうして『東長崎』は都心の西にあるのに、『東長崎』なんですか」

それには霊太郎は含み笑いで返し、「仕事が終わったらお教えします」そういって電話を切った。

それが昨日のことで――

そんなわけで、いま、結衣子はこんなふうに夏椿の花束を持って、見知らぬ北の荒れ地にひとり、たたずんでいるわけなのだった。

待った。

すでに午後一時をまわった。

日射しはあいかわらず強い。結衣子はうっすら首筋に汗をかいていた。

――こんなことなら日傘を持ってくるんだった……

そう後悔しだしたとき、荒れ地の果てに、きらり、と光が走った。

車がやってきたのだ。そのフロントガラスに陽光が反射しているのだろう。その光はこちらに向かってきて、やがて停《と》まった。それでもまだ遠い。よく見えない。ただ、その車がとてつもない高級車であることだけはわかった。戦車のように頑丈《がんじょう》そうだった。

車の後部座席から人が下りてきた。

結衣子は手をひたいにかざし、それが誰なのか、そのことを見さだめようとした……

夏の日射しがカッと照りつけて耐えがたいほどだ。それなのに、すこしも汗をかかない。それというのもこのおれが老いぼれたからなのだ、と思う。歳《とし》をとると、人はあまり汗をかかないようになってしまう。若いころのようには新陳代謝《しんちんたいしゃ》が……

いや、そうではない。

周囲を見わたす長内の表情には生気があふれていた――杖《つえ》をついてはいるが、その杖も歩行を補助するためのものではなく、護身のためのものなのである。

長内はすでに八十に近い老齢になっている。が、その精気の充実は恐ろしいほどで、なにか肉食獣めいた獰猛ささえ感じさせる。矍鑠《かくしやく》として、いささかも衰えを感じさせない。

それはそうだろう。長内は日本の国防関係に隠然たる力を持っている。あれから五年、昭和二十五年に発足して間もない警察予備隊（のちの自衛隊）に医官として入り、医官としてはきわめてまれな将補にまで昇りつめた。五十を待たずして、日本兵器産業の中枢たる旧財閥系・重工業企業に顧問として天下り、ＣＩＡ、モサドとの個人的な人脈をつてにして、めきめきと頭角をあらわし、いつしか保守勢力の重鎮として、押しも押されもせぬ存在となった。それは名誉顧問として第一線を退いてからも変わらない。いまや日本の防衛勢力のなかで、制服組、私服組を問わず、最大級の実力者といっていい。

それほどの実力者である長内が、いかに五十年まえの思い出の地だからといって、この最果ての美母衣にまで、みずから体を運んできたのは——

こともあろうに美母衣の地下壕《ごう》から零戦が発見された、というニュースが入ってきたからだ。非公式に、である。マスコミに発表されたわけではない。いまのところは噂の域を出ない。長内が主宰し、実質、自衛隊の法人機関である「国際防衛研究所」で確認を急がせてはいるが、何かもう一つ雲を摑むようではっきりしないのだ。

これまでも旧陸軍、あるいは海軍が、どこか地下壕に零戦を秘匿《ひとく》している、という情報は数え切れないほどあったが、いずれもM資金に類する詐欺か、そうでなければ誇大妄想的な夢物語にすぎなかった。

本来なら、今回のこれも、いつものように無視、笑殺すればいいようなものだが、それがそうはいかないのは、その場所がほかならない美母衣第二航空基地であるからだった。

五十年まえ、現に、長内はその目で、掩体の地下に収納された零戦の姿を見ているのだ。あの記憶があるかぎり、美母衣第二航空基地の地下壕で零戦が発見された、という情報を鼻で笑って黙殺するわけにはいかなかった。しかも——

その発見された零戦をそのまま使って、零戦パイロットと従軍看護婦との「感動戦争秘話」を映画化する、などという話が進行しているのだと聞いた。そのオーディションが池袋で行われたのだという。

——零戦パイロットと従軍看護婦の「感動戦争秘話」！

それを聞いて長内は笑っていいのか怒っていいのかわからない、何とも複雑な精神状態になってしまった。

それがあの佐々木二飛曹と清水晶子の逸話であることは明らかだったからだ。五十年もの昔に、とっくに終わってしまったはずの喜劇が、また新たに息をふきかえし、自分のことをあざ笑っているかのように感じた。

——間抜け。

と……

それもいい。いや、よくはないが、やむをえない。間抜けのあざけりも甘んじて受けることにしよう。ほかのときであれば、だ。

いまはマズい。いま、一九九四年のこのときに、あのことが白日のもとにさらけ出されるのは何としても避けなければならないことなのだ。あまりにもタイミングが悪すぎる……

そう思ったからこそ長内は持てる力のすべてを振りしぼった。警視庁の公安を動かした。警視庁の公安もこの「零戦騒ぎ」には特別な関心を払わずにはいられない事情があった、いまは、美母衣第二航空基地に世間の関心を絶対に集めてはならない、という特殊な情況なのだった。

たまたま長内と警視庁公安との利害が一致した。だから、双方が全力を出しつくし、スポンサーに圧力をかけ、その企画を葬り去り、オーディションそのものをなかったことにした。オーディションの参加者にはすべて「不合格」の通知を出した。そのうえで、そもその映画の企画者であるプロデューサーを探したのだが——これは長内のほうの仕事だった——その人物はきれいに業界から消えていた。

長内が、このままにはしておけない、と思いつめたのは、オーディションの参加者に一人だけ「不合格」の通知を出し忘れた、ということが判明したからである。しかも、どうやらその女性はオーディションに受かったらしい、というのだ。

彼女が、池袋管内の警察署に入ったときには、二十人体制で尾行していた公安の刑事たちはあせった。

二十人はいかにも多すぎるようだが、緋内結衣子にどこかでプロデューサーが接触してくる可能性があり、そのときに必要な二面作戦のためにはどうしてもそれだけの人数を必要としたのだ。

警視庁、神奈川県警、静岡県警の公安が全力をあげて捜索しているその事件だけは、まだ何としても刑事警察に知られることがあってはならなかった。

そのために彼女の直後に、公安の刑事が警察署に入り、彼女の話を聞いてやったうえで、首尾良く脚本のコピーを取り上げた。

彼女が応接室に入ったあと、二十人の公安の刑事が警察署員たちと強引に交替したのは、応接室から出てきた緋内結衣子の口からオーディションのことが刑事警察に洩れるようなことを何としても避けなければならない、という配慮が働いたからである。

本庁の公安部長から連絡させて、いやもおうもなしに交替にしたがわせた。

緋内結衣子が「マチス」という喫茶店に入ったときには男女ペアの公安の刑事にそのあとを追わせた。

そこまでやったのに――結局は公安の刑事たちは緋内結衣子の姿を見失ってしまった。

彼女は「マチス」の裏口から逃亡してしまったのだ。

――何たる無能な連中であることか。

それを聞いたとき長内は怒りで歯ぎしりしたものだ。が、プロデューサーの名を聞いたときには、その怒りどころではなくなってしまった。何とその名前は……

――いか、い、呪師霊太郎。

だったのだ。

情報を集めたところ、オーディションのプロデューサーは二十代にも五十代にも見える年齢不詳の男だったという。

およそ五十年まえ、長内が会った呪師霊太郎はどうだったか？　長内は、何の疑問もなしに「若い男」と決め込んだが、考えてみれば、その話し方からそう思っただけのことで、ほんとうにそうだったかどうか、あの暗い掩体のなかでは相手の年齢など、たしかに見さだめようがなかった。年齢不詳、といわれればそのとおりで、もしかしたらまだ十代だった可能性さえ否定できないのである。

が、あれからすでに五十年近くが過ぎた。長内にしてからがもう八十歳に手が届こうという年齢になっている。よしんば呪師霊太郎があのとき十代だったとしても、いまはもう七十に近い年齢になっているはずだ。年齢不詳はともかくとして、まさか二十代に見えるなどということがあろうはずがない。

——別人が呪師霊太郎の名を偽っているのにちがいない。

そうとしか考えようがない。が、誰が、何のために、呪師霊太郎の名をかたっているのか？　長内に思いあたるべき結論は一つしかない。すなわち……

——おれをここに——美母衣航空基地の跡地におびき寄せるために……

第三航空基地の跡地だけは陸上自衛隊がいまも使用している——が、美母衣第一基地、第二基地は、終戦後、進駐軍が徹底的にダイナマイトで破壊した。いまは両方とも見るとおりの荒れ地になっている。かつての面影はどこにもない。

そんな何もない荒れ地に、いまはもう警察さえも手を出せない大物中の大物の長内をおびき寄せるには、

——地下壕から零戦が発見された、その零戦をそのまま使って佐々木二飛曹と清水晶子の『戦争悲恋』を映画化する話が進行している……

などという突拍子もない話をでっちあげるしかなかったのではないか。佐々木二飛曹と

清水晶子の「悲恋」が映画化されるようなことになれば、誰より困るのは、ほかならない長内なのだから……

ただ、おそらく呪師霊太郎——本物か偽物かはわからないが——が予想もしていなかったろうことは、そこにおよそ彼が想像すらしていなかった別の歴史的大事件がかかわってきたことだろう。そのために警視庁の公安部が総力をあげて動かなければならないほどの大事件が。

公安警察は必要に迫られ、映画の企画どころか、オーディションそのものさえなかったことにするために総力をあげて動いた。

おそらく、それは呪師霊太郎の予想を超えたことだったろう。それとも、あの奇妙で、得体の知れない呪師霊太郎という男にしてみれば、それすら、あらかじめ計算のうちに入っていたことなのだろうか……

——なにしろ、ぼくは幽霊を探偵しているもんですから……いやー、これぐらい探偵しがいのあるものはない……

あの男のふしぎな言葉がいまも頭のなかに残響を曳いて聞こえている。

その回想の声がいま現実の声に変わって、

「長内佐樹さん——」

そうはっきり耳元に聞こえたのだ。記憶に深い呪師霊太郎の声だった。

「え……」

と同時に、スッ、と背後を通り過ぎた人影がある。錯覚ではない。たしかに通りすぎた。その証拠に長内の夏背広の裾がフワリと浮きあがったのだ。かすかに悪寒がした。

「呪師霊太郎！」

ほとんど叫んだ。振り返った。

が、そこにはただ茫々と雑草が生い茂り、その葉裏に夏の陽光が跳ねているだけで、人の姿は見えない。いまの声はどこから聞こえてきたのか？　どこに消えたのか？

車を見た。ボディガードがわりの運転手を呼ぼうとしたのだ。しかし、運転手の姿はどこにもない。消えた。網走で、進駐軍に呼び出されたとき、いつのまにか書記の男が呪師霊太郎にすりかわっていたことを思い出した。今回もあのときのように呪師霊太郎は魔法のように運転手を消してしまったのだろうか。

「誰だ、どこにいる、出てこい――」

長内がそう叫ぶのに答えるようにどこかから含み笑いの声が聞こえてきた。長内の目のなかで夏椿の群生が白い幻影のように静かに揺れた。

「長内佐樹、か。あなたの恋人だった清水晶子さんが、あなたのことをさきと呼んだとしてもふしぎはない。さきと、ささき……高村軍医がそれを佐々木のことと勘違いしてもふしぎはない。なにしろ物干竿からシーツがぶらさがっていて、視界がきかなかったのだから、高村軍医が清水晶子さんのお相手を佐々木二飛曹だと勘違いしてもふしぎはなかった――あなたに誰か好きな人がいる……清水晶子さんがそういったあなたというのは、もちろん長内さん、あなたのことだった。佐々木二飛曹のことじゃない。長内さんの東京の恩師のお嬢さんがいまのあなたの奥さまですよね。たしか――」

「……」

「戦争は終わった。あなたはもう軍医ではない。これから何とかして一民間人として身をたてていかなければならない。それには実力者たる恩師のお嬢さんと結婚することがどれだけ力になってくれるか――が、あなたにはむげに清水晶子さんを捨てることができない理由があった――」

「……」

「あのとき、ぼくは隣りの部屋で、あなたとタナカの話の一部始終を聞いていたのです。お二人の対決をマジックミラーを透かしてずっと見ていた。それで、いろんなことがわかった――大丈夫です、先生、わたしひとりでやれます……清水晶子さんのこの言葉を聞いて何を思うか。ぼくにはこれは妊娠してしまった女性の不実な男に対する言葉のように聞こえるのですが、どうでしょう。たとえば、不実な男が、妊娠してしまった女に、堕胎《だたい》を勧め、それを断られるときの言葉のように聞こえるのですが、どう思われますか」

「……」

「何かというと、あなたは清水晶子さんが青ざめていた、というふうに表現しています。できれば、そんなことはタナカにいいたくなかったのでしょうが、彼がすでに高村軍医へのインタビューを終えている、と聞いたのでは、事実、あったことをそのまま伝えるほか

はなかった。清水晶子さんの顔色は悪かった。つわりですよね

「何の証拠もないことだ」長内がうめくようにいった。「たんなる想像にすぎない」

「お言葉ですがね。状況証拠ならありますよ——あなたは佐々木二飛曹の病室できれいに剝かれた夏みかんを見ている。その直後に、佐々木二飛曹の指がひどく震えていたことをタナカに話している。その指の状態ではきれいに夏みかんの皮を剝くことなどできっこない。あれは佐々木ではなしに、妊娠のために酸っぱいものをむしょうに欲した清水晶子さんが食べたものなのですよ。看護婦が患者の病室でお見舞い物の夏みかんを食べるなど、とんでもない話だが、なにしろ戦時中で夏みかんなど手に入らない時勢だったし、なによりそのときいますぐに酸っぱいものを食べずにいられなかった彼女の体調だったのでしょう——もちろん恩師のお嬢さんとの結婚を考えていたあなたにとって、いくら清水晶子さんが自分ひとりでやっていける、と断言したところで、それを鵜呑みにして、赤ん坊を生ませるわけにはいかない。どうすればいいか。こうなれば、清水晶子さんには死んでもらうしかない、とあなたはそう考えたのではないですか」

「ば、馬鹿な——第一、弓恵の話はどうなるんだ。弓恵もまた調書のなかで、佐々木には誰か好きな人がいる、とそういってるじゃないか」

「佐々木がそういってるんじゃない。あなたがそういってるんだ。あの調書は一から十まですべてあなたの創作にすぎない。でっちあげですよ。あなたは、高村軍医が、清水晶子のお相手を佐々木二飛曹と勘違いしたのをいいことにして『あなたにはほかに好きな人が

いる』という言葉も、むりやり佐々木のこととして押しつけてしまおうとした。白い椿が赤い椿に変わる、というのもあなたの創作だし、そもそも弓恵が『椿芸者』と呼ばれていたということも嘘っぱちですよ。調書は、ヒロシマの原爆で焼失してしまったことにすればそれで問題はない、と思ったのでしょうが、そのあとで『調書を取り寄せられるかもしれない』というタナカの言葉を聞いて、『弓恵が椿芸者と呼ばれていることはごく一部の人しか知らなかった』などという妙に弱気な言葉をつけ加えている。自分でもあまりに創作が過ぎた、と後悔したんでしょうが、しょせんは後の祭りということだ。それはたしかに佐々木と、弓恵は性交中にたがいの首を絞めあうプレイを楽しんだかもしれないが、それはただそれだけの散文的なことにすぎず、椿芸者だの、椿の色が変わる、だのといったロマンティシズムとは何のかかわりもないことですよ」

「百歩譲って、『あの人には好きな人がいる』と弓恵がいったというのが創作だということを認めたとしても、だ。どうして椿の色が変わるだの、椿芸者だの、そんな妙な嘘をつかなければならないんだ」

「一つには、清水晶子のお相手が佐々木だったと思わせたかったこと、もう一つには、昭和二十年七月の事故のとき、佐々木二飛曹がどうして操縦席に夏椿の花を持ち込まなければならなかったのか、それを真実をそうと覚らせずにうまく説明をつけたかったこと——その二つの理由からでしょうね」

「……」

「さっきもいったように、あのとき、ぼくは隣りの部屋から、あなたの様子の一部始終を見ていた……あのときはすでに夕暮れだった。タナカの背後の窓に真っ赤な夕焼けがひろがっていた。そのあとの話で、あなたは『椿芸者』などという言葉を持ち出した。それで、ぼくは、ああ、あなたは夕焼けから赤い椿を連想したんだな、とわかりました。そのあと、書記係の男が明かりのスイッチを入れた。部屋が一瞬真っ白に変わった。そのあとであなたは椿の色が変わる、などと妙な話を持ち出した。それでぼくにはそれが、夕焼けから白い明かりに変わったことの連想だな、とわかった。それでつまり、あなたの話はすべてでたらめなんじゃないか、と見当をつけたわけなんですよ」

「……」

「それではどうしてあなたはそうまでして、佐々木が操縦席に椿を持ち込んだことを理屈づけたかったのか？　そもそも、佐々木が操縦席に椿を持ち込んだほんとうの理由は何なのか？　いや、そのことこそが、タナカがあんなにも全力であなたを審問した、ほんとうの理由だったんですよ。つまり——毒ガスです」

「……」

「進駐軍は最初から、第二航空基地には毒ガスが持ち込まれているのではないか、と疑っていた。そうであれば、何としてもその毒ガスを徴集したかった。大陸での日本軍の生物化学兵器の技術を米軍は大いに高く買っていましたからね。どうして脳神経科医などという場違いの専門医が、あの基地では軍医として重用されていたのか、それは毒ガスが人体、とりわけ精神にどう作用するのか、それを調査する必要からではなかったか、とそう進駐軍は考えたのでしょう」

「……」

「つまり第二航空基地の徳永司令は、米軍が網走海岸に上陸してきたあかつきには、零戦に落下式増槽を懸吊させ、そのなかに毒ガスを詰めて、米軍のうえに噴霧させる、あるいは増槽ごと落下させる、という命令を受けていた。零戦に、二十五号爆弾を装備し、爆撃機に見せかけ、敵機を誘う、という訓練をしていたというのは嘘だ。三百三十リットル容量の落下式増槽の重量は、懸吊架の重さを加えればおよそ二十五号爆弾の重量と等しくなる。だから、二十五号爆弾を爆装するときの予行練習と称して、落下式増槽を装備するのに都合がいい偽装だったわけでしょう」

「……いつから毒ガスのことがわかっていたんだ？　いつから知っていた？」

「最初に毒ガスのことを疑ったのは、掩体付近にあった夏椿の群生を見たときです。たしかに、迷信にはちがいありませんが、いくら何でも航空基地に不吉な夏椿をああまで野放しに咲かせておくというのは不自然ですよ。あれは万が一、毒ガスが洩れたときのための、いわば検出装置なんじゃなかったんですか。夏椿の白い色が変色する、萼《がく》からポロリとも げて落ちる……検出装置としてこんなに便利なものはないですね。ここまでいえば、どうして佐々木二飛曹が操縦席のなかに夏椿の花を持ち込んだのかもわかろうというものでしょう。七月のあの訓練のとき増槽のなかには、燃料ではなしに、本物の毒ガスが実装されていたんですよ。佐々木二飛曹はその毒ガスがもれるのを大いに恐れた。だから、いわば自分一人用の検出器として、夏椿の一輪を持ち込んだわけなのでしょう。毒ガスのことを知っていたのは佐々木二飛曹ひとりだけだった。基地の司令、上級将校を除いて、誰も毒ガスのことは知らされていなかった。それはそうでしょう、毒ガス散布の計画があるなどということが連合軍側に知られれば、下手すれば戦争犯罪を問われかねない。一人でも知っている人間は少ないほうがいいに決まってますからね。もっとも、高村軍医はおぼろげに察していたかもしれないけど……」

「あの人は感づいていたと思う。必要なときにはいつも手袋を塡めていたから……」

「ああ、そうですね、あなたはそういってましたね。それで——佐々木二飛曹は編隊から離れて、ひとり海上で、毒ガス散布の実験をした。そして不運なことに自分がそれをかぶってしまった。もしかしたら、そんな情況だというのに、『椿がえし』をする誘惑にかられたのかもしれませんね。精神に多少の後遺症が残ったかもしれない。それで、体の怪我が癒えたあと、あなたの治療を必要としたわけなんですよ」

「多少の幻覚が残った、体の震えも残っていた……」

「あの事故のことを説明するのはいかにも苦しそうでしたね。隣りの部屋で聞いててぼくはおかしかった……」

あいかわらず呪師霊太郎の姿は見えない。しかし夏の陽光のなかにその笑い声だけが響きわたった。それにおどろいたのか、黄色いアブが夏椿の灌木《かんぼく》から飛び立って、ブーン、と眠たげな翅音《はおと》をたてた。それを見ているうちにさらに暑さがつのった。北海道なのに夏はこんなに暑いのか、と思った。ほとんど無意識のうちにポケットからハンカチを取り出して、それでひたいを拭った。その手のひらがビッショリ濡れていた

……

「墜落した零戦に真っ先に駆けつけたのは伊関整備兵ではなかった。あなただった。ほんとうなら伊関整備兵とか、高村軍医とか、その場に居あわせた人間が大勢いたので、あなたとしては嘘をつきたくなかったところだが、自分が真っ先に駆けつけた、と発言したのでは、あなたが何をしたのか、それがタナカにバレてしまう。あの現場は非常に混乱していたはずだ。だから、あなたは、タナカがほかの人たちを審問して、よしんばその証言があなたのそれと食い違うことがあっても、それを現場の混乱のせいだろう、と解釈してくれるのではないか、というそのことに期待するほかはなかった——」

「……」

「だけどね、長内さん、そもそも伊関整備兵が佐々木のマフラーをすり替えた、と考えること自体、最初から無理があるんだよ。だって伊関は二等兵なんだからね。航空兵のマフラーを常時持ち歩けるはずがない。どうしたって、佐々木二飛曹の様子を見て、とっさに佐々木二飛曹が巻いていたマフラーを外し、そのあざを自分のマフラーで隠す、なんて芸当ができるはずがない。それに比べて、あなたは——あなたが口だけで息をする、という話をしたとき、ああ、この人は毒ガスがある現場にいることが多いんだな、とぼくはそう

思った。鼻と口の両方をマスク――あるいはマフラーで覆うのは、それが長時間になると、じつに苦しいものだからね。あなたは毒ガスに近づくときには、いつも用心のために、鼻を何かで覆って、その口だけで息をするように習慣づけていたのにちがいない。それがたとえ容器に入っていて、露出していないときに、でも……つまり、あなたは日常的にマフラーを持ち歩いていたわけだ。あなただったらとっさに佐々木の首のあざ――だったかどうか、とにかく、それを隠すことができる。あなたにはそれを隠さなければならない理由があった。つまり、あれは自分で自分の首を絞めたあとではなしに、毒ガスを気管に吸い込んでしまったために生じたただれだったからなんだよ――」

「……」

「あなたはそのとき手袋を填めていたんだってね。そのこと自体がすでにおかしい。あなたはとっさにマフラーを佐々木二飛曹の首から外した。それは外さなければならなかったろう、そのマフラーにはびっしょり毒ガスの成分が付着していただろうからね。そのままにはしておけない。マフラーといっても絹のマフラーだ。折り畳めば軍袴《ぐんこ》のポケットにきれいに入る。あなたはそんなふうにしてマフラーに付着した毒ガスを自分のものにした……」

「……」

「たぶん、あなたは、その毒ガスに濡れたマフラーを何枚にも切り分けたのにちがいない。タナカに尋問されたとき、そのうちの何枚かをポケットに入れておいた。何でそんなものを持参したのか。なにかの予感が働いたのか？　それはぼくにもわからない。あなたは尋問の場から逃げようとした。それでタナカのエンピツにそれをなすりつけた。タナカがそれで前歯を打てば、よくて失神、悪ければ何カ月か入院ということになったろう。そんなことをさせるわけにはいかない。それでぼくは、これもあなたが常時、持ち歩いている睡眠薬を奪い、毒ガスより先に、彼を眠らせた……」

一瞬、間があり、それにつづいた霊太郎の声は、それまでとうって変わって冷静――いや、冷酷とさえいえそうなものだった。

「あなたは、あのときにぼくがいった言葉を覚えていますか。ぼくはあのとき、勘違いしないように、といったはずだ。どうしてぼくがあなたを逃がすのかそのわけをよく理解するように……ぼくはやむをえずあなたを逃がすのであって、好きで逃がすわけではない、と――あのときのあなたには少なくとも毒ガスのデーターを進駐軍に渡さないように懸命になるだけの良識があった。あなたがタナカに尋問されたとき、あまたついた嘘は、たしかに保身のためのものもあったけれど、毒ガスを進駐軍に渡さないためについたものも少なくなかった……」

「おれはいまもあのときそのままに、自分が綱渡りをつづけているように感じることがあるよ。ちょっとでも足を踏み外せば、下界に落ちてしまう……」

「あなたは落ちたんだ――」霊太郎が吐き捨てるようにいった。「綱を最後まで渡り切ることはできなかった」

「何をいってるんだ。おれは綱を渡ったさ。おれは成功した。おれが電話一本入れれば、政治家も、役人も、ヤクザだって、好きなように動かすことができる。気をつけたほうがいい。いまのおれには、おまえをこの世から消すぐらい造作もないことなんだからな——おまえはおかしなやつだ。ほんとにおかしなやつだ。おれはもうすこしでおまえを好きになりそうなところだったんだぜ。実際の話、おまえを死なせたくはないよ」

「戦争が終わって五年後、昭和二十五年、徳永司令は——もちろん、そのときにはもう彼は司令でも何でもなくなっていたが——自宅で縊死《いし》した。毒ガスのことを遺書に書き残した。おまえは進駐軍に連行された。戦犯として告発されるか、毒ガスのデーターをすべて進駐軍に渡し、警察予備隊に——将来の幹部候補生として——医官として入隊するか？ おまえは後者を選んだ。毒ガスのデーターをすべて渡した。おのが保身のために人類を裏切った。おまえは唾棄《だき》すべき男だよ」

「ええい、うるさい、アブ、うるさい」

長内はステッキをブンブンと振りまわした。夏椿の花がザクザク切れて、何匹ものアブがそのうえを飛び交った。苦しいほど動悸《どうき》がした。

「おまえのいったことで、佐々木二飛曹は零戦と心中した、ということだけはほんとうだった。マイナスGからプラスGの急激な切り返しで失神するのが、彼にとっては、女と性行するときの首絞めプレイに共通するものとして——おそらく無意識のうちに——意識されていた、というのもほんとうだった——つまり、その診断だけは脳神経科医としての最後の良心だったわけなのだろう。弓恵の場合がそうだったが、佐々木は異性に惹かれると、相手の女を死なせたい、という願望が働くようだ。女が愛《いと》しいからではなくて、愛する零戦のため、自分が心変わりなどしていないということを証明するために——何のことはない、これが『零戦心中』の真実さ。おまえはそれを利用して、じゃまっけな清水晶子をこの世から排除することにした。つまり、清水晶子は佐々木二飛曹のことを愛している、という嘘を佐々木に吹き込んだ。そのうえで佐々木に零戦との最後の別れをするようにたきつけたのだろう。そして清水晶子をその現場に立たせるようにする。佐々木が零戦との愛をまっとうするために清水晶子を殺すにちがいない、と踏んだからだろう」

「そうだ——たしかに、おれはおまえのいうとおり唾棄すべき男かもしれない。あんなふうにして、愛する女と、その胎内にいる自分の子供を始末しようとしたのだから……」

長内はステッキを地面に突き、両手をその頭部に重ねあわせ、それで自分の体を支えると、深々とうなだれた。

「だが、佐々木が晶子を機銃で撃とうとするのではなく、毒ガス入りの増槽を落とそうとしているのだ、と気がついて、それに——零戦に向かってこられたショックで彼女が気を失ったのを見て、おれのなかで猛烈な後悔がわき起こった。おれは何て人非人なんだろう、と自分で自分が恐ろしくなった。どうしてあのとき零戦が急上昇したのかはわからないが、これは天の恵みだ、とおれはそう思ったよ。これからは親子三人で仲よく暮らしていこうと——けれども、おれが晶子を抱きあげたときには、もう彼女はこときれていた。それだけ零戦のショックが大きかった、ということだろう。おれは泣いたよ、あのあとさんざん泣いた――」

「ああ、そうだろうよ。おまえは泣いた。嬉し泣きで――」いまはもう呪師霊太郎の声は氷柱のように冷たかった。「最後に人間性に目覚めた――そう思ったからこそ、あのとき、おまえを見逃してやったんだ。おれがバカだった――戦争が終わって三年目に、バッタリ高村軍医に出会った。高村さんはいっていた。あの直後に清水晶子の死因を調べた。解剖したそうだ。強いサリン反応が出た。きさま――清水晶子を抱き起こしたあと、毒ガスを染み込ませたマフラーの切れ端を、彼女の鼻孔《びこう》に当てやがったな。いまさら聞かせたところで何にもならないだろうが、胎児は女の子だったというぜ」

「うるさい、アブ、うるさい――」

長内は悲鳴ともつかない声をあげて、ステッキをブンブン振り回した、そのステッキに追われて、アブが頭上を飛びかかった。いや、気がついてみれば、それはもうアブではなしに、佐々木二飛曹が操縦する零戦なのだった。操縦席のなかで佐々木が嬉しそうに笑いながら女の肩を抱いていた。女は清水晶子だろうか。それとも弓恵か。零戦は長内の頭上を越えてどこかに飛び去っていこうとした。「待て、おれを置いていくな、おれも一緒に行く――」長内は車に飛び込んだ。エンジンをかけて急発進させた。どこまでも零戦のあとを追うつもりだ。長内は嬉しそうに笑っていた。原野を遠ざかっていった。どこまでも……

夏椿の下に人影がたたずんだ。真夏の直射日光にさらされ、その姿は影のように反転して、若いのか、老いているのか、さだかに見さだめることはできなかった。

車を見送りながら、あのとき零戦が急上昇したのはな、とポツンとつぶやいたその声は、たしかに呪師霊太郎のものだった。

「ぼくが、高射砲隊に頼んで、零戦に探照灯を浴びせてもらったからだよ」

その後ろに結衣子が近づいてきた。まだその手に夏椿の花束を持っている。

「いまの人、どうしちゃったの？　何で急にあんなふうに車を飛ばしていっちゃったの？」

「急用を思い出したそうだ」霊太郎はすこし疲れた声でそういった。「ぼくたちも東京に帰ることにしよう」

じつはさっき霊太郎は長内の背後をかすめたとき、ポケットのハンカチを、精製した毒ガスを染み込ませたハンカチとすり替えておいたのだ。

長内はそれで顔の汗を拭いた……

その翌年、一九九五年、平成七年、日本はオウムの地下鉄サリン事件の衝撃に揺らぐことになる。

前年の、緋内結衣子のオーディション、そのほかのことに警視庁公安部があれほど大規模な作戦を実施したのも、オウムとの関連を疑ったからかもしれない。

結局は、立証されることはなかったし、マスコミに発表されることもなかったが、オウムが北海道美母衣に隠匿されているであろう毒ガスに関心を持った、という噂が流されたこともある。

いや、あながち噂とばかりもいえないかもしれない。

あけて平成八年十月十八日、北海道東部の阿寒国立公園の屈斜路《くつしゃろ》湖底から旧軍部の毒ガス弾二十数発が自衛隊によって回収された、と報じられたからである。

美母衣の航空基地を接収、滑走路を爆破した米軍の記録によれば、まだ大量の毒ガスが回収されずじまいになっているという。

緋内結衣子はあのあと小規模予算の映画でデビューを果たした。むろん呪師霊太郎の紹介があったことはいうまでもない。加納桂子にはあのお返しで、街を歩いているときにスカウトされた、と迫真の演技で信じさせることに成功した。

もっとも、その数カ月後には、桂子もドラマデビューしているから、いつしかそんなことは二人ながらにどうでもよくなってしまったが……

あのあと結衣子が呪師霊太郎に会うことはなかった。ときおり、ふしぎな人だったな、と思い返すこともあったが、その記憶も年々、薄らぎつつある。いまはもう滅多に思い出すこともない。

が、ときおり「どうして東長崎は東なんだろう」とそのことを疑問に思いはするが、いまも確かめずじまいのままになっている。

結衣子も、桂子も、若いときに夢みたような主役級の役者にはなれなかった。存在感のある脇役にもなれなかった。

けれどもチョイ役ではあっても、記憶にとどまる貴重なバイプレーヤーとして、二人は役者人生をつづけている。

いまも彼女たちを見ることができる。今夜もＮＨＫの夜のドラマにどちらかが出演するはずである。

第三話　啄木の時代

俳優・歌手の小林旭《こばやしあきら》さん（77）は夭逝したスター赤木圭一郎《あかぎけいいちろう》を「芝居はそんなにうまいとは思わなかったけど、ムードがあった。あのまま伸びてスターになれば、俺も裕次郎《ゆうじろう》も看板が下がっていたんじゃないかな」

朝日新聞　小林旭氏インタビューより

プロローグ

「なるほど、さすがに北海道だ。こいつは豪儀《ごうぎ》に寒いや。素敵にしばれる。耕介《こうすけ》、おまえもさぞかしコタツが恋しかろう」

ニャー、と鳴いたのは、そうだよ炬燵《こたつ》が恋しいよ、と答えたのか、それとも、うるせえおれは眠いんだ、と文句をつけたのか、耕介のいつもながらに不機嫌なその表情からは何とも判断のしようがない。

が、霊太郎《れいたろう》のほうは霊太郎のほうで、これもいつもながらに、耕介が何をどう思い、どう感じようとかまわずに、自分の思うがままに判断し、いっこうにネコの気持ちなど顧《かえり》みない。

どちらが主で、どちらが従か、この主従はたがいに意思の疎通がどれほど欠けようと、双方ともにいっこうにそれを意に介するところがない。その意味では、この一人と、一匹のコンビは、じつに似合いのコンビといっていい。

大正八年（一九一九）晩秋、呪師《しゅし》霊太郎の姿は函館《はこだて》にあった。絣《かすり》の着物に、羽織、袴《はかま》、二重まわしのとんび姿は、この時代のおさだまりの書生姿で、何の奇異もないが、そのふところに一匹の黒ネコを突っ込んでいるのが、多少——いや、大いに人目を惹《ひ》く。

それというのも、この黒ネコがちょっと他に類を見ないほど不機嫌そうな顔つきをしていて、ネコにも三白眼というやつがあるのか、と人をして感心させるほど、じろりと凄《すご》い一瞥《いちべつ》を投げて寄こす。カンの強い子ならそれだけで泣き出してしまうほど。うかつに撫《な》でようとしようものなら、その指に咬《か》みつく、手首にツメをたてる、いや、始末におえない。

そこへもってきて、よせばいいのに霊太郎が、

「いやあ、勘弁してやってください。こいつも何も悪気があってすることじゃないんで」

そんな不調法な謝り方をするものだから、

「冗談じゃない、ネコに悪気をもたれてたまるもんか」

何人かは決まってそう怒り出す。なかには霊太郎の襟首《えりくび》をつかむ短気な男さえいる始末で——

「おい、耕介、頼むよ、もうすこしひかえてくれないか」

霊太郎もほとほと困《こう》じはて、やむなく「猛猫に注意」の張り札を、耕介の首輪からぶら

さげたのだが、これがじつに逆効果で——なおさらに人目を惹き、行きずりの人たちが何かというと手を出してきて、あちらで三人、こちらで四人、犠牲者《ぎせいしゃ》が続出し、流血騒ぎがおさまらない……

が、それでもどうにかその日の午後、函館に着いて、旧桟橋《きゆうさんばし》にほど近い木賃宿《きちんやど》に荷を預け、そのあと函館駅のほうに向かう。函館駅の周囲にいわゆる色町がある。その色町に入っていった。まだ昼間ではあるし、なにしろ霊太郎がネコをふところに抱いた貧相な書生っぽであるし、さすがに声をかけてくる女はいない。そのうちのとある一軒、赤い格子窓が悩ましい『須垣屋《すがきや》』という店に入っていった。明らかに女郎屋のようだ。それでも五分ほどはいたろうか。女に背中を押されるようにして外に出てきた。後ろから塩をまかれて追っ払われた。

地図を頼りに、警察署に向かう。そこで、しばらく時間を過ごしたあと、青柳町《あおやぎちよう》のとある小さな寺に足を向けた。

その寺の裏に墓地がある。その隅《すみ》に、なかばうち捨てられたような卒塔婆《そとば》があった。斉《さい》藤律子《とうりつこ》、とある。戒名《かいみよう》はない。「明治四十年八月二十五日没、享年十八」……霊太郎はその墓前に持参した花を供えた。合掌した。

そのあと相生町《あいおいちよう》へと向かう。

そこに宮崎郁雨《みやざきいくう》という人が経営する味噌醬油《みそしようゆ》の店がある。

この街では宮崎郁雨はある種の有名人なのだった。もちろん味噌醬油を商っているから名前が知れているわけではない。

宮崎郁雨は歌人なのだ。郁雨は歌人としての名前である。が、歌人としてより、むしろ、石川啄木《いしかわたくぼく》、とゆかりの深い人物としての彼のほうが世間に知られている。啄木の親友だった人であり、その死後、墓碑を建立するのに奔走《ほんそう》したり、「啄木を語る会」を発足させたりもした。啄木夫人の妹と結婚しているから義理の弟ということにもなる。啄木の生涯を語るうえでは欠かせない人だった。

店を見つけ、要《い》りもしない醤油などを買って、しばらく店にとどまった。どうにかして宮崎郁雨に会えないものか、と願ったのだが、とうとうそれらしい人物には会えなかった。

仕方がない、とあきらめることにしたが、あきらめきれずに、ぼくは呪師霊太郎という者です、探偵をしています、といつもながらに芸のない自己紹介をひとくさり披露したうえで、

「宮崎先生に、奥様のお姉様のこと――啄木夫人の節子《せつこ》さんのこと――でぜひともうかがいたいことがあるのですが……申し訳ありませんが、こちらの宿にご連絡くださいませんか、とお伝えいただけませんか。明後日まで滞在するつもりですから」

と頼んでみた。

今年（大正八年）、新潮社から『石川啄木全集』全三巻が発売され、関係者全員あっけにとられるほどの凄《すさ》まじい売れ方をして、一気に石川啄木を一代の人気歌人、国民的歌人の地位にまで押しあげた。

その親友であり――啄木夫人の妹と結婚した――義理の弟でもある宮崎郁雨のもとに、啄木の話を聞きたいからと面会を求める人たちがひきも切らないだろう、ということは容易に想像がつく。その店員も、またか、というような迷惑そうな表情を露骨に向けて、

「はい、伝えはしますが――どんなことをお訊《き》きになられたいのでしょうか」

「はい、あの……いや、妙なことをお訊きするようですが……」

そこで一瞬、ためらったのは、霊太郎にもその質問が奇妙なものである、という自覚があったからなのだが、それでもやむをえない、思い切って言葉をつづけることにした。

「石川啄木さんはピストルをお持ちではなかったでしょうか。そして――そのピストルをどこか砂山のようなところに埋めたことはなかったでしょうか」

自分でも妙なことを訊いてしまった、という自覚はあった。霊太郎がほんとうに訊きたかったのはそんなことではない。探偵として何よりもまず真っ先に確かめなければならなかったのは……

――宮崎郁雨は啄木の妻だった節子と不倫の関係にあったのではないか。

ということだったのだが、そんなことをうかつに店員なんかに話せるはずがなかった。

「ピストルを……」店員は不審げな表情になって、まじまじと霊太郎のことを見つめて、

「申し訳ありません。手前どもには何のことだかわかりかねますが……」

その表情を見て、ああ、こいつはいけない、これでもう宮崎郁雨から話は聞けないな、とそのことを確信した。その確信は悪く的を射て、ついに霊太郎が函館をあとにするまで、

郁雨から連絡が来ることはなかった。

それから夢のように、瞬《また》くうちに四十年以上の歳月が過ぎ去った……。

1

榊智恵子《さかきちえこ》は若く健やかな女性である。この時代の女性にしては、百六十二センチと長身で、素敵にスタイルがいい。ちょっと目のあいだが離れすぎていて、チンを連想させるきらいはあるが、この時代にはファニーフェイスなる重宝な言葉がもてはやされ、これはこれでまずは現代的な美人といってさしつかえないだろう。

この時代、というのはいつかというと——昭和三十六年、一九六一年で、この年、智恵子は二十一歳になる。目黒の『橘敬子《たちばなけいこ》バレエ研究所』に属していて、将来のプリマめざして日々、研鑽《けんさん》を積んでいる。

とはいっても、世にバレエぐらい、むやみやたらにカネを食う芸術はないわけで、よほどの金持ちの子女ででもないかぎり、必死に働かなければ、衣装やシューズさえ満足に買いそろえられない。さいわい主宰者の橘敬子はそのあたり抜け目がなく、世渡りのすべに長《た》けていて、映画会社の日活につてを得た。このころの日活は若い女性の踊り手を、ほとんど無制限といっていいほどに必要としていて、そのおかげで智恵子たちもアルバイトの口に不自由はしなかった。

それというのも、このころの日活はいわゆる無国籍映画が全盛で、どう見ても現代日本が舞台なのに、小林旭、宍戸錠《ししどじょう》、それに「第三の男」と呼ばれた――この呼称には、日活を代表する石原裕次郎、小林旭につづくスターになりうる素材、という意味がこめられていて、それだけ大きな期待を寄せられたわけだ――赤木圭一郎などが小道具のピストルを楽しそうに振り回していたからだ。そのために調布の日活撮影所には、まるまる街が再現され、常設のオープンセットがあったほどで、後世の映画不振からは想像もできないほどの贅沢《ぜいたく》さだった。こうした映画では必ず、お約束のように、これも無国籍のキャバレーが出てきて、レビューの若い踊り子を何十人か必要とした。早い話、智恵子もそうしたアルバイトをしていたわけで、これはダンスという特殊技能を必要とするだけに、そうおうに実入りがいい。そのおかげをこうむって、智恵子も衣装代、靴代、レッスン費用にことかくようなことはなかった。

さて――そんな彼女が石川啄木のファンだと知れば、人はそのことを意外に思うかもしれない。この時代、彼女の年齢であれば、映画俳優か、流行歌手のファンでもあるのが当然で、それが石川啄木のファンだというのは、やや古めかしい印象があるのはいなめないだろう。

が、それは祖母の兄、智恵子にとっては大伯父《おおおじ》にあたる半田潤三《はんだじゅんぞう》からの影響によってのことである。祖母と九つ違いの潤三はすでに七十の坂を超えている。いまだに独身だ。幼児のころから、智恵子はこの大伯父にひどくなついていた。一つには早くに両親を亡くしたせいもあるかもしれない。祖母が母がわり、潤三はいわば父親がわりになって、二人して智恵子をよく育ててくれた。そのおかげで智恵子は両親がいない淋《さび》しさをほとんど感じたことがない。

なにしろ仕事がおいしい、深夜までかかったときには、祖母の代わりに、調布の日活撮影所までわざわざタクシーを走らして迎えに来てくれるほどなのだ。智恵子としてもどんなに感謝してもしきれないほどだといっていい。かけがえのない人だ。

とっくに退職しているが、潤三は小《こ》石川《いしかわ》の高校の国語教師であった。すでに三十代のころには在野の石川啄木の研究者としてそれなりに名が知られるようになっていたらしい。そんな潤三の影響を受けたのだから、智恵子が啄木を好きになるのはけだし自然のことだったといっていい。

そんな彼女に、あまたある啄木の歌のなかで、どれが一番好きかと訊けば、彼女はためらわずこの歌を選ぶだろう。

いたく錆《さ》びしピストル出《い》でぬ
砂山の
砂を指もて掘りてありしに

この歌は、たとえば「東海の小島の磯の——」とか「戯《たわむ》れに母を背負ひて——」などという、それこそ国民歌ともいえる歌と比べれば、多少知名度において劣るかもしれない。けれども、この歌が持つ、ある意味、鮮烈なイメージは、ここ数年でさらに増幅されたといっていいだろう。それというのも、いまから三年前、石原裕次郎主演で「錆びたナイフ」という映画が公開され、その主題歌もあわせて大ヒットしたからである。ナイフとピストルの違いはあるが、とりわけその主題歌にはどこか啄木の歌を連想させるものがあった。萩原四朗《はぎわらしろう》、という人の作詞だ。

『砂浜の　砂を指で掘ってたら　まっかに錆びたジャックナイフが出て来たよ』

潤三もまた、「錆びたナイフ」に力づけられ、それを病室に持ち込んだラジオで愛聴している一人であった。

病室、というのは、潤三は現在、血管系の疾患《しっかん》で、池袋の病院に長期入院しているからだ。いまもなお独り身の潤三の世話は智恵子と祖母とで交互にしているのだが。

そして潤三にとって、「錆びたピストル」の歌は、もう一つ、べつの「ピストルの歌」を連想させるもののようだった。

この日、それを見舞いに行った――冬の日射しがポカポカと明るい――病室で聞かされた。こんな歌である。

真砂《まさご》より　掘れるピストル
赤錆びて

何《な》が墓と　思ひ出づれば
襲《うそ》ふなみだは　重くしあるかな

「そんな歌、知らないよ。本当にそんな歌あるのかな」

「それはあるさ。啄木はそれこそ数えきれないほどの歌を作ってるんだぜ。世間にも知られていないし、智恵ちゃんの知らない歌だっていっぱいあるさ。たとえばこんな歌は知ってるかい」

そう潤三は明るい声でいって、次々とこんな不思議な歌を列挙したのだった。

山といふ山をくづさば
各各《おのおの》に皆二組の骨や
見出《みいで》む

はてもなく砂うちつづく
ゴビの野に住み玉ふ神は
恐ろしからむ

ひと夜さに嵐《あらし》来たりて
築《きず》きたるこの砂山は
何の墓ぞも

「ほんとに啄木はそんな不気味な歌を作ったの。なんか信じられない」

「事実だよ。啄木は『生活派』歌人といわれている。だとしたら、こうした歌にも――もちろん、書かれたそのままではないにしても、さ。なにかモデルになった事実があったんじゃないのか？　ぼくはそんなことを想像するよ。そんなことを考える」

「なにかモデルになった事実？　それってどんなこと？」

「わからない。それはわからないけど……何があってもふしぎはない。たしかに石川啄木は天才ではあったかもしれないけど、その一方で、放逸《ほういつ》無慚《むざん》としかいいようのない人生を送った人だったからね」

「それで――伯父さんはどんなことを想像したの。なにを考えたの？」

「そうだね。とても恐ろしいことを想像したよ。とても恐ろしいことを考えた」

潤三はそういうと、

東海の　小島の磯の白砂に
われ泣きぬれて

蟹《かに》とたはむる

という歌を暗唱して、

「じつはこれが何を歌ったものなのか、諸説あって、よくわかってないんだよ。東海の小島、というのがどこだかもわからないし、どうして泣きながら蟹とたわむれているのかもわからない。ただ一説にはさ、白砂とか、蟹とたわむるという言葉から、これを土葬の歌なんじゃないか、という人がいる。啄木の生まれ故郷の村では、まだ土葬であってさ、会葬した人たちが、穴に入れた棺桶《かんおけ》の蓋《ふた》のうえに土を投げ込む習慣があったというんだ。暗にそのことを歌った歌なんじゃないか、という説なんだけど……そういわれてみれば、さっきの歌からもわかるように、啄木には妙に砂のことを歌った歌が多いように思う」

「はてもなく砂うちつづく……簗きたるこの砂山は……山といふ山をくづさば……そうか、たしかにそうかも――」

そこまではまだ潤三の話は常識の範囲に収まることだった。が、つづいて潤三はじつにおどろくべきことを口にしたのだ。

「ぼくはこうした歌から、啄木が子供のころ、死んだ人間を地中に埋めるか、誰かがそうするのを目撃したんじゃないかと思うんだよ。そのことが恐ろしいショックとなって啄木の心に傷を残したんじゃないだろうか」

智恵子は思わず息を呑《の》んだ。

「いったい誰を埋めたというの？　どうして、そんなことになったの？」

「そこまではわからないよ。あくまでも想像だもの。だけど、まるで根拠のない想像というわけでもないんだよ。根も葉もある想像といっていい――いま列挙した歌の数々は、啄木の書にも掲載されてるし、たしかに彼がつくった歌にまちがいない。でも、さっきの『真砂より掘れるピストル』というのは、啄木のどんな記録にも残されていない。もちろん残されていないから、そんな歌は作らなかったということにはならないわけだけど……じつは、ぼくは大正二年に――わあ、古いな、智恵子ちゃんの生まれるずっとまえだ、もう五十年も昔のことになるのか――こんな体験をしてるんだよ。ぼくが小石川の高等学校で国語の教師をしているときのことだ。まだ二十歳になったばかりのころさ」

2

明治四十五年四月、石川啄木は東京・小石川の借家で亡くなった。享年《きようねん》二十六、肺結核による、あまりにも早すぎる死であった。

残された妻・節子は同年六月に次女を出産。九月、二人の遺児をともない、函館に向かう。函館には実家があった。そして翌年五月、節子もやはり肺結核で死亡する。天才・石川啄木の夭折《ようせつ》も惜しまれるが、それよりさらに哀れなのは、節子のあまりに薄幸なことである。

啄木の死後、この小石川の陋屋《ろうおく》に、椿事《ちんじ》ともいうべき事件が起こった。赤貧洗うがごときこの貧乏家に、こともあろうに泥棒が入ったのである。啄木が残した原稿とか古着などが盗まれたのであるが、これを椿事というのは、あまりに貧しい品の数々に、あわれを誘われたからか、そのあと泥棒がそれらを返したからなのだ。

ここまでは、のちの啄木研究家たちにもよく知られた事実であり、啄木関係の本にもくり返し取り上げられている――ここから先が潤三しか知らない事実なのだった。

そのときに節子に要請され、借家におもむいたのが、徳永秀夫《とくながひでお》という小石川署の近在交番勤務の巡査であった。

潤三より五つ歳上《としうえ》だという。これがたまたま高等学校の国語教師であった潤三と――同じ管区内ということから――顔見知りであった。そんなことから徳永はこの泥棒の件で潤三にわざわざ連絡してきたらしい。

それというのも、潤三が、啄木が前々年の末に発表した『一握の砂』という歌集にほとんど衝撃的ともいっていい感動を受けたからだった。その感激がさめやらぬまま、生徒の素行調査に学校を訪れた徳永巡査に――同年配という心安だても手つだって――『一握の砂』のことを興奮して話したことがある――徳永はそのときのことを覚えていて、それで潤三に声をかけてきたのだった。

徳永の唯一の道楽といえば、活動写真を見るぐらいであり、それもまた潤三の趣味に共通していた。友人になるほどではないが、会えば何とはなしに話があう、二人はそんな関係にあった。

　ただ、そのときの徳永の様子が、こそ泥の捜査にしては、あまりに熱を入れすぎているようであり、そのことに潤三は多少の不審を覚えたのだという。

――この石川という男にはどれほどの才能があったんだろう。そもそも才能なんかあったのかね。あんたはたいそう感心した様子であったけれど……

　というのがそのときの徳永の第一声であったのだが……

「な、妙だろ？　これって、こそ泥のことを調べてる巡査のいうことじゃないよな」

「それで――伯父さんはどう答えたの？」

　正確には、潤三は大伯父だが、その呼び方には抵抗がある。子供のころから伯父さんと呼び慣れていた。

「才能はある。それもたいへんにある、とそう答えたよ。だけどさ。そのときにはすでに啄木は死んでるんだぜ。未亡人の家に泥棒が入った。残された原稿とか、泥棒にしてみれば何の価値もないものを何点か盗んでいった。そのあと何日かして、泥棒は盗んだ品を返してきたそうだけど……どちらにしろ、被害にあったのが啄木の未亡人であり、盗まれたものが啄木の原稿だということを別にすれば、何てこともない、ありふれた市井《しせい》の事件にすぎないじゃないか。それなのに徳永は啄木の才能のことなんか訊いてくる。どういうことだって訊いてやったよ」

――あんたにも未亡人のあの様子を見せてやりたかったよ。いや、じつにひどい有様でな。話にもならない。まさに赤貧洗うがごとし、さ。しかも体の具合がかなり悪そうだった。女房と子供をあんなふうにしてだよ。歌も芸術もないじゃないか。あんたがいうように、啄木という男に多少の才能があったとしてもだ。許された話じゃない。おれは義憤にかられたよ。それに……じつはおれは何年かまえに啄木に会ったことがあるんだよ。

――啄木に会ったことがある?

潤三はおどろいた。

――どこで?

――函館で。

徳永は北海道の出身なのだという。十八歳で、函館北警察署に職を得て、西部地区の支署に巡査として勤務していた。明治四十一年、前年の函館の大火で、新婚の妻を喪った悲しみを忘れるために、心機一転、東京に引っ越し、小石川警察署でやはり巡査として奉職することになった。

「いまは函館で巡査だった人間が、だからといって、そのまま東京でも巡査に採用されるなどということは考えられないけどね。当時はそういうことにはいまよりも融通がきいたのかもしれないね」

一方、石川啄木のほうであるが、やはり明治四十一年四月に、単身、北海道から東京に移転している。

明治四十年八月二十五日——

その日の夜十時ごろ、函館において歴史的な大火災が発生した。

当時、徳永は、函館の青柳地区を担当する交番に勤務していた。炎に追われて逃げまどう人々の救援にかり出され、その避難を助けるのに奮闘したらしい。

が、あまりに火の手がはやく、その勢いが猛烈すぎたために、徳永自身が何度も火に囲まれる窮地《きゆうち》に追い込まれたのだという。

徳永によれば、その「明治四十年の函館大火」の夜にはじめて、そして生涯でたった一度、あの石川啄木に遭遇することになったのだった。いや、遭遇したという言葉が妥当であるかどうか……

燃えさかる炎のなかで、その若者は、まるでダンスでも踊っているかのように、クルクル回っていたのだという。興奮していた。両手を振り、ときに叫び、笑い、いまにも浴衣《ゆかた》の裾《すそ》に火がつきそうなのに、それにもおかまいなしに、じつに狂態としかいいようのない有様なのだった。

——なにを興奮してやがるのか。

人々を救うために奔走している徳永の目から見れば、それはあまりに無責任で、いい気な様子に見えたのだという。反感を抑えきれなかった。それなのに……その若者の放埒《ほうらつ》で、自由人めいたふるまいに、どこかあこがれに近い感情を覚えもした。自分のような人間には逆立ちしてもなれっこない奔放なふるまい。
——それが啄木だったのか。
——そう、それが啄木だった。あとになってわかったことだけどな。

「徳永はどうも啄木のことを快くは思っていなかったようだ。函館の大火のさなかに踊り狂っていたこと、さんざん放蕩《ほうとう》のかぎりを尽くした果てに、妻と子供を困窮《こんきゅう》のきわみに置き去りにして、自分一人さっさと死んでしまったこと……それらのことから啄木を一種の人非人《にんぴにん》のように思っていたふしがある。それなのに徳永は啄木に強烈に心惹かれたらしい。それはぼくから見ても何か異様に感じるほどだったよ……どうも啄木にはそういうところがある。放蕩者の、どうしようもない若者なのに、その才能の力で異常なまでに人を惹きつける。人はどんなに迷惑、面倒をかけられても、啄木のために力を尽くさずにいられなくなる。言語学者の金田一京助《きんだいちきょうすけ》がそうだし、歌人の宮崎郁雨がそうだった。死んだあとだったにもかかわらず、徳永もまた啄木のそうした魔力にからめ捕られてしまった一人だったのかもしれない……」

潤三はどこか痛ましいような表情になりながらそういった。彼もまた、啄木の研究に身を捧げ、ついには一生家庭も持たずに生きてしまった人なのだった。

「後日、そのこそ泥から、盗まれた品物が返ってきた、という話はしたよね。さっきの『真砂より　掘れるピストル　赤錆びて　何が墓と　思ひ出づれば　襲《うそ》ふなみだは　重くしあるかな』――という歌も、その未亡人に返却された原稿のなかに記されたものだったという。徳永がそういったよ。徳永はそのことを泥棒に教えられたそうだ。何でも、こそ泥は二人組だったそうだが。徳永はそのうちの一人を捕まえたのだという。たしか小山田《おやまだ》とかいったっけかな。だけど徳永は上司にはそのことは報告しなかったらしい」

「……」

「それで、これから先はすべて徳永の話なんだけど……小山田は啄木の遺品をすべて返したわけではなかった。数点、重要と思ったものを返却しなかった。そのなかに、さっきいった『啄木は子供のころ誰かを砂浜に埋めた』という説を証拠づけるものがあった――とこれはその小山田から徳永が聞いて、それをまた徳永からぼくが聞いた話なんだけどね……函館には大森浜という砂浜がある。その砂浜に啄木が埋めたものがある。それがピストルなんだか、ナイフなんだか――とにかく、それを掘り出せば、何かとてつもないことが明らかになるらしい……小山田は盗んだ品からそのことがわかったのだという」

「何かとてつもないこと……それって」

「うん、たぶん啄木が子供のころに誰かの死体を砂に埋めたか、あるいは掘り出したか……そういうことなんだろうと思う」

「……」

もう智恵子には言葉もない。ただ黙って潤三の話を聞いているほかはなかった。

「しかし、あいにく、その品は、もう一人、泥棒の相棒のほうが持っていってしまっている。相棒の名前は何といったっけな。そうそう、真田《さなだ》だ。幸村《ゆきむら》と同じなんで何とはなしに覚えてる……要するに小山田の手元には『啄木は子供のころ誰かを砂浜に埋めた』ということを証する品はなかった。真田が持ち逃げしたのだという。そんな話を聞かされたのでは、啄木にとり憑《つ》かれてしまった徳永のこと、もう我慢がならなくなってしまった。こともあろうに、警察を休み、泥棒の小山田と一緒に北海道に渡った。あれは大正二年の初夏のころだったと思う。ぼくはとめたんだけどね。すでに前年の暮れに、節子夫人は函館の実家に戻っていたから、『啄木は子供のころに誰かを砂に埋めた』のではないか、という仮説を彼女に確かめるつもりだったんだろうと思う——これはあとになって知ったことだが、すでにその年の五月に節子夫人は亡くなっていた。享年二十七……啄木と同じ結核だった。だから徳永や小山田たちは節子夫人に会おうにもすでに手遅れだったわけだけど……そして数日後、徳永は大森浜で死体で発見されたのだという」

「死体で?」智恵子はおどろいた。「何で?」

「くわしいことはぼくにもわからないよ……ぼくが興味があるのは、巡査の徳永でもなければ、泥棒の小山田でもなしに、あくまでも啄木なのだからね……彼の歌の何首、あるいは何十首かが『子供のころに誰かを砂に埋めた』という不可思議で、強烈な記憶から生まれたものだ、というのを証明することができれば、ぼくの名は文学史に残る。ささやかに、ではあるけどね。そのことにしか興味はなかった。いつまでたっても徳永から連絡がこない。それで小石川警察署に問いあわせてみたところ、——なんと徳永は函館の大森浜で、顔をピストルでぶち抜いて死んだのだという」

「えーっ」

「そうなんだよ」潤三は深刻な表情でうなずいて「もともと徳永はピストルの名手だったからね。いつだってそう自慢してた。いつもピストルを持ち歩いていたし――

「ピストルを持ち歩いてたって……」

なにか日本の話のようではない。いつもダンサー仲間たちと「バカみたいね」と笑いあっている日活の無国籍映画のなかのことのようだ――そのなかで小林旭や宍戸錠、赤木圭一郎がいつも悪党たちとピストルで撃ちあっている。

「当時の巡査はサーベルは帯剣していたけれど、いまの警官のように拳銃《けんじゅう》は持ち歩いていなかった。だけどピストルを持つことそれ自体は違法じゃなかったんじゃないかな。徳永は巡査としてではなく個人としてピストルを持ち歩いていたんだと思うよ。そんなこと考えたこともないから正確なことはわからないけど……たしか戦前の朝日新聞か何かでピストルの広告を見たことがあるよ」

「つまり――その徳永さんという人はピストル自殺したってこと？」

「いや、それがどうも……その状況からだけでは、それが自殺なんだか、他殺なんだかわからなかったらしい……ただその日の砂は乾いていたのに、遺体のまわりの砂浜にはまるで足跡が残されていなかった、ということのようだ。つまり、そのときの徳永に連れはいなかった。それで自殺の可能性が強いと、まあ、そういうことになったらしい」

「それで、その泥棒は？　小山田という人はどうしちゃったの？　だって徳永さんと函館に同行したんでしょ？」

「小山田がどうなったかはわからない。別れたのか、逃げたのか……そのピストルだが、徳永が携行していたものなのか、それとも——小石川の刑事はほんとにそんな言い方をしたんだけどね——砂山から掘り出されたものでもあるのか、それもわからなかったらしい」

「いたく錆びしピストル出でぬ　砂山の　砂を指もて掘りてありしに……」

智恵子はぼんやりそうつぶやいた。頭のなかにかすかに石原裕次郎が歌う「錆びたナイフ」の曲が流れていた……

「それから何年かが過ぎて……あれは大正八年だったか。全集が新潮社から出版されて、啄木は一躍——いまでいう——ブームの人になった。そのブームを見るにつけ、聞くにつけ、啄木が『子供のころに誰かを砂に埋めた』ことが、その創作の一助になっているということを、ぼくの力で証明したくてたまらなくなった。ふん、われながら浅ましい。つまりはブームに便乗したくなったわけなんだろうけどね。そんなときに耕介のやつが——」

「え？　誰？」

「ネコ」

「はぁ？」

「いや、耕介というのは、ネコの名前なんだよ——家のまえでサンマを焼いていたら、ちょっと目を離した隙《すき》に、その耕介なる、妙な黒ネコにサンマを盗まれてしまってね。それで、あとになって、その飼い主が詫《わ》びに来たんだけど――その飼い主の職業が、なんと探偵だというんだよ。もちろん、ぼくはその歳になるまで、探偵などという珍奇なるものは目にしたことがなかった……智恵ちゃんは見たことがあるかい」

「……ないけど」

「そうだろ。ぼくもなかった。それで――めずらしさのあまり、つい数年前の徳永と小山田のことを話したら、何と物好きにも、徳永に何が起こったのかを確かめに、わざわざ函館にまで行ってくれるという。いや、ぼくは貧乏教師だからして、依頼料など支払えない、といったら、なに、サンマのお詫びです、などと訳のわからん事をいう。もとより、ぼくの損になるような話ではないから、適当に返事を濁しておいたら、おどろくじゃないか、ほんとうにその足で北海道に行ってしまった。ネコの耕介をふところに突っ込んで――ぼくはこの歳になるまであんなに不機嫌そうな顔をしたネコは見たことがないよ」

「不機嫌そうな顔？　どんな顔？」

「こんな顔さ」

潤三は思い切り仏頂面《ぶっちょうづら》をしてみせた。ほんとにそんな不機嫌そうな顔のネコがいたのだろうか。

「まあ、そんなわけでさ。何かわかり次第、連絡します、といい残して、それっきり……あとはイタチの道で、何の連絡もよこさない。こちらも、もともと最初から当てにした話じゃないから、そのまま忘れていたんだけど、何とそれから四十年以上も過ぎて、つい先日、病院のほうに、呪師霊太郎と名乗る男から電話があったんだよ。ぼくが『啄木研究会』の会報に載せたエッセイを見たんだそうだ。それで、いうにこと欠いて、ついズルズル遅くなってしまいましたが、やっとのことでわかったことがありましたので、是非《ぜひ》ともお会いしてご報告したい、お渡ししたいものがある、ということだ。信じられるかい」

「そんな……だって四十年以上も昔のことでしょ？　信じられっこないわ」

あまりに意外な話の成り行きに智恵子は潤三の顔を見ずにはいられなかった。

「ぼくもキツネにつままれたかのようで、何が何だかわからない……どんな話かと聞いても、それはお会いしてからのことにしたい、という。だけど、啄木のことについて何か新しい事実がわかるかもしれないからさ。どんなに妙な話だろうと無視はできないよ。かといって、いまのぼくはこんな体だし……すまないけど、智恵ちゃんさ、ぼくのかわりに呪師霊太郎に会って、どんな話だか聞いてはくれないだろうか。次の発表会のときに埋め合わせをするから。いっぱい切符を買ってあげるからさ……」

「でも……」

「お願いだよ、智恵ちゃん、このとおりだ――」

結局、うやむやのうち、何とはなしに智恵子は潤三の頼みを引き受けることになってしまった……

智恵子も、潤三が最近「啄木研究会」の会報に書いたエッセイは読んだことがある。

啄木は函館で遭遇した明治四十年の大火のことを日記に残している。潤三はそのことを書いている――なかでも智恵子の記憶に残ったのは啄木のこんな文章だった。

狂へる雲、狂へる風、狂へる火、狂へる人、狂へる巡査……狂へる雲の上には、狂へる神が狂へる下界の物音に浮き立ちて狂へる舞踏をやなしにけむ、

この「狂へる巡査」というのがつまり徳永のことなのかもしれない。だとしたら、徳永はどんなふうに「狂った」のだろうか。

――そういえばあの会報はどこに行ってしまったんだろう？

智恵子はふとそのことを疑問に感じた。バッグに入れて持ち歩いているうちに、いつのまにか、どこかになくしてしまった……

3

智恵子はこの日も調布の日活撮影所にいた。食堂に向かっていた。

スターたちとすれちがうたびに、

――あ、小林旭だ、宍戸錠だ……

智恵子の胸をそんな思いがよぎる。

もっとも、スターたちの姿を見かけて、胸がときめいたのは最初のうちだけで、いまはもうそのころの新鮮な思いはとうに失われてしまっている。

撮影所のなかを歩きまわれば、当然のことのようにスターたちの姿を見かける。彼らはみなハンサムで、カッコよかったが、それも毎日のこととなれば見慣れてしまうし、いずれはありふれた日常のなかに収斂《しゅうれん》されてしまう。いちいちおどろいてはいられないし、喜んでもいられない。

日活撮影所には若々しい雰囲気があふれていて、スターといえども少しもぶったところがない。当たりまえの若者たちが当たりまえのこととして映画を撮っている……いってみれば、ただそれだけのことなのだ。そんな日常に慣れるのに時間はかからなかった。

この日もスタジオの横の道路で、赤木圭一郎の姿を見かけた。あいかわらず、その細身の、どこか憂《うれ》いをたたえた姿は魅力的で、心惹かれずにはいられない。この若者には独特なムードがあった。

でも、これだってやはり日常のことであるし、日々の平凡な営みに回収されることでしかない。それに、キャバレーのシーンで、何人かでまとめて踊るダンサーなど、しょせんはガヤの仕出しと何ら変わるところがない。どんなに気さくで飾らぬように見えても、スターはスターであって、しょせん智恵子たちの人生が彼らのそれと交叉《こうさ》することはない。

ただ——これは後になっての記憶の粉飾、つけ替えかもしれないが、そのときチラリと見かけた赤木圭一郎の姿は、いつにも増して憂愁《ゆうしゅう》を帯び、淋しげな様子に見えたのだったが。

それもあってか、とりわけこの日、壁に貼《は》られたポスターのなかの彼の姿が、ふしぎなまでに鮮烈に記憶に刻まれた。抜射ちの竜……流れ者のルガーの名手、という日本ではありえない設定のヒーローだが、そんな非現実性が赤木圭一郎というスターには妙によく似あうのだった。

「あれ？」

目の隅を赤木圭一郎がかすめていった。でも、そんなはずはないのだ。だって赤木圭一郎はさっき外にいたはずではないか。それなのに、どうして？　マドロス帽に、横縞《よこじま》のシャツ、スカーフ、細身のズボン……『霧笛が俺を呼んでいる』そのままの扮装《ふんそう》だった。手にはルガー拳銃さえ持っていたようである。要するに映画のなかの赤木圭一郎と同じ格好をした男が撮影所をうろついているということらしい。ただ違うのは――その男が黒いネコを抱いていたことだ。映画のなかの赤木圭一郎はネコなんか抱かない……

――変なの。

この日、昭和三十六年二月十四日、昼の十二時過ぎ……まだ運命の十二時二十分まではすこし間があった。

運命の？　そう、この日は、ある意味、人々の記憶に長く残る特別な一日となるのだが、むろん、このときの智恵子はそんなことは夢にも知らない。

いつものように午前中の踊りの撮影を終えて、昼休みの食事の時間を迎えた。

食堂で、呪師霊太郎と会う約束になっていた。食堂に急いだ。

日活撮影所の食堂は、大部屋俳優、スタッフばかりではなしに、小林旭とか宍戸錠などのスターも食事に来て、お昼時でなくても、いつも人の出入りの絶えることがない。

それだから食堂で待ちあわせることにしたのだった。

ほんとうなら、まだ若い智恵子が、これまで会ったことのない年配者と待ちあわせをするのに、こちらから場所と時間を指定するのは失礼に当たるかもしれない。けれども若い娘であるだけになおさらのこと、見知らぬ年輩の異性と、初めての場所で会うのには、抵抗を覚えたのだ。ありていにいえば、多少は怖れる気持ちも働いたかもしれない。若くて、それなりに魅力的な娘であれば、用心してし過ぎということはないはずだった。

東京の二月はまだ冷えるが、その日、広い撮影所にはポカポカとうららかな日射しがさして、行きかう人々の表情ものんびりと穏やかで、気持ちよさそうに見えた。

オープンセットの土台造りに使われるシャベルカーがまばゆく日射しをはねていた。昼食にでも行ったのだろうか。まわりに作業員がだれ一人としていないのが、なおさら穏やかな雰囲気をかもし出しているように感じられた。

が、智恵子だけはそうはいかない。急ぎ足で食堂に向かう。

呪師霊太郎と会う約束の時刻は十二時十五分……一時にはまたスタジオに戻ってダンスをしなければならない。もうそんなに余裕はない。

食堂に入ったとき、どこか窓際の席から、

「ああ、危ねえな。あんなものに乗らなきゃいいのに……」

そういう声が聞こえてきた。

誰かと思って、そちらのほうを見たら、いつも撮影所のなかをうろついている老人だった。見たところ七十がらみ——とはいっても、まだ元気そうで、何とはなしに撮影所の雑用のようなことをしている。セットを作る手伝いをしているのを見たことがある。撮影所に正式に雇われているわけではなさそうだが。

考えてみれば、智恵子はいつも「おじさん」と呼ぶだけで、名前も知らずにいる。もちろん、素性など知るはずがない。撮影所にはこうした得体の知れない人間が何人もたむろしている。このおじさんも、石原裕次郎の「錆びたナイフ」にしびれて、それ以来、撮影所に出入りするようになった、というから、かなりの変わり者といっていい。どうも撮影所の近くに住んでいるらしい。

その「おじさん」が窓際の席にすわってしきりに窓の外を見ている。

——何を見てるんだろ？

気にはなったが、わざわざ窓まで行って、外の様子を見る気にはなれない。それほど物好きではない。

適当な席にすわり、さて、何を食べようか、大盛りカレーライスにしようか、と壁のメニューに視線を走らせたとき——

「榊智恵子さんですか。先生の姪御《めいご》さんでいらっしゃる」横あいから声がかかった。「呪師霊太郎です」

　そこに一人の男が立っていた。ワイシャツに、紺の背広の上下、ノーネクタイ、グレーのコートを腕にかけていた。まずは尋常《じんじょう》な服装で、べつだん垢《あか》じみているわけでもないのだが、何か妙にすさんだ印象がするのはどうしてなのだろう。潤三と同年配のようなのだが、無残といっていいような歳のとり方だ。潤三の話を聞いたかぎりでは、呪師霊太郎という人には、どこかとぼけた感じがあったのだが、いまの彼からは何か陰惨《いんさん》な印象しか伝わってこない。彼にとってこの四十年という歳月があまりに過酷《かこく》で重かったということか。

「あの……ネコちゃんは？」印象があまりに悪すぎたためか、とっさに妙なことを口走ってしまった。

「え……ネコ？」

「はい、耕介ちゃん」

「何のことですか」

「あ、いえ、何でもないです」

　智恵子はあわてて自分の言葉を打ち消した。考えてみれば、どんなに長命のネコであろうと、四十余年を生きながらえるはずはない。何てバカなことをいってしまったんだろう。

「それより、何かお話ししていただけることがあるということでしたが……」

「そのことですが……あ、ここにすわってもいいですか」

「はい、どうぞ」

いけない、ともいえないし、とこれは胸のなかでつぶやく。やっぱり撮影所で会うことにして正解だった、と思う。こんな人とどこかで二人きりで会うとしたらさぞかし不安だったことだろう。

「それでは失礼して――」

霊太郎がすわろうとしたそのとき、外から、ドン、というような音が聞こえてきた。なにやら、ただごとならぬ音だった。

何の音だろう、といぶかしむ間もなく、食堂のなかと外とが騒がしくなった。外からは何人かの叫ぶ声が聞こえてきた。悲鳴に近かった。食堂でも、席を立ち、外に駆けだしていく人たちがいた。誰もが血相が変わっていた。

どの声も断片的にしか耳に入ってこなかった。それなのに何が起こったのか、はっきりと把握できた。それはもうふしぎなほどに……

「赤木圭一郎が事故にあった」

「赤木の乗ったゴーカートが倉庫の扉に衝突した」

「アクセルとブレーキを踏みまちがえたらしい」

そうした声が乱れるように交錯するなかに、「トニィが死んだ――」ふいにその声がきわだって鮮明に響いた。それが、ほかの声に比べてとりわけ大きな声だったというわけではない。むしろ囁《ささや》くように低かった。それなのにはっきりと智恵子の耳に届いたのだ。どうしてだろう？　これは奇妙なことではないだろうか。

赤木圭一郎は、石原裕次郎、小林旭につづいてのスターを期待され、「第三の男」と呼ばれるが、それと並行して、美男俳優トニー・カーティスに面影が似ていることから「トニィ」とも呼ばれていた。

だから、彼がトニィと呼ばれることには何のふしぎもないが、ふしぎなのは「トニィが死んだ」というその内容である。実際には、彼は慈恵《じけい》医大病院に緊急入院し、そこで息を引き取ることになる。そして、そのあと何年も、何十年も、青春スターとしての衰えぬ人気を得ることになるのだ。それを誰がどうして、このタイミングで「トニィが死んだ」などといったのか。早とちりにしても、ひどい話ではないか。

が、それを耳にした智恵子が、その時点でそれを疑う理由はない。思わず席を立ちながら、

「そうか、『第三の男』は死んじゃったのか……」

そう呆然《ぼうぜん》としてつぶやいた。とりたてて赤木圭一郎のファンだった、というわけでもないのに、自分でもふしぎなほど切ない思いにみまわれた。何か、かけがえのない美しいものが、この世から永遠に失われた……そんな気がして、無性に悲しかった。

霊太郎が一度はすわった椅子《いす》から、また立ち上がり、

「どうもこう騒がしくては、こみいった話などできそうにないですね。ときと場所をあらためることにしましょう。そう、今夜九時、銀座のサロンで会うことにしましょうか」

一方的にこう宣言した。何でだろう。逃げ腰になっている印象が強かった。

「あ、いえ、でも……わたし困るんです。わたしにも用が――」

智恵子はあわててそう抗議したが、そのときにはもう呪師霊太郎はさっさと食堂から出ていった。

仕方がない。彼のいうとおりにするしかなかった……

4

撮影は夕方の四時には終わった。中途半端に時間が空いてしまった。やむをえない。夜まで、食事をしたり、喫茶店で週刊誌を読んだりして、どうにか時間をつぶし、八時過ぎに銀座に向かった。

銀座のストリートには不思議なほど人の姿がなかった。いつもの銀座だったら、こんなことは絶対にありえないはずだ。まだそんなに遅い時間ではないというのに、これはどうしたことだろう。まるで無人の町のようにさえ見えるのだった。若く、美しく、才能豊かだった男優の悲劇を悼《いた》むかのように……

がらんとだだっぴろい通りに、街灯の明かりさえほとんどともっていない。暗がりのなか、ただ風だけが吹いていた。身を切るように冷たい風が。

智恵子はコートの襟を立ててサロンに急いだ。彼女は用心ぶかくはあるが、決して臆病《おくびょう》ではない。若くて、怖いもの知らずのところがある。それに相手は男といっても、あのヨボヨボヨぶりなのだ。いざとなったら、相手の急所を蹴飛《けと》ばしてでも、逃げるだけの自信はあった。

　サロンに近づいた。二階建て、実質の高さは三階建てほどはある。倉庫のような大きさだ。——いつもは夜になっても煌々《こうこう》と明かりがともっているのに、ここもまた、今夜にかぎって、ほとんど明かりがともされていない。サロンの横の路地など深い洞窟《どうくつ》のように真っ暗だった。

　サロンに近づいていくにつれてありありと人の気配を感じた。智恵子は思わず足をとめてしまった。人の気配に用心したからではない。霊太郎とサロンで待ちあわせをした。そこに人がいることはあらかじめ予想していたことだった。そうではなく、人の気配が一人ではなしに、二人であったからなのだ。もう一人は誰なのか？　……が、闇《やみ》に視線を透かして、それを確かめるより先に、男の声が聞こえてきたのだ。

「夜の空の黒きが故に　黒といふ色を怖れぬ　死の色かとも……ふふ、おまえもこの暗がりのなかに自分が死ぬ黒い色を見てはどうかね」

　老いた声ではあったが、あの呪師霊太郎の声ではないようだった。もっと低く、暗く、なにしろ陰々滅々としていた。

　それが啄木の歌だということはすぐにわかった。事前にそうと知っていたわけではない。ただ潤三の話から、啄木がそうした不気味な歌をたくさん作っていたことを知識として知っていたからだ。しかし——こんな夜に、誰が、何の必要があって、よりによって啄木のそうした不気味な歌を朗唱などしているのだろうか。

　智恵子の胸に疑問が渦巻いた。だが、その疑問を粉砕するように、「動くな、撃つぞ——」という声が聞こえてきた。それにつづいて、べつの男の悲鳴が響きわたったのだ。

あの呪師霊太郎の声だった。その悲鳴に重なるように男の笑い声が聞こえてきた。事態が切迫していることを直感させた。

　闇のなかに人影が交差した。一人は逃げ、もう一人はそれを追っているようだった。ガツン、という硬い響きが聞こえた。後ろから拳《こぶし》で頭を殴られたようだ。霊太郎のうめき声が聞こえてきた。

「呪師さん……」

　とっさに助けようとして走り出したのは、いくら何でも無謀にすぎたろう。おてんばなどという言葉では片づけられない。が、冷静に考えるより先に、体が勝手に動いてしまったのだ。仕方がない。

　逃げる呪師霊太郎がサロンのなかに飛び込んだ。ドアをバタンと閉めた。追う男もそのドアに飛びついたが、すでに内側から鍵《かぎ》がかけられてしまったようだ。ガタガタと何度も乱暴に引いたようだが、ドアが開く気配はなかった。

　と、そうしているうちに、ふいに屋根にパッとネオンサインがともったのだ。真っ赤な、salon の文字が、チカチカと点滅し、青や、黄色に変わる。周囲を煌々と照らし出した。

さすがにそのまばゆい明かりにさらされて、その場にとどまるわけにはいかなかったようだ。男はすぐさま身をひるがえし路地の闇のなかに駆け込んでいった。

いまはその男どころではない。まずは呪師霊太郎の安否を確かめるほうが先だった。好きになれない相手だが、いまはそんなことはいってられない。

ドアに駆け寄って、

「呪師さん、大丈夫ですか」

ドン、ドンと拳で連打した。ノブを何度も引いた。ドアが軋《きし》んだ。蝶番《ちようつがい》が鳴った。が、開かない。内側から鍵がかかっている。返事もない……いや、そうではない。ドア越し、部屋のなかからかすかに聞こえてくるのは……あれはうめき声ではなかろうか。息も絶えだえ、切れぎれに聞こえてきて——すぐに止《や》んだ。もう一刻の猶予《ゆうよ》もならない。呪師霊太郎が何か深刻な状態におちいっているのは間違いない。どうにかして、なかに入る方法はないか。

「開けてください、呪師さん、どうかなさったんですか」

が、もう、それに応じる声はない。聞こえてくるのは風の音だけだ。

智恵子はドアから離れる。数歩あとずさって二階を見あげる。その壁がネオンサインの光をあびて毒々しい色に明滅している。

一階には窓はない。すべて二階にある。しかも外階段はないから、それらの窓に鍵がかかっているかどうか確かめようがない。よしんば、鍵がかかっていないにしても、それらの窓からなかに入ることは誰にもできないだろう。手足に吸盤がついているヤモリででもなければムリだ。

――こんなことしてられない。

智恵子の胸をいいしれぬ焦燥感が嚙《か》んだ。グズグズしてたら呪師霊太郎が取り返しのつかないことになってしまう……サロンから離れた。闇のなかを走り出した。誰でもいいから助けを呼んでこなければ――

それでも数十メートルほどは走ったろうか。背後から何か鈍い音が聞こえてきたように感じた。何の音だろう？　わからない。振り返ったところで、この闇のなかではそれを見通すことができずに、やはり何であるかはわからないだろう。

と――前方、闇のなかに人影が浮かびあがったのだ。こちらのほうに歩いてきた。そして、「どうかしたんですか」と声がかかった。思いがけず若々しい声だった。

懐中電灯の明かりがともった。その明かりのなかに若者の姿が浮かびあがった。

――トニィ？

そんなはずはない。赤木圭一郎は救急車で病院に搬送された。さいわい、トニィが死んだ、というのはデマだったようだが、いずれにしろ、いまここに赤木圭一郎が元気で立っているわけはないのだ。

マドロス帽に、幅広の横縞シャツ、スカーフに、細身のズボン……映画のなかの赤木圭一郎そのままの扮装をしているあの若者なのだった。格好こそ赤木圭一郎そのままだが、その容姿は数段、いや、数十段落ちる。いっそ気の毒のようなものだ。それにしても――

この若者は何者なのか。何でこんな夜中にそんな扮装で銀座の街をうろついているのだろうか。

　頭のなかの疑問がそのまま言葉になって口から出た。

「あなた、何？　こんな夜に、こんなとこで何してるわけ？」

「いや、ぼくは、その、あれです。赤木圭一郎さんの大ファンでして——」

「そんなの見ればわかるわよ」

「それはそうですよね」若者はガックリ肩を落として、「それだからトニィのことを悼んで……それでこんな格好をしているんですよ」

「トニィを悼んで？　何をいってるの？　赤木圭一郎は亡くなってなんかいないのに——あ！」

「え？」

「あなた、さっき食堂で『トニィが死んだ』っていわなかった？　いったでしょ」

「ああ……いや、それは、その……何だ、あれですよ」

「あれって、何よ」智恵子はそう決めつけるようにいう。

どうしてだろう？　いつもは気が強いとはいえない智恵子がこの若者にだけはふしぎに強気にふるまえる。彼女にはそんな自分が新鮮であり、なにか妙に楽しくもあった。

「あれはあれです……いや、どうも弱ったな……」

若者は返事に窮しているようだ。目を白黒させている。

「あ、そうだ」智恵子はふいに素《す》っ頓狂《とんきょう》な声をあげた。唐突に、いまはそんなふうに悠長に話をしているべきときではない、ということに気がついたからだ。「あなた、わたしと一緒に来て──大変なんだから」

「何が大変なんですか」

「何かも」

「答えになってませんよ」

「いいから来て」

そのまま智恵子は後ろも見ずに全力で駆け出した。どうしてか、それでもその妙な若者があとをついてくることをはっきり確信していた。

……サロンまではそれほどの距離があるわけではないから、ていねいに状況を説明するだけの時間はなかった。そのうえ智恵子は興奮しているしで、自分でも筋道たてて説明できたとは思えなかった。が、おどろかされたことに、それでも若者は過不足なく状況を把握することができたようだ。それよりもっとおどろかされたのは──ドアを二、三度、引き、二階を見あげると、「なるほど、これはある種の密室だ」とつぶやいて、キーホルダーからピンのようなものを取り出し、それをちょっと上下に動かしただけで、難なく鍵を外してしまったことだ。

そのまま若者はためらわずにサロンのなかに入っていった。

——この人、誰？　何？

あらためてそのことを疑問に思った。ふしぎな人だ、と思う。そう思いながらサロンのなかに入っていって——

あまりのおどろきに声も出せずにその場に立ちつくしてしまった。ここで何が起こったんだろう？　どうしてこんなことになってしまったんだろう？　というか、そもそもほんとうにこれが現実のことだろうか？　現に自分の目で見ていながら、自分の見ているものを信じることができずにいる……

ひと夜さに嵐来たりて
築きたるこの砂山は
何の墓ぞも

啄木のそんな歌が頭をよぎる。しびれるような戦慄《せんりつ》にみまわれた。
まさにその歌さながらの光景が現前していたのだ。サロンのなかに土砂があったのだ。それも半端な量ではない。ぐるりは両腕ひと抱えほど、高さは、そう、人の背丈ほどはあろうか。それだけ大量の土砂が円錐形《えんすいけい》に床のうえにどさりと積もっているのだ。これだけの量の土砂だ。かなりの重さになるはずだ。
ふしぎなのは、その重さに床の中央が窪《くぼ》んでしまっていることだ。それをふしぎといったのは——ここまで床が窪んでいれば、さすがにドアをノックしたときに、いくら何でもその異変に気づかなかったはずはないだろうからだ。それを気づかなかったということは……

ドアをノックしたときには、まだ土砂が床に積みあがってはいなかった、ということを意味してはいないか。それは要するに、智恵子がここを離れた、ほんの十分たらずの間に、これだけ大量の土砂がこの床に積みあがった、ということになりはしないか。

そもそもそんなことが可能なのか？　この世にありうることなのか？　やはり智恵子がうかつにすぎて、床のたわみに気づかなかったのだ、と考えるほうが妥当なのではないだろうか。

いや、ふしぎなのは、それぱかりではない。部屋に入った当初は、そのことに気がつかなかったがその土砂の下敷きになって埋まっているものがあったのだ。

それは——呪師霊太郎の死体だった。土砂まみれになって死んでいた。開けっ放しのドアから入ってくるネオンサインの明かりを受けて不気味に明滅しつづけている……

「な、なんでこんなことに……これってどういうこと……」

智恵子の声は震えていた。ついさっき話をしたばかりの人間がもうすでにここで死んでいる。心やさしい智恵子がそのことに動揺しないはずがなかった。うなじの毛が逆立っていた。

「大丈夫です。なにも怖がることはない」

けれども若者のほうはまるで動揺していないようだ。きわめて機械的に、死体の両足を持ち上げると、ズルズルと無造作に土砂のなかから引きずり出した。不自然なまでに落ち着いていて、こうしたことにずいぶん慣れているように見えた。死体のあちこちに手を触れ、その死因をあらためている……そして、これもまた平静な声でこういった。

「めだった外傷はありません。おそらく大量の土砂が突然落ちてきたのでしょう。そのショックで心臓突然死を起こしたのではないかと思います。心室細動ではないか、と。素人判断ではありますが——そのかぎりにおいて、犯罪性があるのは否定できないにしても、殺人とまでは断定できないように思います」

「石川啄木の幾つかの歌に、『子供のころに誰かを砂に埋めた』という強迫観念にもとづいているような歌がある……そのこと知ってる？」

智恵子の声はあいかわらず震えている。いまや歯がガチガチと鳴るほどに激しいものになっていた。

「この呪師霊太郎という人は、何十年かまえに、そのことについて調べたらしいのよ。こ、こんなことといって、バカみたいに聞こえるかもしれないけど——この人の、この死に方って……これってやっぱり砂に埋まっての死に方だよね。つまり石川啄木の『呪《のろ》い』ってことなんじゃないかしら？」

が、それを聞いても、若者はめだった動揺の色は見せなかった。ただ、ちょっと困ったような表情になり、「呪師霊太郎？　石川啄木の呪い……」とつぶやいて、首を傾《かし》げただけだった。

「だって、ここはドアも窓も内側から鍵がかかっていた。誰も入れないし、鍵を開けずには誰も出られたはずがない。そうでしょ？　つまり、これって密室ってことだよね。それなのに沢山の土砂が落ちてきてこの人を埋めた。どこから土砂がわき出てきたわけなの？　こんなのってありえないよ。これってやっぱり呪いとしか……」

智恵子の声がヒステリックに高まった。ほとんど自分の感情を制御できないようになっていた。

「落ち着いてください。これは密室なんかじゃありませんよ。オープンセットの作り物の街に密室なんかありえない。あなたはこれを本物の銀座と錯覚しているんじゃないんですか。無意識のうちに本物のサロンのようにとらえているんじゃないんですか」

「あ……」

一瞬、智恵子は虚をつかれたように感じた、たしかに、この若者のいうとおりかもしれない。意識のうえでは、これが撮影所オープンセットのいわば仮象の「銀座」であることはよく理解しているつもりだ。撮影所のセットを本物の街と混同する人間はいない。が、そうではあっても、無意識のうちに、あたかもこれを本物の「銀座」であり、本物のサロンであるかのように錯覚する、ということはありうるのではないか。

現に、智恵子は、セットのサロンを、ドアにも窓にも内側から鍵がかかっているから、これは密室なのだ、と思い込む奇妙な錯誤にとらわれてしまっていた。映画のセットに密室などありえないというのに……どんな屋内セットであろうと、撮影の利便のために、天井の少なくとも一部は取り外しが可能になっているはずなのだ……

「行きましょうか」若者はふいに立ち上がってそういったのだ。

「え？　どこに？」智恵子は目をしばたたいた。

が、若者はそれには直接答えようとせずに、

「縦と横だけの二次元の世界の住民の目から見れば三次元の世界で起きることはすべて魔法のように見えるでしょう。縦、横、高さの三次元の世界の住民から見れば、それに時間が加わった四次元世界での出来事がすべて奇蹟《きせき》のように見えるのと同じことです」

そう謎《なぞ》めいたことをいって、死体をその場に残したまま、静かに出口に向かって足を踏み出したのだった……

5

日活撮影所のオープンセットの敷地内を一台のショベルカーが進んでいる。そのボディ前面のライトが「銀座」の街を舐《な》めるように移動する。敷地の隅にとまった。エンジンが切られ、ライトが切られる。闇が入れ替わるようにひろがる。その闇のなかに人影が動いた。運転席から地面に下り立った。すると――

「たしかに石川啄木には『子供のころに誰かを砂に埋めた』という強迫観念があったかも

しれません。でも徳永さん、そのことに怯《おび》えたのは啄木当人よりも、むしろあなたのほうだったのではないですか」

闇のなかからそう声がかかったのだ。そして懐中電灯の明かりがともされ、いま重機から下りた男のもとに、それが矢のように一直線に放たれたのだった。

「あ、あなたは……」

思わず智恵子はそこで声をあげてしまった。ここまで若者についてきた。闇に潜んでずっと隠れているつもりだったのだが……あまりのおどろきについ声をあげてしまったのだ。

それというのも――

ショベルカーの運転席から下りてきたのがあの、「おじさん」だったからだ。人畜無害な存在とばかり思い込んでいた「おじさん」が、どうもそうでもないらしいのと、それに若者が彼のことを徳永と呼んだことの双方におどろかされた。

徳永は大正二年まで小石川で巡査をしていた男の名前ではなかったか。啄木の死後、その末亡人宅に泥棒に入った二人組の泥棒のうちの一人、小山田という男と一緒に函館に渡った。そして大森浜というところで、みずからピストルで顔を撃って、絶命したはずではなかったか。それが生きていた。こともあろうに、「おじさん」がその徳永だというのか。

そんなことがあっていいものか……

「それというのも、あなたにも、いや、あなたにこそ、砂に埋めてしまわなければならない死人が――過去が――あったからです。そうじゃありませんか。だからこそ、あなたは啄木という人間に、そして啄木の作った歌に、あれほど過剰に反応したのではありませんか。もちろん、証拠のあることではありませんし、もう四十年以上もまえのことで、何があったにせよ、すでに時効もいいところです。あなたの罪を問うことはできない」

「……」

「ですから、これからぼくが申し上げることは、すべて想像にすぎません。その想像をあなたに聞いてもらうのは——言葉をかえれば——あなたの善意におすがりする、ということに他なりません。それはたしかに、あなたはショベルカーを操作して、サロンの屋根の一部を取り外し——なにしろオープンセットですからね——、サロンのなかにいた、あの真田という人物のうえに土砂をあびせかけはしたでしょう」

——真田……

智恵子は一瞬、混乱した。

それではあれは呪師霊太郎ではなかったのか。真田？　その名前には聞き覚えがある。あれはたしか——そうだ！　……智恵子は愕然《がくぜん》とした。たしか真田は泥棒の片割れの名前ではなかったか。どうして明治四十五年に——五十年近くもまえ！　——啄木の未亡人宅に泥棒に入った二人組のうち一人が、ここに——こともあろうに日活撮影所に姿を現したというのだろう。しかも呪師霊太郎の名をかたりまでして……

「……しかし、たぶんそれも、余計なことはしゃべるな、という警告の意味を込めての行為だったのでしょう。真田がそのショックで心臓突然死を起こしてしまったのは、いわば事故のようなもので、あなたが故意にそれを狙《ねら》ってしたことではない。これを刑事告訴することは可能でしょうが、ぼくにそんなつもりはない。興味もありません。ただ、あなたにはこれから、ぼくの想像を聞いていただきたい。その想像が当たっているかどうかも答えていただく必要はありません。これはぼくの勝手な想像なのですから。つまり――明治四十年八月二十五日、函館が大火にみまわれたとき、あなたは一人の女性を殺害しましたね」

「……」

「ぼくは大正八年の秋に函館に行きました。そのときに斉藤律子という女性のお墓を訪ねました。明治四十年八月二十五日死亡、享年十八……明らかに大火のときに亡くなっています。そのあと函館の色町に行ったり、警察署に行ったりして、あれこれ調べました。あなたは須垣屋のりつさん、つまり斉藤律子さんと深い仲になった……これは余談になりますが、あなたは東京小石川の警察署に勤務していて、啄木未亡人宅に泥棒が入ったのを知ったとき、石川啄木に対して激しい反発を示したということですね。もしかしたらそれには、函館時代にすでに啄木のことを知っていたから、ということもあったんじゃないですか。啄木はたしかに天才かもしれませんが、いや、それだからなおさらに、女遊びが凄かった。しかも借金を重ね、不義理を重ねたうえでの放蕩三昧《ざんまい》でした。当然、色町にも啄木の悪い噂《うわさ》がひろまっていたことでしょう。あなたはすでに函館時代にそのことを聞いていたのではないですか」

「……」

「それで……あなたとりつさんとのことですが、これがただの若い巡査と——ああ、あなたはまだ二十歳そこそこの若さだったんですね！　——娼婦《しょうふ》との関係というだけならどうということはなかったでしょう。しかし、マズいことに須垣屋は地まわりと縁が深かった。いやしくも巡査ともあろう者が、ヤクザとかかわりのある娼家の女と深い仲になるのは許されることではなかった。函館北署でも問題にせざるをえなかった、そう聞きました。あなたは上司から、女と別れろ、と強く命ぜられたそうですね。これも警察で聞きました。それであなたはりつさんに別れ話を持ちかけた。あいにくなことに、りつさんはあなたを心の底から愛していた。別れ話に応じようとはしなかった。ああ、あなたのやり方はじつに、じつにひどかった——須垣屋のおかみは大正八年になってもまだそのときのあなたの仕打ちを怒っていましたよ。あなたの話をしただけで、ぼくは塩をまかれたほどでした。上司からは女と別れろと再三いいわたされる。女はいっかなそれに応じようとはしない。あなたはのっぴきならない状態に追いつめられた。それであなたはとうとうりつさんを殺すのを決意した——」

「……」

「あなたにとって幸いだったのはそんなときに函館が大火にみまわれたことです。あなたは火事の混乱に乗じて、りつさんを射殺したのではなかったですか。そのあと、あなたは凶器のピストルを大森浜の砂浜に埋めて、証拠の隠滅をはかった。それでそのあとすぐに、あなたは故郷の函館を捨て、単身、東京に移ったのでした。当時のあなたの警察の仲間たちが総がかりでことの隠蔽《いんぺい》をはかった。頭を撃たれたのを、たとえば火事で梁《はり》が頭に落ちてきたから、などと糊塗《こと》するのはむずかしいことではなかったでしょう——あなたにとって、唯一気がかりだったのは、たぶん、あなたがりつさんを射殺した前後に、火事のなかで出会った妙な青年のことだったでしょう。その青年に、りつさんを射殺するところを見られたのではないか、という懸念が、あなたにはあったのではないですか。なにしろ、その青年——啄木は後世に残した日記に、そのときのことを——狂へる雲、狂へる風、狂へる火、狂へる人、狂へる巡査……狂える雲の上には、狂へる神が狂へる下界の物音に浮き立ちて狂へる舞踏をやなしにけむ……と書いたほどですからね。巡査のあなたのことを『狂へる』と書いたほどなのだから、何かを見たのはまちがいない。何を見たのかはわかりませんが——」

「……」

「あなたは火事のなかで遭遇した啄木のことが気になってならなかった。それはそうでしょう。なにしろ啄木は明治四十三年に出版した『一握の砂』で、『いたく錆びしピストル出でぬ　砂山の　砂を指もて掘りてありしに』などという歌を発表したほどなのだから、あなたとしては、啄木に何かを見られたのではないか、何かを知られたのではないか、と疑心暗鬼にならざるをえなかった。東京に出てきてからも、あなたは啄木のことが気になってならなかったが、でも、彼が東京のどこにいるのかわからない。いや、巡査のあなたのことだから、その気になれば、そんなことは即座に調べることができたでしょうが、下手にそんなことをして、りつさん殺しのことを嗅《か》ぎあてられたりしたら、かえってやぶへびになってしまう。放《ほう》っておくのが一番だという判断をしたのにちがいありません」

「……」

「あなたは啄木の存在を忘れようと努めたのではありませんか。ところが皮肉なことに、明治四十四年、よりによってあなたの管轄区の小石川に、啄木一家が引っ越しをしてきた、あなたとしてはさぞかし慌てたことでしょう。それとも逆に、これで啄木をずっと見張っていることができる、と喜んだのか……あなたがそのことに慌てたにせよ、喜んだにせよ、それからすぐ明治四十五年四月に啄木は結核で死亡することになる。まことにはかなく、あっけない最期でした。とりあえず、あなたはホッとしたことでしょう。ところが、その後、こともあろうに節子未亡人のもとに泥棒が入って、啄木のものをあれこれ盗んでいってしまう、という事件が起こった。あなたとしては、何かあなたの犯行の証拠になるものが、泥棒の手に入ったのではないか、とやきもきすることになる……」

「たしかに」

ふいに「おじさん」が——いや、徳永が——嚙《か》みしめた歯の間から息を洩《も》らすようにしていった。思わず耳をそむけたくなるほど陰惨な声だった。

「あんたのいうことは、すべては想像にすぎない。それもとるにたりない、愚かしい想像にすぎない」

が、若者はそんな徳永の言葉など耳に入らなかったかのように言葉を先につづけるのだった。

「そのことが心配でならなかったから、あなたは啄木研究に熱心だった国語の教師に、あれこれ啄木のことを訊いたりした。懸命に調査して泥棒を――といってもその片割れの小山田という男だけでしたが――捕まえたりもした。もちろん、小山田を警察に引き渡したりはしなかった。泥棒たちが盗んだ原稿にどんな文章が入っていたのか、それがわからないかぎり、うかつに小山田を警察に引き渡したりはできなかったでしょうからね。小石川署は函館北署のようにあなたをかばうことはしないでしょうから――あなたは小山田といろんな話をしたことでしょう。そして、とうとう盗んだ啄木の原稿のなかに『真砂より掘れるピストル　赤錆びて　何が墓と　思ひ出づれば　襲ふなみだは　重くしあるかな』という意味深長な、真意を疑おうとすればいくらでも疑える歌が混じっていたことを聞き出した。そうじゃないですか」

「……」

「そんな歌が混じっていたということは――やはり啄木は、あなたがりつさんを撃ち殺したのを見たのではないか、そのあとで大森浜の砂山にピストルを埋めたのも知っているのではないか……あなたとしてはそう疑わざるをえなかった。あなたがどれだけそのことを気にやんだか？　それをつい国語教師に洩らしてしまうほどに、でした。それで……たしかに、あなたがいうように、ぼくは愚かしい想像家かもしれないけど、それでもこれから先のことは、ぼくの乏しい想像力ではとてもおよばないことです。どうして、あなたが小山田と一緒に函館に渡ることになったのか、そのことはあなた自身の口から聞かせてもらえないでしょうか」

徳永はすぐには返事をしようとはしなかった。闇の中に静寂がひろがった。聞こえてくるのはただ、二月の寒気に徐々にショベルカーのボディーが冷えていく、カン、カン、という低い、単調な響きだけだった。よほどたって、もう徳永はしゃべらないのではないか、と思われたころ、ふいに彼の声が闇のなかに響いた。

「小山田がどうしておれの——あのことに気づいたのかはわからない。盗んだ啄木の日記のなかに、明治四十年五月・函館大火のさなか、おれのしたことを目撃したことが書かれてあった、といいやがったが、冷静に考えれば、そんなはずはないのだ——どうしてあいつがそのことに感づいたのかはわからないが、いまから考えれば、あいつのハッタリだったにちがいない。小山田を泥棒の容疑で捕まえて、あいつはおれのいいなりになるしかないはずだったのだが、いまいましい、いつのまにか立場が逆転していた……いつのまにか、おれが大森浜の砂に埋めた証拠のピストルを掘り出しに一緒に函館に行く、という話になってしまった。そんなことを許すわけにはいかなかった。それで、おれは自分に賭《か》けることにしたんだ。その賭けというのは……」

「砂から掘り出したピストルがそのまま武器として使用できるか？　掘り出してすぐにそれで相手を——この場合は小山田を——撃つことができるか？　それがあなたの賭けだっ

たのではないですか。おそらく輪胴式《りんどうしき》のピストルだったでしょうから、たしかに自動拳銃よりは故障の可能性は少ない。でも……弾もそのまま装塡《そうてん》されていたでしょうから、常識的に考えれば、砂から掘り出してすぐにそれを使用することはできないはずです。下手をすれば暴発の可能性さえある。でも、あなたはそれができるというほうに賭けた。あなたはピストルを掘り出してすぐに――たぶん銃身を振って銃口につまっているであろう砂を振り払うぐらいのことはしたでしょうが――、それで小山田さんを撃った。そのときにも函館北署のかつての仲間たちがあなたのことを助けてくれた。小山田は顔を撃ち抜かれた。その破壊された顔からはその人物が誰なのか判別できない。今度も函館北署のあなたのかつての同僚たちが犯罪の隠蔽に協力してくれた。小山田の死体をあなたの死体ということにしてくれた。あなたは二人の人間を殺害したのに無事に逃げおおすことができた。教えてください。それなのに、どうしてこんなことになったんですか。どうして、それからだって四十年も過ぎたいまになって、真田さんとこんなことになったんですか」

「おれを責めるのか」

「責めはしません。ぼくはそんなに偉い人間じゃない。ただ、お尋ねしているのです」

一瞬、間があり、徳永が重い口を開いた。

「……そのあと、おれは小山田を名乗って、小山田の戸籍を自分のものにして、北海道を流れた。何年も、何年も……そのあと、おれはもうりつのような女には出会わなかった。りつのように、おれを好きになってくれる女には二度と出会わなかった。警察なんか辞めてもいいから、りつと一緒になるべきだった——そのことに気づいたときには遅かった。あまりに手遅れだった。おれは荒んだ。炭鉱でも働いたし、蟹工船《かにこうせん》にも乗った。それでとうとうケンカで人を傷つけることになった。網走《あばしり》刑務所に入れられたよ。知ってるか。昭和十四年、網走に近い、美母衣《びほろ》というところに航空基地が建設されることになった。網走刑務所の囚人たちもその工事にかり出された。そのほかに、だまされて放り込まれた流れ者とか、朝鮮人なんかも大勢かき集められていた。それはもうひどい目にあった。雪が吹きあれる荒野で強制的に働かされた。死ぬ思いさ。その工事現場で、『おい、おまえ、小山田——』とおれに声をかけてきた男がいた。『おまえ、小山田じゃないだろ』ってな。それが小山田の泥棒の相棒の真田だった。真田は笑っていやがった。頭のいいやつさ。おれが小山田を殺して、小山田になりすましていることに気づいてやがった。それから、おれと真田の腐れ縁がつづいた。つかず離れず、ときに二人で泥棒を働いたり、ときに詐欺をしたり、戦争が始まり、戦争が終わり、戦後になっても、おれたちはついたり離れたりをくり返していた。それでもうこんな老いぼれになってしまった。二年まえか、石原裕次郎の『錆びたナイフ』という歌を聴いた。『どこのどいつが埋めたか——』その歌におれはりつを想って泣いた。気がついたときには日活の撮影所に流れ着いていた。ここに居ついた。こんな歳になってもまだ真田はおれにくっついていた。さすがにおれはやつのことがうるさくなった。邪魔だと思うようになった。そんなときに食堂で啄木研究会とかの会報を見つけた——」

それを聞いて、そうか、と智恵子は内心うなずいた。会報は食堂のテーブルに置き忘れたのだったか……

「その会報のなかに、昔の知りあいだった国語の先生の名前を見つけた。狂へる雲、狂へる風、狂へる火、狂へる人、狂へる巡査……と書かれた啄木の日記のことを書いていた。この『狂へる巡査』というのがおれのことだ。啄木はあの火事のさなかにおれの何を見たのだったか？　久しぶりに――いや、それは嘘《うそ》だ、片時だって忘れたことなどない――りつのことを思い出した。いまさら、五十年もまえのことを書かれたからといって、どうというわけでもないが、それを読んだとき――ここにおれの『錆びたナイフ』がある、『いたく錆びしピストル』があると思った。おれも七十をとうに過ぎた。もうそろそろ錆びたナイフ、錆びたピストルを砂山から掘り出してやってもいいころじゃないか。すべてを清算してもいいころだろう、と思った。ただ、それが具体的にはどういうことなのか、何をすることとなのか、自分でもよくわからなかったのだが……会報に先生の連絡先が載っていた。おれは先生に連絡することにした。ただ自分の名前は使いたくなかった。それをどうするか？　啄木が死んでから何年かたってのことだ。函館北署に、おれのことを調べに探偵とかがやってきた、ということを以前の同僚が手紙に書いて寄こした。小石川の先生に調査を依頼された、ということだった。探偵って何だ？　どうしてそんな人間が登場してくるんだ？　同僚も、おれもそのことが腑《ふ》に落ちなかった。なにしろ、その名前からして妙だ。呪師霊太郎、というのだから。記憶に残った。それで、先生に連絡するのに、その名前を使わせてもらうことにした。おどろいたことに、先生は呪師霊太郎の名を覚えていたよ。おれは先生に会ってどうするつもりだったのか？　啄木とおれとのかかわりを説明するつもりだったのか。それもわからない。わからないが、先生に会いたかった。会いたい、と申し出たら、自分は健康が優れない、かわりに姪御さんを寄こす、という話をされた。姪御さんから連絡がきて、この日活撮影所で会いたい、といわれたときにはおどろいたよ。こんな偶然があるものか、と思った。もちろん、おれはそれを了承した――」

「だけど、あなたはそれにも身替わりを使った。真田さんに呪師霊太郎と名乗らせて姪御さんに会わせることにした――それはどうしてですか」

「わからない。ただ、さっきもいったように、おれだけではなしに、真田もこれまでのことをすべて清算すべきときだ、という思いが強かった。真田に頼んで、呪師霊太郎になり替わってもらったが、それでどうするのか、どうしたいのか、具体的なことは何も考えていなかった。何も考えずに、ただそうしただけのことだ――真田は呪師霊太郎を名乗って姪に会った。おれはそのとき食堂にいた。近くの席で二人の様子をうかがっていた。二人の話を盗み聞いていた。赤木圭一郎の事故が起きた。すると急に真田の様子がおかしくなった。勝手に話を切り上げて、今夜、あらためて姪と会うなどという話にしてしまった。おれは真田の勝手なふるまいに頭にきた。何であんなことをしたのか。そのことがあったから、夜、あんなふうにケンカになった。おれは思わずピストルを持ち出したよ。撃つつもりはなかった。ただ、すこし脅しつけてやれば、それでよかった――」

「そのピストルはあなたが大正二年に砂山から掘り出したピストルですか」

「まさか――そんなにピストルが保《も》つものか。戦後、横浜でGIから買ったものだよ。おれは函館の巡査だったころからピストルが好きだった。早撃ちでは誰にも負けなかったものさ。それで――真田の野郎はサロンに逃げ込んで、内側から鍵をかけやがった。おれはなおさら頭にきた。それで――ショベルカーで屋根の一部を外し、うえから土砂を浴びせかけてやったんだ。砂山に埋めたピストルのことが頭にあったわけじゃない。ただ腹立ちまぎれにやっただけのことだ。まさか真田が心臓マヒを起こすなどとは夢にも思わなかった。なるほど、たしかにあれにまさる清算はなかった。それにしても、どうして真田の野郎はあんな真似《まね》をしやがったのか？　何だ。何がおかしい？」

「あなたは映画がお好きなんじゃないですか」

「ああ、好きだよ。活動写真といったころからのファンだ、そうでなけりゃ、いくら何でも物好きに撮影所なんかに出入りするものか。何でそんなことを訊く？」

「姫御さんは、赤木圭一郎の事故を聞いたとき、そうか、『第三の男』は死んじゃったのか、とつぶやいた。もちろん第三の男というのは赤木圭一郎のことです。あなたもそれは十分にわかっていたはずです。でも映画ファンのあなたはそれを聞いて反射的にオーソン・ウェルズの『第三の男』のことを思い浮かべてしまった。有名な映画ですからね。べつだん、そのこと自体はふしぎなことでも何でもない。ただ――あの映画は、死んだと思われていたオーソン・ウェルズがじつは生きていた、という設定です。つまり、あなたの場合と同じだ。あなたも死んだと人に思わせて、じつはこうして生きている。それで、きっとあなたは無意識のうちに妙な反応をしてしまったんでしょう。それを見て、真田さんは急に警戒しはじめたというわけです。それで唐突に姪御さんとの話を切りあげた――ところで、あなたはピストルの早撃ちが自慢ということですが……」

話を聞いて、あ然としている徳永に向かって若者は笑いかけ、尻ポケットから一挺《ちょう》のピストルを取り出した。

「ここにルガーがあります。じつは、ぼくはトニィの『抜射ちの竜』の大ファンなんですよ。よかったら二人でどちらが早撃ちか試してみませんか。あなたはりつさんを殺し、小山田さんを殺した。ところがこの二件はいずれも時効です。真田さんも死なせたけど、これは殺人ではなくて、傷害致死がいいところでしょう。たいした罪にはならない。それじゃあなたも寝覚めが悪いでしょうし、ぼくも納得がいかない。だからここで撃ちあいましょう。そうすれば、おたがいの気持ちにケリがつく」

「撃ちあうって……」徳永があきれたようにいう。「あんた、それは小道具のルガーじゃないか、本物じゃないぜ」

「これでいいんですよ。だって、ぼくは映画の抜射ちの竜が好きなんだから……ルガーだって映画の小道具でなきゃ――」

「てめえ、おれが年寄りだと思って、バカにしてんのか――いいだろう、相手になってやろうじゃねーか」

徳永の表情に怒りがさした。尻ポケットに手を触れた。そこにピストルが入っているのだろう。若者はニヤリと笑ったようだ。小道具のルガーを尻ポケットに戻した。

そして二人は『拳銃無頼帖』の赤木圭一郎と宍戸錠のように向かいあった。二人のあいだを冷たい夜風が吹きすぎる。

「……」

智恵子はこの状況をどう理解したらいいのかわからなかった。怯えればいいのだろうか。それとも笑えばいいのか……ただもうあっけにとられていた。そして——

二人のあいだに何かがほとばしった。若者が叫んだ。二人の右手が閃光《せんこう》のように尻ポケットに飛んだ。いや、実際に、何者かが徳永の右手に向かって跳躍したのだ。その何者かはニャアと鳴いた。徳永の右手の甲をするどい爪《つめ》でザクリと切り裂いて闇のなかに消えていった。徳永の右手から血がしたたり落ちた。ピストルが地に落ちた……

若者は左手の人さし指をキザに顔のまえで振りながら、チッ、チッ、チッ、と舌を鳴らして、

「まだまだ甘《あめ》えな……」

とそう嘯《うそぶ》いた。

「それは抜射ちの竜じゃない」徳永は呆然とつぶやいた。「宍戸錠のコルトの謙のせりふだ」

あまりのことに老いた神経が耐えられなかったのか。そのまま徳永は気を失って地面に

沈んでいった……

あとになって智恵子は、この夜のことを思い出し、すべては夢だったのではないか、と思うようになった。

その夜以来、「おじさん」は撮影所から姿を消した。サロンの椿事は事故として片づけられた。浮浪者がセットに入り込んで不幸にも事故死してしまった、ということにされてしまったのだ。

ただ、おりにふれ、智恵子はこんなことを思い出し、妙な感覚にとらわれる。

あの若者は「耕介」とネコの名を呼んだ。ということはあの若者こそが呪師霊太郎ではなかったのか、ということだ。だとしたら、どうして呪師霊太郎だけは歳もとらずに、ああも若いままでいられるのか。そんなことは不可能ではないか……そんなバカなことがあるはずはない、と思いながら、しかし事故のまえからあの若者が赤木圭一郎を悼んでマドロスの格好をしていたことを考えずにいられない。あの若者はあらかじめ赤木圭一郎の事故のことを知っていたのではなかろうか。

そして――思い出すのは若者のこの言葉なのだ。

――縦と横だけの二次元の世界の住民の目から見れば三次元の世界で起きることはすべて魔法のように見えるでしょう。縦、横、高さの三次元の世界の住民から見れば、それに時間が加わった四次元世界での出来事がすべて奇蹟のように見えるのと同じことです。

七〇年代になって、啄木の何首かの歌には、幼いころに死んだ、幼なじみの少女の記憶が、いわば亡霊のように揺曳《ようえい》しているのではないか、という説が提示された……

エピローグ

大正八年晩秋――

早朝の大森浜に人影はなかった。見わたすかぎり、ただ一面、鈍い灰色に塗りこめられていた。海にのぞんで五十メートルほどの長さにわたって砂丘がひろがっている。これを啄木は砂山と呼んだ――茫漠《ぼうばく》とひろがる砂山の裾に、絶えず波が打ち寄せ、白く砕けるのが見えるばかりだった。

呪師霊太郎はいつまでも砂浜にたたずんでいた。飽きずに波を見つめた。昨夜、風が強かったからだろうか。浜のそこかしこに土饅頭《どまんじゆう》のように砂山が盛りあがっていた。

ひと夜さに嵐来たりて
築きたる
この砂山は
何の墓ぞも

そう啄木が歌ったとおり、それらの砂山が誰かの墓のように映ったのだった。目に見えない、しかしたしかにその存在がひしひし肌に感じられる亡霊が、それらの墓のうえを風に吹かれるまま、孤独にさまよっているように思われた。

霊太郎もまた――啄木が歌で問いかけているように――それは何の墓なのか、と自問せずにはいられなかった。その墓のうえをさまようのは誰の亡霊なのか、と……

「函館北署の刑事さんたち――」

そして霊太郎はそう声をあげた。

「宿から、ぼくをつけているのはわかっていますよ。あなたたちは明治四十年八月二十五日、大火事のとき、徳永がりつさんを殺害したと知っていて見逃した。大正二年には、徳永が小山田の顔を撃って、自分が死んだように見せかけたのも承知していた。というか、あなたたちが進んで隠蔽した。こともあろうに函館北署の巡査が人を殺したなどというのは不祥事もいいところですからね。でも、あの現場写真はいただけなかった。自殺だということで、現場の傍《そば》には足跡が残されていなかった、という状況をつくったのだろうが、いくら何でもやりすぎだった。自殺だとしても、いや、それならなおさらのこと、そこには徳永の足跡だけは残されていなければならない。それまで消してしまったのはあまりに間抜けだった――そもそも徳永には小山田を殺さなければならない理由がなかった。徳永は、小山田が、啄木家から盗んだものだといって、徳永に見せた歌とか、日記とかいったもののことをあまりに気にしすぎた。そこに、徳永がりつを殺害したのを証明する何かが隠されているのではないか、と考えたのはあまりに疑心暗鬼にすぎた。すべては小山田たちの嘘っぱちにすぎなかったのに……」

「どうして」どこか砂山のかげから男の声が聞こえてきた。風の響きに似ていた。「そんなことがわかる？」

「だって小山田が徳永に見せたという歌——

真砂より　掘れるピストル

赤錆びて

何《な》が墓と　思ひ出づれば

襲《うそ》ふなみだは　重くしあるかな

これ、それぞれの頭の言葉をつなげれば——真っ赤な嘘、になるじゃないですか」

第四話　少年の時代

「健二《けんじ》様

拝啓、本年春に承りましたご高説を「石灰石粉の効果」と題して別紙広告を印刷いたして宣伝に努めることにあいなりました。これからも何ぶんのご教示をたまわりたくお願い申しあげます。

鈴木《すずき》東藏《とうぞう》」

（抜粋　読み下し文）

プロローグ

昭和八年（一九三三）十一月――

ここ岩手県・大岩井の地にはすでに早々と冬が到来したかのようだ。一面、霜枯《しもが》れたような風景がひろがっている。一方に深い崖《がけ》がなだれ落ちていて、渓谷に流れる川が白く光っていた。

寒々とした灌木林《かんぼくりん》を縫《ぬ》うように、木枯らしが吹きすさび、枝をかき鳴らし、枯葉を舞わせる。

それら枯葉が吹き散る先に、茫々《ぼうぼう》と生い茂るススキの原がある。いま、また——吹きわたる木枯らしに、それら穂先がひれ伏すように一斉に薙《な》いで……そこに身をひそめている何人かの男たちの姿をあらわに浮かびあがらせた。七、八人はいるだろう。

いずれも猟犬のにおいを発散させていた。いまにも獲物に襲いかかっていきそうな緊迫感がある。刑事たち、ではないか。

なかに一人、ほかの誰にも増して、異様なまでに存在感をきわだたせた男がいた。——あらためて指摘されるまでもない。そのたたずまいからして、彼が男たちのリーダーであるのはまちがいないだろう。

長身痩軀《そうく》、黒いソフト帽に、黒い外套《がいとう》……外套のポケットに無造作に一冊の本が突っ込まれている。これも黒い襟巻き《えりま》に青ざめた顔のなかばを隠し、ただ、その両の目だけが冷たい光を放っている——人によってはその表情を無慈悲《むじひ》とさえいうかもしれない。この蕭《しょう》殺《さつ》たる風景のなかにあって、その男の姿はさらに容赦《ようしゃ》ないまでに冷えびえとしたものに感じられるのだった。

「妙に遅いじゃないか」

背後にひそむ男のひとりが囁《ささや》くようにいった。この男だけは明らかにほかの男たちとは雰囲気が違う。猟をしようとしているのは、ほかの男たちと同じだが、この男だけは実直な猟犬ではなしに、陰湿なキツネのにおいがする。その物言いも、どこか尊大で、鼻持ちならない。

「大丈夫だろうな、ほんとうに来るんだろうな、御厨《みくりや》――」

「大丈夫だ、来る」御厨と呼ばれた男が突き放すようにいう。「それとも、梶山《かじやま》、おまえはおれの読みがまちがってるとでもいいたいのか」

その口調には男に対する嫌悪のようなものがあった。しかも、御厨はそれを隠そうとさえしていない。

「そんなことはない。そんなことはないけどな――相手は少年二十文銭だ。いくら、おまえでも読みをまちがえることがあるんじゃないかってな。おれはこれでもおまえのことを心配してやってるんだぜ」

梶山と呼ばれた男はせせら笑うようにいう。その口調とは裏腹に、梶山が心の底から御厨の失敗を願っているのは明らかだ。こちらのほうも相手に対する敵意を隠そうともしていない。

「それに、なにか手違いがあれば、おれだって責任を問われることになりかねないんだからな」

「おまえが、か。岩手県警察部特別高等警察課・主任、梶山警部補どのが、か――笑わせるな、何でおまえがそんな悪いクジを引くものか。いざとなれば、おれにすべて責任をかぶせられるように、事前に根回しはしてあるはずだ。そうじゃないか」

梶山はその言葉にもいっこうに臆《おく》さない。それどころか、あいかわらず鼻先でせせら笑うように、ふん、そうさ、という。

「そうでなきゃ、おまえとなんか危なくていっしょに仕事ができるもんか——刑事課主任の御厨警部補の仕事ぶりはあれこれ聞いている。たしかに頭は切れる。仕事もできる。だが、上司の覚えがはなはだよろしくない。そんなことじゃ、いずれ、おまえは蹴《け》つまずくことになるぜ。警察をたたき出されることになる。おまえが蹴つまずくのは、おまえの勝手だが、おれたちまでその巻き添えをくったんじゃかなわない」

後ろのほうがちょっとざわついた。どうやら新たに何人かの男たちが見張りに到着したようだ。彼らもまた以前からの男たちと肌あいが異なっている。以前からいたのは刑事課の刑事たちで、あとから来たのは特高課の刑事たちだ。つまり御厨の部下たちと、梶山の部下たちということか。実直な猟犬たちと、狡猾《こうかつ》なキツネたちとのあいだにいざこざが起こる……

御厨は背後の男たちに向かって、ゴタゴタするな、いいからおとなしくしてろ、とそう叱《しか》りつけると、

「梶山、おまえも黙ってろ。心配するな、おれの読みに万に一つも狂いはない」御厨はそう決めつけておいて、腕時計に視線を走らせると、「もうそろそろ時間だ。やつらは絶対に来る……」

ここは橋場線・盛岡から二つめにある「大岩井駅」にほど近いところだ。周囲に人家はおろか、田畑さえない。

大岩井の外れに位置している。いや、大岩井――というより、「大岩井農場」の呼称のほうがよく人に知られているかもしれない。

「大岩井農場」は岩手山麓《さんろく》に総面積三千六百二十二町歩の広大な土地を擁《よう》してひろがっており、農業と牧畜で知られる。

もとはといえば、ただ一面、火山灰が降り積もり、耕地、牧草地はおろか、人が住むことさえできない、陰鬱《いんうつ》たる荒蕪地《こうぶち》でしかなかった。

それを排水工事で湿地から水を抜いて、堆肥《たいひ》を大量に投入し、さらに石灰細粉を施用するなどして、土質を変えるための地道な努力を重ねた。

その結果、いまでは優良「農園・畜産モデル」として、全国に名をはせるまでになったのだった。

その世に名高い「大岩井農場」もさすがにここまで敷地を外れると人の行き来はない。ただ、まばらな灌木林、茫々と生いしげる茂みだけが、秋の淋《さび》しい風に吹かれているだけだ。いや――そうではない。子細に視線を凝らせば、その茂みのなかに二筋の鉄路が敷かれているのを見ることができるだろう。線路がある。その線路を目で追えば、疎林《そりん》のすぐ手前に線路どめの大きな石が置かれ、そこが終点になっているのがわかる。馬を繋《つな》ぐための柵《さく》の用意もある。要するにここは貨車を引き込んで、荷物を積み下ろすための臨時の集積場であるようだ。

「あ、来た……」

誰かが低い声をあげた。しっ、とそれを制する声が聞こえ、刑事たちはさらに低く草のなかに身を潜めた。緊張がみなぎった。

シューッ、という鉄輪が線路を擦る音が聞こえてきた。それがしだいに大きくなっていった。ガタン、ゴトン、という線路を刻む音に変わっていった。

貨車だ。

ただ一両、風に吹かれながら近づいてくる。それを牽引《けんいん》する機関車はない。本線の機関車から切り離されて側線に入ったのだろう。いまは、機関車に連結されていたときの慣性で走っているが、いずれは車止めに当たって、停止することになるはずだ。徐々に速度を落としつつあるのが目視でもわかった。

「慌てるな。まだ出るな、まだ早い……」

御厨の指示に男たちはさらに低く草薮《くさやぶ》のなかに身を潜める。獲物に襲いかかる寸前の猟犬を連想させた。ひしひしと緊迫感が高まりつつあるのが感じられた。

「何をグズグズしてる？　出てこないか、少年二十文銭……」

その緊張に耐えかねたように梶山がそうつぶやくのが聞こえた。それを背中に聞きながら、御厨は自分の口元にかすかに笑いが浮かぶのを感じていた。

が、このときにどうして御厨が笑ったのか、その理由は梶山はもちろん、部下にも覚《さと》られてはならないことなのだった。

話は、このひと月ほどまえ、九月末のある日にまでさかのぼる……

そのさらに一週間まえから、呪師霊太郎《しゅしれいたろう》は「花巻温泉遊園地《はなまきおんせんゆうえんち》」の「蓬来館《ほうらいかん》」という自炊《じすい》旅館に投宿し、温泉ざんまいの日々を過ごしていた。それが、この日、金田一と名乗る人物から宿に電話がかかってきた。

金田一《きんだいち》の知人に竹内清忠《たけうちきよただ》という実業家がいる。岩手県、いや、東北でも五本の指に数えられるほどの富豪だという。

その竹内氏が、ロマノフ王朝の秘宝とされる「白鳥の涙」なるダイヤを欧州《おうしゅう》のオークションで入手した。日本円にして五百万円というから途方もなく高価なダイヤである。ところが数日まえ、それを頂戴《ちょうだい》したい、という文意の犯罪予告の手紙が竹内氏のもとに届いたのだという。

差出人の名は「少年二十文銭」――その名前の由来はわからない。犯罪予告の手紙にいつもそう記名されてあって、いつしかそれが人口に膾炙《かいしゃ》した。暴力は一切使わない。人の心理の隙《すき》をついて狙《ねら》ったものは必ず奪う。その手口は大胆で、緻密《ちみつ》だ。奪われたほうはときにそれに気づかないことさえあるという。主に東北、北海道を中心に、窃盗をくり返し、その跳梁《ちょうりょう》ぶりはまさに神出鬼没、じつに傍若無人《ぼうじゃくぶじん》といっていい。盗んだカネを貧しい人に分け与える……そのために一部では義賊《ぎぞく》とたたえられる。もちろん義賊だろうが何だろうが、盗まれるほうはたまったものではないだろうが。

金田一氏は、いまでこそ辞職しているが、もとはといえば「花巻温泉遊園地」の経営者であった。

たまたま、その花巻温泉に滞在しているというので、金田一氏を介して、竹内氏は呪師霊太郎に連絡をとってきたらしい。

――何とかして「白鳥の涙」を護《まも》って欲しい。

というのが竹内氏の依頼だったのだが……

1

いまとなってはもう当時――昭和初期のころの「花巻温泉遊園地」の賑《にぎ》わいは想像することさえできないだろう。一炊《いっすい》の夢のようでさえある。

もともと東北地方の温泉地は、その多くが奥羽《おうう》山脈の山襞《やまひだ》にあるために、熱海《あたみ》や、別府《べっぷ》のように、温泉街にまで発展する土地の余裕がなく、ほとんどが昔ながらの素朴な湯治場《とうじば》にとどまっていた。せいぜい、ひなびた温泉宿が三、四軒あるかどうか。

そんななかにあって、ここ「花巻温泉遊園地」だけは例外的に、じつに奇蹟《きせき》的ともいっていい発展を遂げたのだった。何社かの地元有力企業の強力な後押しもあって――わずか十年たらずのうちに――動物園、遊園地、宿泊設備、分譲別荘、貸し別荘、はてはスキー場まで擁する一大温泉《スパ》リゾートを現出させた。

昭和五年（一九三〇）、新聞主催の読者投票による「全国温泉十六佳景」において、一位の箱根についで、堂々の二位を記録したといえば、およそ、その施設の充実ぶりも想像できようというものだろう。

昭和八年九月二十×日——

その「花巻温泉遊園地」に、飄然《ひょうぜん》、呪師霊太郎が舞い込んだ。

もっとも、着たきりスズメ、焦茶地のすりきれた縞羅紗《しまらしゃ》の二重回しに、着物に、袴《はかま》……いつに変わらぬ書生っぽ姿の貧相さは、この「花巻温泉遊園地」の豪奢《ごうしゃ》さにあまり——いや、ぜんぜん似あいそうにない。

いまにはじまった話ではないが、呪師霊太郎はじつにもうお話にならないぐらい貧しい。好きな本を買うために、一食、二食、抜くぐらいはざらなほどだ。

高等遊民を自称しているが、いうまでもなく、このころの高等遊民といえば、資産があり、遊んで暮らせるけっこうな身分の人間のことをいうのであって、霊太郎の実情はこの時代の言い方にならえば「ルンペン」と呼んだほうがいい。要するに温泉場に滞在できるような身分ではない。

それでも霊太郎が「花巻温泉遊園地」を訪れたのは、一《いつ》にかかって、その好奇心のしからしめるところだった。

つまり「花巻温泉遊園地」のことを知って、その極度に人工的でモダンなことに大いに興味を惹《ひ》かれ、しばらく身を寄せるつもりになったのだった。

霊太郎の好きな江戸川乱歩《えどがわらんぽ》に『パノラマ島綺譚』という、やはり人工的なパラダイス島をテーマにした小説がある。「花巻温泉遊園地」のありように、なにがしかその小説に共通するものを覚えた……ということもあったかもしれない。

もっとも、どんなに霊太郎が「花巻温泉遊園地」に興味を惹かれたからといって、そこに何日間か滞在するには、まとまったカネが要《い》る。あいにく、霊太郎にはその持ち合わせがない。いつだって、ない。

「花巻温泉遊園地」には一泊五円以上という上級旅館「松雲閣」を最上級に、さまざまな階層相手の旅館の用意がある。

なかでも「蓬来館」は一人一泊三十五銭の自炊貸間専門であって、ここでなら貧しい霊太郎でも何日間か滞在することが可能だ。

霊太郎はその一室にネコの耕介《こうすけ》といっしょに転がり込んだ。日がな一日温泉ざんまい。温泉に浸《つ》かっていないときには、赤っちゃけ、けばだった畳に転がり、好きなミステリーの洋書を読みふける……霊太郎にしてみれば天国に遊ぶような日々といっていい。

幸い、といっていいかどうか、ネコの耕介も温泉に浸かるのは苦痛でないらしく、霊太郎の肩に乗っかって、温泉に入るのを拒もうとはしなかった。

耕介はいつもながらに不機嫌そうに、憮然《ぶぜん》とした表情をしていて、好きで温泉に入っているのか、それともたんに霊太郎につきあって我慢しているだけなのか、そのことは判然としなかったのであるが。

霊太郎は気ままな若者だが、それに輪をかけて、耕介は気ままなネコなのだ。

霊太郎といっしょに温泉に浸かるかと思えば、一日一晩どこかに姿を消したりする。そんなときには道ですれ違ってもツンと知らない顔をする。ときに雌ネコ連れのときもある……耕介は耕介なりに温泉場を楽しんでいるのかもしれない。

この日も、脱衣所までいっしょだったはずなのに、温泉場に踏み込んだときにはもう耕介の姿はどこかに消えていた。どこに行ったのか？

だが、まあ、いつものことだ。気にすることはない。温泉に浸かる。湯はあまり熱くない。それだけにじわっと体の芯《しん》から温まってくる感じだ。ほてった顔に、秋のひやりとした風が心地いい。あまりの気持ちよさに、フーッ、と太い息を吐いた。

先客は一人しかいない。四十がらみの男だ。隅《すみ》のほうにひっそり浸かっていた。湯気のなかに影のように沈んでいた。

どういうきっかけからそういうことになったのかよくわからない。気がついたときには、温泉に浸かりながら、男の話を聞いていた。たまたま温泉でいっしょになっただけの相手に打ち明け話をするのは、それだけ鬱屈《うっくつ》したものがあるからなのだろう。

男は鈴木と名乗った。大船渡《おおふなと》線《せん》・陸中松川駅《りくちゅうまつかわえき》の松川滝ノ沢というところで砕石工場を経営している。採掘した石灰岩を細かく砕いて販売する仕事なのだという。

石灰細粉を撒《ま》けば、酸性の土壌を改変することができる。さしあたって大岩井農場が大口の顧客で、年間四百トン、十トン貨車にして四十両ぶん売買契約を取りかわした。が、それでも工場の経営はおもわしくなく、十数人の作業員の給料さえ、とどこおりがちなのだという。苦労が絶えない……

「銀行から借金せずには工場のやりくりがようつかん。借金すればしたで期日がきても返済のめどがつかん。工場や家財までもが何重にも差し押さえられている始末で——泣きっつらにハチというか、事業をつづけるには雇用者のために健康保険料を払わねばならん。もちろん払いたいのはやまやまだが、私には先立つものがない。それでとうとう県の保険課から係官が工場に派遣されてきて、まもなく発送する手《て》筈《はず》になっていた大岩井農場向けの炭酸石灰に差し押さえの封印をされてしまった。その封印を破ろうものなら、たちどころに懲役ですわい。運の悪いこってすわ。たまたま大岩井農場から二百トンの追加注文を受けたばかりでしてな。とりあえずは貨車一両ぶん十トンがところだけでも——輸送することができれば当座の運転資金はまかなえる。働いてもらっている人たちに賃金を払うこともできる。ところが、どうにもこうにもその封印を破ることができん。どうにもならんこってすわ」

　鈴木氏の顔は湯気とも涙ともつかないものでびっしょり濡《ぬ》れていた。その顔をザブリと手のひらで撫《な》でおろし、そこへもってきて、つい先日惜しい人を亡くしまして、わたしらけんじさんとお呼びしておったが、という。

——けんじ？

霊太郎には、その発音から、それが健二であることが何とはなしにわかった。先週、その健二という人が亡くなって、鈴木氏はずいぶんと落胆しているらしい。その嘆き節のようになった。

「いや、もう、じつに山や石にくわしいお人で、この何年か、工場のためによう働いてもらいました。それどころか、ご実家のお父上から工場への融資までしてもらいましてな。なにしろ、土地の改良に熱心なお人で、岩手の農村には安くて良質な肥料がぜひとも必要だから、という説をお持ちで、そのためには何が何でも私らの工場が必要なのだと……もともとは石灰成分を調合する技師として来てもらうことになっておったのですが、肥料用炭酸石灰の広告文を作成してもらったり、はては東京にセールスに行ってもらったりして――ムリがたたったのです。もとから体が強い人ではなかったが、胸を悪くなさって、東京で斃《たお》れて、そのままとうとう回復できなんだです。今月二十一日にお亡くなりになりました。惜しい人でした。かけがえのない人を亡くしてしまいました――工場で働いている者たちもみんな健二さんのことが大好きで。健二さんが工場に来られるたびに子供のように喜んで……何であんな神様のようなお人が、まだ四十にもならぬ若さで、お亡くなりにならられたのか……健二さんはいつもこういっておいででした。『みんなが幸せにならねば自分の幸せもない』……」

「みんなが幸せにならねば自分の幸せもない、ですか」

さして独創的な言葉とも思えない。むしろ、ありふれて、陳腐《ちんぷ》でさえあるだろう。いつもの霊太郎ならあっさり聞き流したかもしれない。苦笑さえ浮かべたかもしれない。

が、なぜかそれが、鈴木の口を通じての、その健二という人物の言葉だと思うと、ふしぎなほど痛切に胸に迫ってくるのをおぼえるのだ。どうしてだろう？　ほとんど涙ぐみたくなるまでにその言葉がきらめいて感じられるのだ。

――神様のような人か……

その健二という人は、一週間ほどまえ、胸の病をこじらせて、花巻の実家で亡くなったのだという。できれば会ってみたかった、話を聞きたかった、と霊太郎は心の底からそう思った。探偵という職業がら、人と距離を置いて接するのが習い性になっている霊太郎にしてみれば、これはじつにめずらしい心の動きといってよかった。

「健二さんのご恩を思えば――差し押さえを受けた十トンの石灰粉を、どうにかして執達《しった》吏《り》の封印を取り外し、貨車に積み込んで、大岩井農場まで搬送しなければならないところだが――」鈴木氏は気弱そうな微笑を浮かべると、「私らにはその差し押さえを解除するだけのカネがない――どうにもならんのですよ」そういうと、また温泉の湯で顔をザブリと洗った。

ほんとうなら三十五銭の自炊貸間であろうと、悠長に温泉になど入っていられる身分ではないのだ、と鈴木さんはいう。それどころではないのだ、と――

が、この「花巻温泉遊園地」に健二さんという人の若い知りあいがいるのだという。その人は後藤《ごとう》といい、活動写真館の楽団でチェロ演奏をしている。健二さんも生前、チェロを練習していて、その弦を、後藤に形見分けするために一泊だけ、温泉に泊まったのだという。

今夜、後藤に、健二さんの弦を渡し、明日になれば、また修羅《しゆら》の娑婆《しやば》たる工場に戻らなければならない。電気料金の未納、労賃の未払い、税金の滞納――カネの地獄に責めさいなまれることになるのだという鈴木氏の泣き笑いの表情を見て、霊太郎にはかける言葉もなかった……

湯から上がって脱衣場で、「健二さんはようものを書いてなさった」鈴木はそういって一冊の本を差し出した。「これは健二さんが生前に出版なさったご本です。よろしければ読んでください」

霊太郎は固辞したが、鈴木はどうしても、もらってくれ、といって譲ろうとしなかった。

その好意に甘えるしかなかった……

2

その夜、貸間に戻った霊太郎に、階下の帳場から「電話が入った」という知らせがあった。

ちょうど霊太郎のふところ具合がさびしくなって、はて、どうしたものか、と思案しはじめたころで、天の助けともいうべき、仕事の依頼であった。

金田一国士《くにお》という人物からの電話である。

竹内氏という人からの仕事の依頼を仲介され、ロマノフ王朝秘宝の「白鳥の涙」の話、それをわざわざ予告して狙う少年二十文銭の話を聞かされ——そこでふいに金田一は声を低めた。「それで何ですか？　こちらにはやはり潜伏調査か何かでいらしてるわけなのでしょうか」

「あ、いえ、その……」

霊太郎は返事に窮《きゅう》した。

金田一にしてみれば、多少なりとも探偵として人に知られた霊太郎が、「花巻温泉遊園地」で最安値の自炊貸間専門の湯治宿に泊まっていることが、どうしても納得できずにいるのだろう。潜伏調査とでも考えなければ理解できないということらしい。

「そんなことより——」やむをえず話を変えることにした。「金田一さんはもしかしてご親戚《しんせき》に東京で探偵事務所を開いている方がいらっしゃいませんか」

東京銀座で、通りすがりに、その名前のついた探偵局を開いている事務所の看板を見かけたことがある。そのことが妙に印象に残り、そのことから拾ったネコに「耕介」という名前をつけたほどだった。

が——

「探偵？　いや、私にはそんな親戚はおりません。言語学者の金田一京助なら親戚ですが……」

これは霊太郎の思い過ごしだったようだ。金田一国士はあっさり霊太郎の質問を否定した。

　ちなみに金田一国士はこのときすでに五十歳を超えている。——盛岡の大実業家・金田一家の養子となり、岳父の死後、盛岡銀行頭取、盛岡電気工業社長、岩手軽便鉄道《けいべんてつどう》社長、三陸水産冷蔵社長などに就いて、岩手財界の風雲児とまでいわれた人物である。

　それらの勢いをかって、花巻温泉開発事業に乗り出したのだが、霊太郎が電話を受けた前年、岩手金融恐慌のあおりを食って、金田一財閥は崩壊し、国士はすでに花巻温泉遊園地社長を辞任していた。

　だから金田一が仲介者として、霊太郎に仕事を頼んできたのは、社長としてではなしに、まったくの個人としてということになる。

「それでよろしいか」

「もちろんです」

　それがどんな立場からの依頼であろうと霊太郎にはどうでもいいことだ。さして興味もない——いまの霊太郎に唯一、興味があることといえば、依頼の手付けに幾らもらえるか、ということぐらいだ。それであと何日「花巻温泉遊園地」に滞在できるかが決まる。

　霊太郎はこの人工ユートピアのような温泉郷を気に入りはじめていたのだ……

「じつはそのほかにもお願いしたいことがあるのですが……」

「はい、どんなことでしょうか」

「いえ、あの……」金田一はなぜかいいよどみ、「つかぬことをお尋《たず》ねするようですが、呪師さんは東辰《とうしん》砕石工場の鈴木さんにはお会いになられましたでしょうか」

「東辰砕石工場の鈴木さん……」

その人物ならついさっき温泉で出会ったばかりである。見るからに好人物そうな鈴木の顔を思い浮かべながら、

「ええ、知っています。妙なご縁で――温泉で知りあいになりました」

それまで霊太郎は、温泉で鈴木と出会い、話をしたのを偶然のことからと思っていたのだが、どうもそうではなかったらしい。あれはすべてあらかじめ入念に準備されてのことだった、と覚ったのだ。おそらく、この金田一が鈴木とはからって事前に仕組んだことなのだろう。しかし、何のためにそんな手のこんだことをしなければならなかったのだろう。

「金田一さん」

「はい」

「ぼくが温泉で鈴木さんと話をしたのはご存知ですよね」

「はい、すこし小細工が過ぎるとは思ったのですが――わたしがそのように取りはからいました」

「わかりました」霊太郎はうなずいて、「それではお話をうかがいましょう、本題をお聞かせください」

「それが……」

よほど話しづらいことなのか、金田一はなにか口ごもっている。それを霊太郎は辛抱強

く待っている。待つのは得意だ。いつだって何かを待っている。

「話というのはほかでもないんですが」

金田一はついに口を切った。それでもためらっているのかその言葉はよどみがちだ。

「はい……」

霊太郎はまだ待っている。


翌日の夜──

指定された時刻に、指定された場所に向かった。

霊太郎は外出するときには決まって本を携行するのが習慣になっている。

この日は、昨日、脱衣所で鈴木にもらった本を持っていくことにした。鈴木にもらった本──童話集だった──は昨夜、二度も読み返した。霊太郎はふだん童話は読まないのだが、その本には異様な感銘《かんめい》を受けた。感銘、むしろ感動といってもいいかもしれない。

童話集の著者名は「健二」という名ではなかったが、たぶんペンネームを使っているのだろう。

──何であんな神様のようなお人が、まだ四十にもならぬ若さで、お亡くなりになられたのか……健二さんはいつもこういっておいででした。「みんなが幸せにならねば自分の幸せもない」……

鈴木の言葉が思い返される。

この著者の健二という人は、たんなる才能という言葉だけでは片づけられない不思議な力を持っているように感じられた。

健二はこの九月二十一日に亡くなったのだという。鈴木が声を振り絞るようにしていった「かけがえのない人を亡くした」という言葉が、あらためて実感となって胸に迫ってきた……。

……朝からきれいに晴れていた。しかし風が強かった。夜になってもいっこうに風はおさまろうとしなかった。

「花巻温泉遊園地」の経営は盛岡の電力会社も後押ししている。そのために、この時代の施設としてはほかに例を見ないほど照明がふんだんに使用されている。じつにスキー場の夜間照明はこの「花巻温泉遊園地」が本邦初なのであった――その不夜城を思わせる、こうこうとした明かりのなか、吹きすぎる風がすべてを青ざめた色に染めあげているかのように見えた。

ちょっと道に迷った。

いつしか遊園地の外れのほうに出てしまった。この時刻、この場所になると、もう人通りはない。夕食後のそぞろ歩きを楽しむ温泉客たちの姿もとうに消えていた。

敷地の隅の、ごく人目につかないところに、屋根が高く、大きい、バラックの建物があった。どうやら倉庫に使われている建物のようだ。

その建物に、何とはなしに近づいていったのは、その倉庫から思いがけずチェロの音色が聞こえてきたからだった。

——これが鈴木さんから話を聞いた後藤という若者の演奏だろうか。

そのことに関心を惹かれた。練習でもしているのだろうか。何度も同じパートがくり返される。

倉庫に近づきながら、

「……」

霊太郎は自分でもそうと気づかずに顔をしかめている。それというのも、その演奏があまりに下手くそすぎたからだ。霊太郎はけっして音楽に素養があるほうではないが、それでも、その音程がどうしようもないまでに狂っていることがはっきりわかった。なにしろ、ひどいとしかいいようのない演奏だ。これではどんなに練習を重ねても上達の望みはなさそうだ。

入り口から何とはなしに倉庫のなかを覗《のぞ》き込んだ。これもまた人並はずれた好奇心のなせるわざだが……ありふれた倉庫にありふれた資材が積みあげられているだけのことで、ことさら気にしなければならないほどのものはなさそうだ。すぐに興味を失い、その場を離れた。

倉庫から立ち去る霊太郎をいつまでもチェロの調べが追ってきた。じつにひどい。

——これでは健二さんという人がせっかく形見分けした弦もムダになりそうだ。

霊太郎のしかめっつらはいつまでも変わらなかった……

本通りに戻った。

花巻温泉には日時計花壇と対称花壇と呼ばれる花壇がある。いずれも碁盤目《ごばんめ》状に地割りされた敷地のなかにあり、煉瓦《れんが》がモザイク状に埋め込まれている。幾何学的、対称的に綿密に設計され、コスモスや、小菊《こぎく》などが可憐《かれん》に咲き誇っていた。県立花巻農学校の教師がデザインしたのだと聞いている。花壇を見ただけでその教師に特別な才能がそなわっていることがわかった。

——その教師に一度会ってみたいな。

ふとそう思った。もちろん、ほんの気まぐれからのことだし、名前も知らないその教師に現実に会えようはずがない。会ったところで何もいうべき言葉がないし……

花壇のまえを歩いた。そして、その少年に出会ったのだった。

十五、六歳だろうか。花巻にはめずらしく洋装のモダンな格好をした少年だった。一見、外国人のような印象があるが、その黒髪はまぎれもなしに日本人のそれだった。

どうしてその少年がそんなにも強烈に霊太郎の印象に残ったのか？　それはその少年が花壇のまえに立ち、まるで指揮者がオーケストラに向かってタクトを振るように、両手を振っていたからである。

晩秋の強風に花壇の花々が一斉にそよぐのが、その少年の目には楽団員が楽器を奏でているかのように見えているのではないだろうか……霊太郎はそんな印象を受けた。

少年は自分の演奏に陶然《とうぜん》としていた。その頭のなかには——目に見えない——オーケストラが奏でる音楽が鳴り響いているのにちがいない。夢中になって両手を振っていた。その指先からはたしかに流麗《りゆうれい》な音楽が流れているかのように感じられる。その調べにあわせて花々が優雅に波うっているかのように感じられた。

「……」

霊太郎の視線が少年の上着のポケットに吸い寄せられた。ポケットには一冊の雑誌が突っ込まれていた。それに注意を惹かれたのだった。

「ほう……」

それが何の雑誌なのか、いちはやく見てとることができたのは、さすがに探偵としての能力にひときわ優れていたから——ではなしに、要するに、それが霊太郎が愛読してやまない雑誌だったからに他ならない。

博文館から出版されている『新青年』なのだった。

もともとは探偵趣味の濃厚な雑誌で、江戸川乱歩や横溝正史《よこみぞせいし》の探偵小説が売りだったが、いつしか活動写真の特集や、音楽時評などの記事が充実し、しきりにモダニズムが持ちあげられることになった。

少年のポケットにあるそれの表紙に、女優のジョセフィン・ベーカーの戯画が印刷されているのも、そのモダニズムのあらわれだったろう。これから数年を経ずして、もう時勢はアメリカの女優を雑誌の表紙に載せることなど許さなくなってしまうのだが……

霊太郎が思わず声をあげたのは、それがつい最近読んだばかりの七月号だったからだ。このところ探偵小説からやや遠ざかっていた『新青年』が、この号では、小栗虫太郎《おぐりむしたろう》という新人のデビュー作を掲載していて、その『完全犯罪』という作品に大いに楽しませてもらった……

探偵を職業とする人間はめずらしいが、探偵小説を愛好する探偵となると、さらにめずらしい。ほとんど珍獣といっていいほどだ。これまで誰かと探偵小説談義を楽しんだ経験など皆無で、霊太郎はそのことに大いに飢《う》えていた。そんなこともあって、

——さては同好の士か。

思わず一歩を踏み出そうとしたが、それをきわどく思いとどまったのは、少年の足下にじつに思いがけないものを見たからであった。

耕介なのだ。

そう、おどろいたことに少年の足下に耕介がチョコンとすわっているのだった。いつもの耕介は不機嫌で、狷介《けんかい》で、狡猾だ。つまり、おいそれと見知らぬ人間に媚《こ》びを売るようなネコではないのだ。それが——どういうつもりか少年の足に身を擦《す》り寄せている。少年の奏でる音楽に自分も聞き惚《ほ》れているかのように——そんなはずはないのに！　——その真っ黒な尻尾《しっぽ》をしきりに左右に振っていた。

それを見ているうちに、『新青年』ではなしに、その少年のほうにあらためて好奇心がつのってきた。

この少年には何か独特なところがある。ふしぎな魅力がある。

――きみはこの風に吹かれる花壇にどんな音楽を聴いているのですか。

ふと、そう尋ねてみたいという誘惑にかられた。奇妙な衝動だった。それだけ、その少年に魅力があったということか。

すでに金田一氏との約束の時間が迫っていた。それどころではないはずなのだが――その少年がつと花壇のまえから離れるのを見て、ほとんど反射的にそのあとをつけはじめていた。

じつに自分でも説明のつかない行動だったが、磁石に鉄片が引き寄せられるように、その衝動に抗することができずにいた。

歩き去る少年の後ろ姿を青ざめた風が吹き過ぎていった。

ふと背後に人の気配を感じた。誰かが後ろに迫っている。振り返って相手の顔を確かめようとした。が、遅かった。そのときには後ろから何かをすっぽり被《かぶ》されていた。目のまえが真っ暗になった。何だろう？　なにか頭巾《ずきん》のようなものだ。かすかにワラのにおいがした。タワラ？　カマス？　それを確かめる余裕もなかった。すぐに後から殴られた。そのまま自由を奪われてしまう……

3

「花巻温泉遊園地」の最上級旅館「松雲閣」の一室に通された。

「来客用応接室」、とある。立派な部屋だ。

そこに金田一氏と、もう一人、竹内氏がいた。金田一氏は五十がらみ、竹内氏はすでに老齢といっていい印象だった。

「ほう、お若いですな」金田一がおどろいたようにいった。「いや、まだ、お若いということは噂《うわさ》に聞いていましたが、そこまでお若いとは……」

「……」

それにはただ微笑をもって応じることにした。よけいなことはいう必要がない。むしろ、いってはならない。

金田一は、あくまでも仲介に徹するつもりのようで、竹内を引き会わせると、「それではこれからはお二人でどうぞ」そういって、部屋から辞した。

竹内が残された。竹内は腰の低い、しかし見るからに癖のありそうな老人だった。年の功で、本性を隠すだけの世間知は身につけているが、その一見もの柔らかそうな物腰のかげに、チラチラと鎧《よろい》のようなものがかいま見える。一言でいえば強欲そうな老人だ。

「早速ですが――」竹内はそう話を切り出した。「まずはこれから見ていただきましょう少年二十文銭からの犯罪予告の手紙を見せられた。昨日、郵便受けに入っていたのだという。郵送されたものではなしに、誰かがじかにそこに入れたもののようだ。

——あまりに突然で、ぶしつけなお申し出にて、さぞかしお驚きのこととお察しいたします。勝手ながら、ここ一両日中に、ご所有の「白鳥の涙」を頂きにあがる所存でおりますので、どうぞ、その旨《むね》よろしくお願い申しあげます……

そうした文意のことが記されている。封筒も便箋《びんせん》もごくありきたりのものでしかなかった。紋切《もんき》り型《がた》の、短い文面からは、何の手がかりも得られそうにない。明らかに左手で書かれていて、筆跡も調査の役には立たないだろう。

「少年二十文銭……じつにとんでもないやつです。どこの何者なのか。この四月から忽然《こつぜん》と県内に出現しおった。そのわずか半年たらずのうちに、県内の名だたる資産家、実業家が所有する宝石を、必ず事前に予告し、少年二十文銭と名乗ったうえで、盗み出す。どんなに厳重に警戒、防犯しても、まるで空気か煙のように入り込んできて、姿も見せぬままに目当てのものを盗み出してしまう。睡眠薬を使うこともあれば、催眠ガスを使うこともある。見張りはいつのまにか眠り込んでしまう。いまだに、どこの誰だか、まったく正体が知れない、ときている。けしからん。まったく無能にもほどがある。なんで警察はこんな賊が好き勝手に跳梁するのを許しているのか」

竹内は憤懣《ふんまん》に耐えかねたのか、わめきかけたが、すぐに思いなおしたように、机の下から小ぶりの黒いカバンを取り出した。

「それで、これが問題の『白鳥の涙』なのですが……』

竹内は宝石のコレクターとして、県内に名高いが、そのときそのときでもっともお気に入りの宝石を、常時、持ち歩くという奇行でも知られている。多少、いや、大いに成金趣味のきらいがある。もちろん、このとき携行しているのが、ロマノフ王朝の「白鳥の涙」であることはいうまでもない。

宝石はそのための特別あつらえの頑丈《がんじょう》なカバンに収められ、合わせ錠《じょう》がついているうえに、鎖で手首に結びつけられている。しかも柔剣道あわせて四段という猛者《もさ》がいつも用心棒としてつきしたがっているのだという。いまも扉の外で待機しているはずである——とはいっても、そのあまりの無防備さには呆《あき》れさせられた。これではみすみす盗賊に襲って欲しい、といってるようなものではないか。不用心にもほどがある……

「いくら何でも持ち歩くのはおやめになったほうがいいんじゃないですか。お宅には金庫がありますか？　ある？　それならその金庫に保管なさるのをお勧めします」

「はい、そうします。それはそのようにいたしますが……」

どうも竹内は「白鳥の涙」をだれかれかまわずに自慢せずにはいられないらしい。ホクホクとしてカバンを開いて見せた——紫色のビロードで内張りされたバッグのなかに大きなダイヤが塡《は》めこまれていた。天井のシャンデリアに映えて燦然《さんぜん》ときらめいた。

「まずはご覧になってください。どうです、この輝き——これだけのものはまず日本には他にありますまい。どうぞお手にとってご覧ください」

「よろしいですか」と断って、腰を浮かし、ダイヤを手に取り、一瞬、それを見つめてから、手のひらをひるがえし、「ありがとうございました、拝見しました」頭を下げて、椅《い》子《す》に腰を戻した。そのうえで――「この『松雲閣』にはお客用に頑丈な金庫が備えつけられていると聞きました。今夜はそこに預けたほうがいいでしょう。明朝、また、こちらにうかがわせていただきます。よろしければ盛岡のご自宅まで同行させてください。そのうえで、いかにして『白鳥の涙』を護ればいいか、そのご相談をしましょう」そういった。

「ありがとうございます」竹内は安堵《あんど》の表情を浮かべた。「いや、そうしていただければ、私も安心ですわ」

と、そのとき――ふいに扉がすごい勢いで開いたのだ。金田一が血相を変えて飛び込んできた。大声で叫ぶようにいう。

「いま電話が入った。その男は霊太郎ではない。少年二十文銭だ」

「……」

それを聞いて竹内はギクリと体をこわばらせた。呪師霊太郎を見つめた。問いかけるように……が、相手は平然としている。唇に微笑さえたたえている。竹内はそのことにとまどったようだ。その視線をおずおずとカバンに戻した。「白鳥の涙」を凝視した――その表情に動揺の色がきざした。その顔が見るみる歪《ゆが》んでいった――それは「白鳥の涙」ではない。ダイヤですらない。いつのまにか偽物にすり替えられていた。何という早業《はやわざ》だろう。

少年二十文銭にしか可能でない早業だ。ふいに悲鳴のような声を放った。発狂したように
テーブルごしに相手につかみかかろうとした。
が、そのときにはもう少年二十文銭はヒラリと身軽に椅子から飛びのいていた。晴れや
かな——いや、いっそ無邪気とさえいっていい——笑い声をあげた。ツツっと窓際まで後
退する。まるでステップを踏むように軽やかな足さばきだ。
「おお！」
竹内と金田一が同時に驚声をあげた。ふたりながら自分の目が信じられなかった。
これまで「若者」にしか見えなかったその顔が見るまに——まるで水面がそよ風に優し
く波うつように——微妙に変わっていき、そこに十五、六の「少年」の顔が忽然と出現し
たのだった。
少年二十文銭はどんな人間にも変化《へんげ》することができるといわれている。もちろん実在の
人間そっくりに化けることはできないが、青年にも、中年男にも、老人にも、ときには老《ろう》
婆《ば》、女性にさえ化けることができるといわれている。が、一般で信じられているように、
それは変相が巧みだからではなく——もちろん変相の助けを借りはするだろうが——顔貌、
模写の芸に優れているからであった。
大正の始めごろまでの寄席には「百面相」と呼ばれる芸があった。扇子《せんす》一本、手ぬぐい
一枚で、客の要望にあわせ、高座のうえで政治家、軍人、役者、講談師、落語家、芸者
……そのときどきの有名人の顔貌《がんぼう》にいかようにも化けて見せる。内々の座敷に呼ばれたと

きなどには、やんごとなきお方、に化けるなどということもしたらしい。ただし、どんな名人であろうと、扇子から顔を出したその一瞬だけの芸であって、いつまでも他人の顔になり変わることができるわけではない。目の見ひらき具合、唇の動き、顔の筋肉の微妙なそよぎだけで見せるような芸だから、そもそもそれを長時間つづけろというほうが無理なのだろう。

少年二十文銭——という名前からして、彼がこの「百面相」の芸に親和性を持っていることは疑いようがない。かつて「百面相」芸の名人に弟子入りした経験でもあるのだろうか。二十文銭、という名前には、その師匠には足下にも及ばないという謙遜《けんそん》の意が含まれているのかもしれない。なにしろ五分の一なのだからして……ただ、彼の場合は、その顔貌模写を瞬間芸ではなしに、かなりの時間——一説には二十分——保つことができるという特技を持ちあわせてはいるのだが。

どちらにしろ、「百面相」の顔貌模写芸だけでは、この少年のふしぎな才能を十分に説明することはできない。何か、それ以外にも特別な才能があるのだろうが、それが何であるかは——少年二十文銭が黙して一切語ろうとしないのだから——世間の誰も知ることができずにいるのだった。

が、いずれにしろ——いまはもう少年二十文銭の顔貌模写は潰《つい》え去った。誰もその顔を知らないのをいいことに、いかにもそれらしく、呪師霊太郎になり変わった、そのせっかくの努力が無惨《むざん》に徒労に終わった。

「おのれ、『白鳥の涙』を返せ」

竹内が悲鳴のような声をあげる。さらに体をテーブルのうえに乗り出して少年二十文銭をとらえようとする。その指先から羽毛のように軽やかに逃れて、また少年は晴れやかな笑い声をあげた。

が、つづいて部屋に飛び込んできた男の姿を見て、さすがにその笑い声が途切れた。それどころではない。壮漢《そうかん》、とでも呼べばいいか。じつにたくましい男だ。その頭上に木刀を振りかざしているところを見ると、これが竹内がいっていた柔剣道あわせて四段の用心棒なのだろう。あなどっていい相手ではない。ええい！　と裂帛《れっぱく》の気合いを放ちながら、少年に木刀を振り下ろした。

少年の体が独楽《こま》のように回転した。窓のカーテンを両手ではねあげる。まるで闘牛士がケープで猛牛をあしらうようにその壮漢をカーテンのなかに巻き込んだ。壮漢がつんのめるように前に倒れ込んでいった。ズシーン、と床を震わせて転倒した。

少年は頭からカーテンを被った。窓に向かって突進する。

「あ、それはいけない――」

金田一の叫ぶ声が聞こえてきた。

いつのまにそんなものを出したのか、竹内が自動拳銃をかまえていた。少年を撃とうとするのを金田一がきわどく払いのける。「バカ、殺すつもりか！」

が、そのときにはすでに竹内は引き金を絞っていた。閃光《せんこう》！　銃声につづいてガラスの割れる音が重なるように鳴りわたる。少年がカーテンを被ったまま窓ガラスを割って飛び出していったのだ。砕けたガラス片が星座のように闇《やみ》のなかに燦《きら》めいてひろがった。その闇のなかに少年もまた流れ星のように遠ざかった。

少年は「白鳥の涙」を奪ったまま闇のなかに消えた。あとには歯ぎしりして悔しがる竹内と、呆然《ぼうぜん》と立ちつくす金田一の姿だけが残された。彼らの表情は敗北感の色だけが濃かった。

それでは少年二十文銭は完全に勝利したと考えていいのだろうか。いや、そうとばかりはいえないかもしれない。なぜなら地面に残されたカーテンにべったり赤い色彩が付着していたからだ。

少年二十文銭の血が――

4

それから二日が過ぎた。

騒ぎの直後には、地元の巡査たちはもちろん、温泉の男衆たちまでもが、少年二十文銭を探索《たんさく》するために一斉に招集された。総勢三十人。彼らは遊園地内を隅から隅までくまなく探し歩いたのだが、まるで煙か何かのように、少年二十文銭の姿は消え失せていた。その足どりさえつかめない。

もっとも、これだけ広大な敷地の出入り口をすべて監視するのは不可能で、あれほど敏《びん》捷《しょう》な少年二十文銭であれば、探索者の目をすり抜けて、逃げ切るのはむずかしいことではなかったかもしれない。

それに——地元警察としては、予告の手紙が届いたときに、竹内が警察ではなしに、得体の知れない探偵に相談したことに不快の念を持った、という事情もある。つまり警察は少年二十文銭の捜索にどこかおざなりのようなところがあった。

たしかに少年二十文銭にかんしては、これまで警察は何度も苦い失敗をくり返してきた。そのことを考えれば、竹内が警察に不信の念を持ったとしても、無理からぬところではある。が、だからといって、民間の——それも居所さえさだかではない放浪の——探偵に警備を頼むなど、じつに言語道断のことといっていい。そんな軽率なことをするから、その探偵に化け、「白鳥の涙」を奪う、などという隙を少年二十文銭に与えることになるのだ。それにしてもいつもながら少年二十文銭のふるまいは大胆不敵といっていい。

ふしぎなのは、その呪師霊太郎という探偵までもがどこかに消えてしまったことだ。貸間の料金は前日の分まで払い終えていたので、その点は何の問題もなかったが……

警察が各市町村に問いあわせてはじめてわかったのだが、呪師霊太郎という人物に該当する戸籍さえ見つからなかったのだ。まるで、そんな人物など最初からどこにもいなかったかのようである。少年二十文銭はけっして人を傷つけたりするようなことはしない。そのことがなければ、少年二十文銭の一味に呪師霊太郎は殺されたのではないか、と疑うところではあったが……

いずれにせよ、観光地である「花巻温泉遊園地」としては、いつまでも殺伐《さつばつ》たる人狩りなどつづけてはいられない。竹内が「白鳥の涙」に執念を残すのは当然だが、そもそもこの人物は地元ではあまり評判がよくなく、したがって彼に対する同情の声もあまり聞かれなかった。

このまま何事もなければ、少年二十文銭のことも、「白鳥の涙」のことも、いずれ忘れ去られることになったにちがいなかったのだが……

ここに奇妙なことが起こり、またしても人々の関心を少年二十文銭に呼び戻すことになったのだった。

ここは呪師霊太郎がチェロの練習を聞いたあの倉庫である。

もともとは厩舎《きゅうしゃ》に使われていた。手前半分が土間式の倉庫になっていて、おびただしい土嚢《どのう》、鋤《すき》や鍬《くわ》などの作業具、そのほか雑多な備品などが、ところ狭しと置かれ、足の踏み場もないほどだ。遊園地の花壇づくり、歩行道の整備などで、毎日、土嚢が運び出され、運び入れられる……だから、倉庫のなかはじつに雑然としている。なかでも、とりわけ目につくのは古びたオルガンだろう。どこかの教室からでも持ってきたのだろうか。土間の奥のほうに押しつけられるように置かれている。

奥の半分は明らかにあとからの改築で仮の住居《すまい》のようになっている。一階には八畳ほどの居室があり、その奥に風呂場《ふろば》と便所が並んでいる。二階は一間きり、やはり八畳の居室があり、そこに番人が寝起きしている。これといって盗まれて困るようなものはないが、不審者が忍び込んだりしたら、防災上、不用心なので――という配慮からのことらしい。

倉庫の番人は後藤という。

霊太郎が温泉で知り合った鈴木から、健二という人の形見にチェロの弦を渡された、というあの人物である。

顔色が悪く、痩《や》せこけているために、老けてみえるが、じつはまだ二十一になったばかりだ――その若さですでに人生の挫折《ざせつ》を体験している。そのせいで老けて見えるのかもしれない。

もともとは盛岡の活動写真館で無声映画の伴奏の仕事に就いていた。小人数の管弦楽団でチェロを受け持っていた。が、トーキー化が進み、盛岡だけでも、弁士、楽団員が何十人も解雇されることになった。後藤もその一人だった。職を失った。

もう活動写真の演奏という仕事などに将来はない。見切りをつけて、ほかの仕事をさがすべきだったろう。けれども後藤はチェロを演奏するのが好きなのだ。音楽を離れて自分の人生はありえないとさえ思う。どうすればいいか。一度は、これをいい機会に、東京に出て、本格的に音楽活動にはげもうか、とも考えた。ただ、それを実行するには一つ問題があった。

問題というのはつまり――後藤にはチェロの才能がまるでないということだ。活動写真の伴奏をしていてさえ、仲間たちからしょっちゅう「音程が外れている」だの「音に気持ちがこもっていない」などと注意されたほどなのだから。こんなに下手くそで、どうして東京のオーケストラに受け入れてなどもらえるものか！　そのことは自分でも十分にわかっていたのだ。

それがわかっていながら、しかしどうにも音楽をあきらめきれずにいた。倉庫の番人などという中途半端な仕事について、深夜まで未練にチェロの練習をしているのもそのためだった。どんなに練習をしたところで、自分の演奏などたかが知れている、とわかっていながら、それでも弦を手放せずにいた。なかば意地のようになって――しかもその意地が誰の役にもたたないとわかっていながら――それでも夜な夜なチェロを奏でずにはいられなかった。

自分が情けなかった。自己嫌悪の念がつのった。さいわい倉庫は遊園地の外れにあり、どんなにチェロの練習をしたところで、それが誰かの耳に届くなどということはないはずだった。そうでなければ――こんなに下手くそなのだから――恥ずかしさのあまり、とても練習などつづけられなかったろう。

――大丈夫だ、どんなに下手でも誰にも聞こえないのだから……

それだけを唯一の頼みにして練習をつづけた。

が、あいにく後藤はまちがっていたのだ。何がまちがっていたのか？　そもそも彼の練習を誰も聴いていない、と思い込んでいたのがまちがっていたのだった。そうではなかった。聴いているものがいた。それも、じつに思いがけないものが聴いていたのだった。それは……

――黒ネコなのだった。

二、三度、外で見かけたことがあるような気はするが、それが飼いネコなのか、それとも野良ネコなのかさえもわからない。体が大きく――両肩の肉が盛りあがっていた――見るからにケンカが強そうで、ムッツリしていながら、ふしぎに愛嬌《あいきょう》のある顔つきをしていて……ある夜、気がついてみると、そのネコが窓がまちにチョコンと座って、後藤が奏でるチェロの調べに耳を傾けていたのだった。不機嫌そうに、それでいて熱心に聴いていた。

――何を、バカなことを……

一度は、そんなことを考えた自分を、笑いとばしはしたのだ。だって、そうだろう。子供のおとぎ話じゃあるまいし、どうしてネコが気まぐれにもせよ、チェロの練習に耳を傾けたりなどするものか。そんなことはありえない。絶対に！　要するに、どこかの黒ネコが、たまたまフラリと部屋に迷い込んできただけのことなのだろう。何か、それ以上のことを考えるのは、愚かしい妄想《もうそう》でしかないはずだった。

が、もっともらしい顔つきで、窓がまちに座り込んでいる黒ネコの顔を見ているうちに、何だかムシャクシャしてきた。これこそ、ほんとうに思い過ごしに決まっているのだが、チェロを聴いている黒ネコの顔に、それを嘲《あざけ》るような表情が浮かんでいるように感じられたのだ。どこかしら鼻先でせせら笑っているような風情さえある。――つまりは連夜の、長時間にわたる猛練習に、いささか精神状態がおかしくなっていたにすぎないのだろうが、当人にそのことに対する自覚の念はない。なにしろ無性にムカついた。

「何だ、おまえは。ネコのくせに――」いくら何でも、ネコを相手に大人げない、と思わないでもなかったが、どうにも怒りの念を抑えきれなくなってしまった。「おまえまで、おれのことを下手くそだというのか」

「ニャア」

黒ネコにしてみれば何の悪気もない、ただ意味なく鳴いたにすぎないだろうが、それがなおさら後藤の怒りをあおることになった。

「よし、わかった、みてろ」

そのとき頭のなかにどんな調子っぱずれな考えが入り乱れたのか、あとになって思い返してみても、後藤にはどうにもそれがわからない。

ただ、以前、楽団で演奏した『印度《インド》の虎狩《とらがり》』という曲のことを思い出したのだ。じつに派手な曲で、全員、なかばヤケのようになって、ただもう派手にけたたましく、でたらめに演奏した……そのときのことを思い出した。

ネコも虎の仲間だろうから「虎狩」は苦手だろう、などという突拍子もないことを思いつきでもしたのだろうか？――それが黒ネコをこらしめることになる、などと考えた時点で、すでにそうとうに常軌を逸していた、というべきだろう。考えるばかりか、実際にそれを演奏しはじめるにいたっては、じつにもう狂気の沙汰《さた》というほかはない。嵐《あらし》のような勢いでチェロをかき鳴らした。

――これでさぞかし黒ネコは苦しむにちがいない。

本気でそう期待したのだから、たしかにこのときの後藤の精神状態はいささかおかしくなっていたのにちがいない。

が、後藤が期待したほどには、黒ネコが『印度の虎狩』にめざましい反応を見せることはなかった。尻尾を振り、わずかに眉をひそめはしたが、それはただそれだけのことで、そのあとはあいかわらず平然として窓がまちで毛づくろいをしている。小面憎《こづらにく》いほどに落ち着いていた。

「これでどうだ、『印度の虎狩』だぞ、これでも平気か」

後藤は意地になってなおさらジャカジャカと派手にチェロをかき鳴らした。顔が真っ赤になった。汗がほとばしった。それにあわせるように、彼の頭のなかで、捕らえられた虎が檻《おり》のなかを狂ったようにグルグル回っていた。それに夢中になった……

自分では連夜、熱心にチェロの練習をしているつもりでいたが、実際には、なかば意地、なかばは自暴自棄になって、どこか投げやりな思いが働いていたのかもしれない。惰性《だせい》で弾いているところがあった。が、いまはちがう。もう何日も、何週間も――いや、活動映画館で演奏をしているときだって、こんなに死にものぐるいになってチェロを弾いたことはなかったように思う。

――こうでなければならなかったのだ。

後藤のなかで、ふと自分を恥じる気持ちが動いた。それはほとんど罪悪感に似ていたようだ。

――ああ、そうだ……

あの人のことを思い出した。東辰砕石工場の発展のために、経営者の鈴木さんのために、そこで働く素朴で善良な人たちのために……この岩手の瘦せ地を豊饒《ほうじょう》な農地に生まれ変わらせるために、貧困と不幸を強いられている農民たちのために……あの人はわが身を犠牲《ぎせい》にして懸命に働いたのではなかったか。

そうだ。あの人は自分のことなんかこれっぽっちも考えはしなかった。病弱の身でありながら、自分の体のことなどすこしも顧みずに、一生懸命にみんなのために働いた。あの人はみんなが幸せになることだけを心の底から願っていたのだ。あの人が何かのおりにボソッと洩《も》らした言葉はいまも自分の記憶のなかにある――みんなが幸せにならねば自分の幸せもない……そんなあの人がこの九月二十一日に亡くなってしまった。

砕石工場の鈴木さんはあの人の形見にといってチェロの弦をくれた。ぼくにはあの人と鈴木さんの期待にこたえなければならない義理がある。それなのにぼくはろくに努力もせずに、自分にはチェロの才能がまるでない、と見切りをつけようとしていた。何てことだろう。ぼくはあの人や鈴木さんの期待を裏切ろうとしていたのだ……

いつのまにか黒ネコの存在など念頭から消えていた。ただもう『印度の虎狩』を演奏するのに必死になっていた。すると……

——え……？

いつしか階下からも『印度の虎狩』が聞こえてくるのに気がついたのだった。オルガンの演奏のようだ。反射的に思ったのは、幻聴ではないのか、ということだ。こんな真夜中に、オルガンなんかを弾く人間などいようはずがない。

——これは幻聴だ、そうさ、幻聴に決まってる……

そうではなかった。たしかに誰かが『印度の虎狩』を階下のオルガンで弾いているのだった。誰が弾いているのだろう？　それに、オルガンは倉庫に入れられたままもう何年も放《ほう》りっぱなしになっていると聞いた。壊れかけているはずじゃないか。それなのに……いや、それなのに、その音程は後藤のチェロよりよほど正確で、速さにも狂いはなく、なによりそこに込められた想《おも》いの深さがきわだっていた。迫力があった。

これまで後藤は『印度の虎狩』などなかばゲテモノのように思っていた。バカにしていた。ただガチャガチャと賑やかにかき鳴らしさえすればそれで十分だとたかをくくっていたのだ。が、このオルガンの演奏の生々しく、鮮烈なことはどうだろう。そこには捕らえられた虎の悲しみ、怒り、焦燥感までもが鮮やかに切り取られているではないか。

これまでだって後藤は自分の演奏がお話にもならないぐらい下手なことは承知していた。が、このときほど、そのことを心の底から恥じたことはない。自分はこれまで一度だってほんとうに音楽と正面から向きあったことがあったろうか、とさえ思った。そう思いながら懸命にオルガンの演奏についていった。必死に歯を喰《く》いしばった。

もちろん、いったい誰がこんなに見事にオルガンを演奏しているのだろう、という疑問はある。が、それと同時に、オルガンはすこし離れた倉庫に置いてあるはずなのに、こんなにもすぐ真下で鳴り響いているように感じられるのはなぜなのか、という疑問もあった。足下の床さえビンビンと震動しているように感じられるほどなのだ。倉庫で演奏されていてこの迫力はありえない。絶対に――

が、『印度の虎狩』が演奏されているうちは、チェロから離れ、どこでオルガンが演奏されているのか、それを階下に確認にいくわけにはいかない。そう、何が何でもオルガンの演奏に必死に食らいついていかなければならないという、この意地と喜びがあるかぎりは……後藤はしだいに自分の意識が遠のいていくのを感じていた。それでも体力と気力の許すかぎり懸命に『印度の虎狩』を演奏しつづけたのだった。

それはその夜にかぎったことではなかった。それから連日、深夜、後藤がチェロの練習をはじめるたびに、あの黒ネコが窓がまちに姿を現し、階下からオルガンの演奏が聞こえてきたのだった。

毎晩、曲は変わった。ベートーベンの『田園』が演奏されることもあったし、マーラーの『亡き子をしのぶ歌』が演奏されることもあった。が――

とうとう誰がオルガンを演奏しているのかは最後までわからなかった。わからないままに、二階の後藤のチェロと、一階の正体の知れない人間のオルガンとのデュオは、それから四晩というもの、延々とつづけられたのだった……

5

岩手県警察随一の名刑事といえば、まず誰もが真っ先にこの御厨一郎《いちろう》の名を挙げるにちがいない。岩手県警察部の刑事課に司法主任として勤務している。警部補である。

三十二歳。長身痩軀、その削《そ》げたような頰《ほお》に、鋭い眼光の独特な風貌は、彼に接する者に等しく、どこまでも獲物を追い、それをけっして逃さない、猛禽《もうきん》を連想させずにはおかなかった。

なにより特筆されるべきは、難事件が起こったときに発揮される、彼のきわだった推理力であろう。御厨警部補がときに岩手県警察の名探偵と呼ばれるのはそのためであり、事実、「遠野厩舎連続殺人事件」、「北上温泉密室殺人事件」などの難事件は、彼が指揮に当たらなければ、とうてい解決しえなかったろう、といわれている。

昭和八年（一九三三）十月上旬のことである。

その御厨一郎の姿が、いま、「花巻温泉遊園地」の外れにある。

たんに「少年二十文銭」が宝石を奪ったというだけのことであれば、たしかに端倪《たんげい》すべからざる事件ではあるが、事実として、一盗難事件であることには何ら変わりない。県警をあげての重大事件を担当することの多い御厨が、わざわざ出張らなければならないほどの事犯ではない。

事実、それを聞いたときの御厨は、フン、と鼻を鳴らしただけで、それ以上、さしたる興味を寄せようとはしなかった。要するに御厨にとって、少年二十文銭事件は、それがどんなに風変わりであろうと、不良少年の窃盗事件以上のものではなかった、ということだろう。

実際、御厨一郎にしてみれば、心境的にそれどころではなかったのかもしれない。この年の三月三日、三陸沿岸に大津波が襲来し、じつに死者・行方不明者は三千名にもおよんだ。本来、刑事警察の責任者であるべきはずの御厨も、その有能さをかわれ――管轄《かんかつ》外ではあったが――事後処理にかり出されることになった。遺体の収容、確認作業に追われ、ほとんど不眠不休の日々を強いられることとなったのだ。

その修羅場がようやく一段落し、署に戻ってきた直後なのだから、少年二十文銭の存在など本気に受け取る気になれなかったとしてもふしぎはないかもしれない。

が、それにつづいて、花巻温泉遊園地内にある倉庫での、じつに奇妙な盗難事件――なにしろ盗まれたのが膨大な数の土嚢だというのだから――が報告されて、俄然《がぜん》、この件に興味を覚えたらしい。

御厨一郎がどんなに優秀な司法主任であろうと、いや、そうであればなおさらのこと、警察内での政治闘争は避けられない。県警内に、何かというと彼の仕事ぶり、その成果、はては人格までもおとしめよう、という一派がうごめいていることは否定しようがない事実である。要するに、出る杭《くい》は打たれるのだ。

このときにもまた、県警内でためにしようという言説が飛びかった。陰険に御厨の足を引っ張った。

たとえばそれは、呪師霊太郎なる民間探偵が、この「土嚢盗難事件」について、

——自分はこの事件の謎《なぞ》を解いた、どんなに御厨一郎が岩手県警察の名探偵であろうとこの事件の謎は解けないだろう。

と発言したのだという話がおもしろおかしく囁かれたことからも明らかだ。

じつは、その当の呪師霊太郎なる探偵は、この事件の当初から行方《ゆくえ》知れずになっていて、その発言の真偽は確かめようがないことなのだが……

いずれにせよ、それをもってして、御厨一郎がじつはさしたる実力のある警部補ではない、ということを間接的にひろめようとしたのだろう、という推測は容易になされることではある。

もしそれが事実だとしたら、その呪師霊太郎なる探偵は、妄言《もうげん》のそしりはまぬがれないし、じつに軽薄のきわみというべきだろう。噂の半分ほども優秀な探偵ではないにちがいない。

それを聞いた部下たちが、あまりに憤慨《ふんがい》するので、それをどうにも抑えかねた御厨としては「花巻温泉遊園地」に出動せざるをえなかった、というのだが、これははたしてどうだろうか。

ただでさえ司法主任といえば、どこの県警でも絶大なる権力を与えられているのだから
して、たかの知れた民間探偵が——しかも自分の才をこれみよがしに誇示するような軽薄児が——何をいったところで、これを気にかける必要などないはずなのだが。

ともあれ、御厨が「花巻温泉遊園地」を見るのは、これがはじめてのことだが、その威容には目を見張らされた。

もともとは奥羽山脈の東麓の荒蕪地を、岩手軽便鉄道、盛岡電気工業などが総合的に開発し、わずか十年たらずのうちに、さながら白日夢のように現出せしめた人工温泉郷である。

これから数年後、昭和十四年、とある事情から、御厨は網走刑務所に囚人を送致することになるのだが——そのとき美母衣《びほろ》という地に、陸軍が囚人、労働者を強制的に動員し、それまで何もなかった荒野に、航空基地を出現せしめるのを目撃することになる。

そのときのおどろきは、「花巻温泉遊園地」を見たときのおどろきに共通するものがあったようだ。

子供のころ、両親に連れられ、花巻・豊沢川の西鉛《にしなまり》温泉に逗留《とうりゆう》したことがある。母が体が弱くて、湯治のための逗留だった。そのとき、路面電車の前身をなす路線に馬車が走っているのを見たことがある。子供心にもそれをひどくのどかなものに感じた。

そのときのことを思えば、これが同じ花巻の温泉郷か、と思わずほっぺたをつねりたくなるほど「花巻温泉遊園地」の発展ぶりにはめざましいものがあった。

もっとも、いくらそこが保養地だからといって、御厨たちは物見遊山《ものみゆさん》に来たわけではない。すぐに仕事にとりかかった。まずは被害者の竹内に会って話を聞いた。

少年二十文銭は呪師霊太郎という探偵に変装したのだという。もろもろの情報を総合すると少年二十文銭は十五、六歳らしい。それが成人の呪師霊太郎に変装して、まるで違和感を感じさせなかった、というのだから驚かされる……

「敵ながらお見事というか――」竹内は苦笑いしながらいった。「いや、じつに、ふしぎな少年というほかはない」

呪師霊太郎が「蓬来館」に滞在していたのは事実らしい。だから竹内も、仲介に入った金田一も、二人のまえに現れた人物を呪師霊太郎と信じて疑おうとしなかった――本物の呪師霊太郎の行方はいまだに知れずじまいである。どこかに拉致《らち》されたのか？　少年二十文銭はこれまで人を傷つけたことはないから、まさか殺されたはずはないだろうが……

竹内への聴取を終えるとすぐに次の犯罪現場に向かった。倉庫である。

いや、そこがはたして、ほんとうに犯罪現場の名に値するかどうか――なにしろ、そこはガラクタとしかいいようのないものが雑多に詰め込まれた倉庫なのだ。柄のとれた鍬、鋤……取っ手のとれたヤカン、鍋《なべ》……引き出しのない箪笥《たんす》、破れた屏風《びょうぶ》……およそカネになりそうにないものがいたるところに放り出されている。倉庫というより、いっそゴミ捨て場と呼びたいほどだ。かすかに悪臭さえするようではないか。

こんなところに泥棒が入るのか？　入ったのだ。何者かがこの倉庫に忍び込んで仕事をした。それも一晩だけのことではない。四晩にわたってのことだ。四度、倉庫に忍び込んで、ご苦労にも、何の価値もない土嚢を何十袋も運び出した。

それも後藤という青年がこともあろうに階上でチェロの練習に熱中しているあいだのことだという。しかし現実のこととして——いかに練習に熱中していたからといって、これだけ大量の土嚢が四晩にわたって盗まれたというのに、それにまったく気づかなかったなどということがありうるだろうか？　この後藤という若者にはまだ何か隠していることがあるようだ。見たところ気弱そうな若者だから、ものの三十分も問いつめれば、いずれ洗いざらい吐くことになるだろう。それはいいとして……

よくないのは、どうして、何のために、わざわざ少年二十文銭たちは土嚢など盗み出す必要があったのか、ということだ。そのことを早急に突きとめる必要があるだろう。それにしても——盗まれたものがたかが土なのだから、そもそも法的に窃盗事件が構成されうるものかどうか、まずもってそのことにしてからが疑問なのだったが。

倉庫に足を踏み入れ、現場をざっと見わたして、なるほど、と御厨は鼻を鳴らし、「ハッパマサに、バクロベエの仕業だな」第一声にそう洩らした。

「……」

部下たちは顔を見あわせた。

いつもは実証的な捜査を重んじるはずの御厨の、この現場を一瞥しただけの断定的な物言いに不審を覚えたのだろう。

部下の一人が訊《き》いた。「どうしてそう思われるのですか」

「あれを見ろ、馬車のわだちのあとだ。倉庫に来るときと、倉庫を離れるときの四筋のあとがついている。一方は浅く、もう一方は深い。空車でやってきて、帰りには重い物を積んでいたということだ。しかも、わだちのあとは新しい。つい最近につけられたということだ。盗んだものを大量に馬車で運ぶのはあいつらのやり口じゃないか」

あいつら——というのはハッパマサ、それにバクロベエと呼ばれる泥棒たちのことである。

ハッパマサはもともと豊沢川《とよさわがわ》にて違法のハッパ漁をしていて、ことのほか火薬のあつかいに長《た》けている。そのために、ときに頑丈な倉に爆薬を仕掛けて、壁に大きな穴を開けたりする……またバクロベエは以前は馬喰《ばくろう》だった。それもじつに馬のあつかいに巧みな馬喰で、そのわざを活《い》かし、大量に盗み出したブツを一気に馬車で運び去る特技を持ちあわせている……

二人ともこれまで人を傷つけたことはないが、だからといってこれからもそうだとはかぎらない。彼らの手口はけっしておとなしいとはいえないものだからだ。

この三、四カ月、ハッパマサとバクロベエの二人が少年二十文銭と行動をともにしている、という噂は以前から県下で囁かれていたのではあるが……この仕事のやり口から見るかぎり、どうもそれもあながちデマとばかりはいえないようだ。

——やれやれ、だとしたらこいつはやっかいなことになりそうだ。

少年二十文銭ひとりだけでもいいかげん手に余るというのに……内心でそうボヤきながら、しかしその一方で御厨は何とはなしに違和感を拭《ぬぐ》いきれずにいた。

少年二十文銭に、ハッパマサとバクロベエ……この両者の仕事の仕方は微妙に肌ざわりが異なる。少年二十文銭の仕事ぶりがあくまでも頭脳重視であるのに、ハッパマサたちは以前の職業でつちかわれた技能に頼って仕事をしているからだ。この両者がどうして組むことになったのか？　その動機と目的は何なのか？

それが御厨には何か納得できないことであるように感じられるのだったが。

「ご丁寧なことに——」御厨は倉庫を見まわして思わず苦笑した。「倉庫のなかがきれいにホウキで掃いてある。たしかに少年二十文銭は妙な泥棒だ。立つ鳥あとを濁さず、ということか」

が——

倉庫をホウキで掃いたのはあまりにこれ見よがしにすぎないか。そのことをどうしても知らせたいと願っているかのようだ。まるで掃除当番の小学生が先生に誉《ほ》められたいとしているかのように……

——これはどういうことだろう？

御厨はそのことに首をひねらざるをえなかった。

たしかに気になる。しかし、いつまでもそのことにこだわってはいられない。先に進むことにした。

倉庫の奥が二階構造の住まいになっているようだ。そこに後藤という名の番人がいるはずなのだ。

御厨は奥に踏み込んでいった。

奥はガラス戸で仕切られていて、それを開けると、すぐ取っつきに土間があった。その土間の上がり口に小さな本箱が置かれてあった。尋常小学校の生徒たちが持っていそうな本箱だ。

なかに一冊、『月曜』という薄い雑誌が突っ込まれていて——どうやら市販されているものではないらしい。同人誌ではないだろうか——その背に白い粉のようなものが付着していた。なぜかそれが気にかかって、何の気なしに手にとってみた。

白い粉を指先でこすりあわせてみた。どうやら、それは石灰粉のようだ。どうしてこんなものが本の背に付着しているのか？

『月曜』をパラパラとめくってみた。そのなかの『ざしき童子《ぼっこ》のはなし』というページに石灰粉が散っていた。著者の名にはなじみがない。

エッセイとも小説ともつかない短い話だ。——何とはなしにそれを読んでみる。

ぼくらの方の　ざしき童子《ぼっこ》のはなしです。

あかるいひるま、みんなが山へはたらきに出て、こどもがふたり、庭であそんでおりました。大きな家にだれもおりませんでしたから、そこらはしんとしています。ところが家の、どこかのざしきで、ざわっざわっと箒《ほうき》の音がしたのです。

たしかにどこかで、ざわっざわっと箒の音がきこえたのです。

も一どこっそり、ざしきをのぞいてみましたが、どのざしきにもたれもいず、ただお日さまの光ばかりそこらいちめん、あかるく降っておりました。

こんなのがざしき童子《ぼっこ》です……

それを読み終えたとき、ふと御厨は妙な思いにとらわれた。それは、少年二十文銭こそ座敷ぼっこではないのか、というものだった。それだからこそ土嚢を盗んだあと、これ見よがしに倉庫の土間をホウキで掃いたのではなかったのか。

――しかし何のために？　何でそんな妙なことをしなければならなかったんだ。

しかし、いかに御厨が県警きっての名刑事とうたわれる男にしても、この疑問には答えられようはずがなかった。なにかを推理しようにも、あまりにそのための材料が少なすぎる……

――少年二十文銭は座敷ぼっこ……

何で？　が、そもそもが誰にも答えられようはずのない奇妙な質問なのだった。わからない……

6

そんな御厨に、主任、と部下の一人が声をかけてきた。

「倉庫の地面に血痕《けっこん》が点々と残っています。どうも怪我《けが》をした何者かが倉庫に入ったらしい。血がしたたったあとのようです。もう何日かまえのものです。それに……」

部下が口ごもる。何か、いっていいのかどうか判断しかねることがあるようだ。わざわざ主任に報告すべき価値があるのかどうか迷っていた。

「何だ」御厨がうながした。「いいからいってみろ」

「はあ、それでは申し上げますが……二階の廊下が濡れていました。どうも石けん水のあとのようです」

「石けん水のあと……」

御厨は首をひねった。さすがの彼もそれをどう判断したらいいのかわからない。そもそも判断すべき何物かの意味があることなのだろうか？　それすらわからない。

「わかった――引きつづき調査に当たってくれ」

そういうしかなかった。部下が退散したあと、また本棚に視線を戻した。

「……」

『新青年』の七月号、それに一冊の洋書が目についた。その二冊ともやはり背に白い石灰粉が付着していたからだ。

まずは『新青年』をパラパラとめくってみる。小栗虫太郎、という聞き慣れない作家――どうやら新人らしかった――の『完全犯罪』という作品のページにも石灰粉が散っていた。

御厨には速読の技術がある。その『完全犯罪』に、ザッ、と目を通した。おもしろい探偵小説だが、何もおもしろさを求めて読んでいるわけではない。手がかりを求めてのことなのだ。

『新青年』を外套のポケットに入れる。そのうえで洋書に手を伸ばす。

さすがに洋書のほうはその場で通読するというわけにはいかない。V・L・ホワイトチャーチ、という作家の短編集。これもやはり探偵小説であるようだ――こちらは、『ギルバート・マレル卿の絵《サーギルバートマレルズピクチュア》』という作品のページに石灰粉が残されていた。これがどんな探偵小説なのかはまだわからない……

つまり常識的に考えれば、指に石灰粉を付着させた人物が、『ざしき童子のはなし』、『完全犯罪』、それに『ギルバート・マレル卿の絵』という三作品を読んだ、ということになるだろう。

それが何だというのか？　そのことに何か意味があるのか、事件に関係があることなのだろうか。それとも何の意味もないことなのか、何も関係がないことなのだろうか……

「主任――」ふいに階上から山下《やました》という刑事が声をかけてきた。階段のなかほどに立って御厨のことを見下ろしている。その顔がこわばっている。「ちょっと」

「何だ」

「ええ、それが……」

いつも明晰《めいせき》な山下にはめずらしく妙に口ごもるような調子だった。

「何なんだ、どうかしたのか」

山下の様子をいぶかしんだ御厨だが、彼らのあとから悠然と階段を下りてきた男を見て、
ああ、そうか、そういうことか、と納得がいった。そして、その男に「何でおまえがここにいるんだ」と声をかけた。

「いちゃいけないか」

と梶山はせせら笑うようにいう。

同じ岩手県警察部に勤務し、階級も同じ警部補であり、刑事課に、特高課と、所属はそれぞれに異なるものの、同じように主任を拝命している……それなのに御厨と梶山がこうまで折りあいが悪いのは、人間としての肌あいがあまりに違いすぎるのもさることながら、刑事警察と特高警察とが本質的にあい容れないものを持っているからだろう。刑事としての心得も違えば、その仕事ぶりも違う。この両者はいってみれば水と油なのだ。

「いけなくはないが……どうして特高がここにいるのかがわからない。どうしておまえたち特高が──」

御厨がそこで言葉を切ったのは、梶山の後ろから、特高課の刑事たちが何人か、若い男

に後ろ手に手錠をかけ、階段を下りてきたからであった。

この若者が番人の後藤なのだろう。

が、後藤は倉庫の番人であり、大量に土嚢を盗み出された、むしろ被害者側ではないか。その無能と怠慢《たいまん》を責められこそすれ、逮捕されるいわれなどないはずだった。それを何を血迷って特高の梶山が連行などしようとしているのか。

「おい、これは――」

どういうことだ、と声を荒らげて尋ねるまえに、

「土嚢が大量に盗み出されたという話は聞いてるよ。だけどな、こいつもいってみれば泥棒なんだよ」梶山が機先を制するようにそういった。「こいつは以前からこの倉庫の土嚢を入れてあるカマスを何十枚――いや、もしかしたらもっとかもしれない――となく盗んでいやがったんだ」

「カマスを……」

叺《かます》はわらむしろを二つ折りにして作った袋だ。石灰とか肥料とか土などを入れる……わざわざ盗み出さなければならないほどのものではないだろう。

――それを何で？

御厨の疑問を見透かしたように、

「大船渡線の陸中松川駅に東辰砕石工場というのがある。知ってるか」

と梶山がいう。

「東辰砕石工場？　いや……」

「採掘した石灰岩を細かく砕いて肥料として売っている。何でもそれを大量に撒いてやれば地質を変えられるんだそうだ。土地を改良することができる。大岩井農場を大口の顧客にしている。年間四百トン、貨車にして四十両の炭酸石灰を納入する契約になっているらしい。大船渡線で一ノ関まで、そこから東北本線で盛岡を経由し、橋場線『大岩井』までの運行だ。それが――この工場がお話にもならないほどの資金難でな。電気料も払えずに、送電が切断されるほどだ――」

「ほう」

その東辰砕石工場とかがカマスにどう関係があるのか、それがどうして後藤がカマスを盗み出すことにつながるのか？　御厨としてはただ黙って梶山の話を聞くほかはない。

梶山はいう。

「つい先日、大岩井農場から炭酸石灰二百トンの追加注文があったという。十トン貨車二十両ぶんの注文だ。ところが、東辰砕石工場ではこともあろうにその炭酸石灰をつめるカマスを買う資金がない。二十キロを一包みにする――一両十トンで五百包……二百トンで一万ものカマスを必要とする。カマスは付近の農家から買っているらしいが……東辰砕石工場にはそれだけのカマスを購入する資金がないのだという」

「……」

「ところで、その東辰砕石工場に、三年ほどまえから――ああ、けんじといったかな、名字はいまちょっと思い出せないが……」

御厨の頭のなかで、けんじが「健二」と聞こえた。そうか、健二か、と頭のなかでうなずいた。

「その健二が――ああ、この後藤にチェロを手ほどきした人物なんだけどな」

梶山が横に立っている後藤にあごをしゃくった。それまで後藤は目をとじて梶山の話を聞いていたが、梶山が自分の名を口にするのを聞いて、ビクリ、と身を震わせた。顔が青い。

「その健二が、肥料設計の技師、それに炭酸石灰を売り歩く外商として働いていた。後藤はこの人物にひどく恩義を感じていたらしい。それで、この人物の口から、東辰砕石工場がカマスに不自由していることを聞いて、恩返しをすることを決意した。土嚢の土を詰め替え、一つ一つの土嚢の土の量を増やすことで、カマスを何十枚か浮かせることに成功した。それらのカマスをまとめてヒモでくくり、行李《こうり》に入れ、東辰砕石工場に送ったらしい」

「ぼくは自分のしたことを後悔なんかしていない……」後藤がふいに言葉を挟んだ。「健二さんや、あの東辰砕石工場の人たちぐらい、いい人たちはいない。善良な人たちなんだ。カマスも満足に買えないなんて――東辰砕石工場の人たちが貧乏なのはほんとうに気の毒だ。あの人たちのためだったらカマスを送るぐらい……」

さらに後藤は何かいいかけたようだが、それがうめき声に終わったのは、後ろから刑事に「黙ってろ」と小突かれたからだ。どこか背中の急所でも突かれたのか、そのあまりの痛みに声が出せずにいるようだ。

それを見ながら御厨は眉《まゆ》をひそめて、

「それにしてもたかがカマスだ。そのあつかいはひどすぎるだろうぜ。それに、何の必要があって特高がカマスを盗んだ人間を連行しなければならないんだ。いつから特高は盗難事件をあつかうようになった？　管轄外もいいところじゃないか。それに――」

「東辰砕石工場のその技師の男だが――こいつにはうろんなところがあってな。五年ほどまえに取り調べたことがある。農業問題を勉強する、という名目で、妙な名前の団体を組織していた。若い連中をまわりに集めていた。その後藤なんかもその一人だったんじゃないのかな。そのことから『労農党』となにか関わりがあるんじゃないか、という嫌疑がかかった。それで――花巻署に呼び出して取り調べをした。まあ、そのときには取り調べだけに終わって、拘留《こうりゅう》するまではいかなかったのだが……」

「労農党……」

労農党は合法的な無産政党として結成されたが、その主張するところが危険思想と見なされ、昭和三年に、本部・全国支部は解散に追い込まれている。そのとき特高が活発に動いたのを御厨は覚えている。梶山もずいぶんと暗躍した……が、それはもう終わったことではなかったか。すでに過去のことだ。それがどうしていまさら、また特高がそのことで動き出したのか。

「そんな人物だから、東辰砕石工場に勤めて、石灰肥料の外商に全国を行脚《あんぎゃ》していると聞かされても、額面どおりには受け取れないわけなのさ。東辰砕石工場で働いているのは、農閑期に現金収入を求めての連中が多いのだが、彼らに対して何かよからぬ宣伝活動をしてるんじゃないか――という疑いもあってな。その健二という男は、実家が裕福でな、もともとは農学校の教師だったのだが、それを辞めて、さっきもいったような妙な農業結社を結成した――つまりは食うために働く必要のない男なんだよ。それがどうして東辰砕石工場に勤めて肥料技師なんかやっているのか。行商のために他県を飛びまわらなければならないのか、という疑問もあった。それでまあ、後藤から話を聞いてみよう、ということになったわけだ」

「つまりカマス泥棒は後藤を引っ張るためのたんなる口実というわけか。それがおまえたちのやり方か」

「何とでもいえ――おれたちにはおれたちのやり方がある」

「そのやり方が気にいらない」

「気にいられようとは思っていない」

「それに――そういうことだったら当人に……その健二とかいう男に事情を訊けばいいだろう。なにも関係のない後藤を連行することはない」

「それがそういうわけにはいかないのさ。なにしろ健二は先月末に亡くなっているのだからな」

「死んだ？」

「ああ、もともと胸が悪かった。急性肺炎で亡くなったと聞いている……」

「本人が亡くなっているのなら何も――」

問題にすることはないじゃないか、といいかけて、それを苦笑まじりに喉《のど》の底で呑《の》み込んだ――そんなことをいったところで意味がないからだ。何もないところに、強引に何かを見いだし、それをむりやり問題にするのが特高の常套《じょうとう》手段だからだ。火のないところに煙を立てる……

このとき御厨と梶山のあいだには緊張があった。いつだって、ある。が、その緊張は後藤の奇妙な質問でやわらげられることになった。後藤はこう訊いてきたのだ。

「どこかで黒い雄ネコを見かけませんでしたか」

「黒い雄ネコ？」

意外というか、この場合にあまりにノンキすぎる質問に、御厨と梶山はたがいに顔を見あわせた。それにはかまわずに後藤はこう言葉をつづけた――いままさに警察に連行されようとしているというのに、夢見がちの、妙にぼんやりした口調だった。どこまで現実を把握しているのか、何だかおぼつかない感じがした。

「四日間というもの、連夜、黒ネコがやってきて、ぼくのチェロの練習につきあってくれた。下階《した》からオルガンの音が聞こえてきた。とてもすてきな演奏だった。自惚《うぬぼ》れかもしれないけど……その両方のおかげで、ぼくはずいぶんチェロの腕が上達したように思う。オルガンが置いてあるのは、ぼくの部屋からすこし離れた倉庫だったのに、ふしぎなことに演奏はすぐ真下から聞こえてくるように感じた。あれはどうしてだろう？　ぼくの部屋の真下には風呂場か便所しかないというのに……」

　気弱そうな、しかし何かにとり憑《つ》かれたような口調だ。何か、これだけはいわずにいられない、というような、ふしぎに熱っぽい調子だった。独白をつづけた。

「いったい誰がどこでオルガンを弾いているのか、それが知りたさに、ぼくは何度も演奏が終わるとすぐに、階段を駆け下りたものだ。だけど、どんなに出し抜こうとしても、風呂場にも、便所にも誰もいなかった。考えてみれば当たり前ですよね。風呂場や便所でオルガンを演奏する人間がいるわけがないんだから……倉庫のオルガンで演奏しているのに決まっているんだけど、どうしてもそんなふうには聞こえなかった。階段を駆け下りて、まっしぐらに廊下に向かったこともあったけど、階段を駆け下りる足音を聞けば、それまでオルガンを弾いていた人間が外に逃げ出すだけの時間は十分にある。ムダなことだった。それに、どうしたってオルガンは真下から聞こえてくるのだから、わざわざ倉庫へそれを見にいくのが何だか馬鹿ばかしい気がした。それで誰がどこでオルガンを弾いているのか気にするのはやめることにした。チェロの練習に集中することにしたんだ……」

　そこまで聞いて、梶山がうんざりしたように部下に目配せをした。連行しろ、と命じたのだろう。それを、片手をあげて、待ってくれ、と伝え、御厨は後藤に質問した。

「きみが二階でチェロの練習をしているあいだ、四晩のうちに、階下の倉庫から何十袋もの土嚢が盗まれた。いくら練習に夢中になっていたからといって、階下でそれだけのことがなされているというのに、そのことに気づかない、などということがあるだろうか。どうも、おれには信じられないことのような気がするんだけどな。どうだろう？　きみの意見を聞かしてくれないだろうか」

「それはぼくにもよくわかりませんけど……」後藤はちょっと口ごもるようにして、「ただ、ぼくはいつも最後には眠り込んでしまったものですから……あまりはっきりしたことはいえないんですよ」

「眠り込んでしまった？」御厨はぎくりとしたように後藤の顔を見つめた。「それはもしかしたら……」

が、御厨が何におどろいたのか、何をいいかけたのかは、とうとうわからなかった。それというのも梶山が忍耐の限界に達したとでもいうかのように、もういい、たわ言はもうたくさんだ、と吐き捨てるようにいって、いいから連れていけ、と部下に命じたからだった。

それには後藤は何か抗議しかけたようだが、いなやをいわさず、部下は強引に彼を引ったてていった。もともとこの時代の警察に、被疑者の人権などという意識は乏しいが、なかでも特高の人権意識は最悪といってもよかった。特高警察に目をつけられた人間はじつに災難というほかはない。

今度ばかりは御厨も何もいおうとはしなかった。自分の考えごとにとらわれていた。そうか、後藤は眠り込んでしまったのか、と胸のなかでつぶやいた。何事か、かちん、と硬い石にぶつかったような感触を胸の底に覚えていた。

——そうか、そういうことなのか……

と、梶山のべつの部下が二人に近づいてきた。主任、と声をかけ、梶山と、御厨の二人が同時に顔を向けるのを見て、なにか困ったような表情になった。それでも努めて事務的な口調でこういった。

「いま遊園地の事務所のほうに署からの電話が入ってきました。陸中松川駅の東辰砕石工場という工場でハッパマサとバクロベエの二人が目撃された、という連絡が入ったとのことです。はっきりしたことはまだわかりませんが、どうやら二人は東辰砕石工場で何かを盗み出そうとしたようです」

7

なにぶんにも電話を介しての情報なので、いま一つはっきりしたことはわからないのだが、その話を総合すると、どうもこういうことのようである。

……東辰砕石工場は、大船渡線・陸中松川駅にほど近いところにある。前後を県道に挟まれている。工場わきには小川が流れ、そこで炭酸石灰を包むための塩カマスを洗うことができる。砕石工場の立地としては、じつに好都合な場所といっていい。

経営者の鈴木はそれだけでは満足せず、さらに工場から駅まで、水田にやぐらを渡し、製品運搬用のトロッコ道を敷いた。

これによって、大岩井農場まで炭酸石灰を貨車搬送するのに格段に便利になった。砕石した炭酸石灰を塩カマスに詰め、縄でくくり、それに色刷りの名札を貼る。一袋が二十キロなのだという――それをトロッコで駅まで運び、貨車に積載する。十トン貨車だから一両に五百包の計算になる。貨車に積載してしまえば、あとは陸中松川駅から一ノ関、さらに盛岡を経て、橋場線の大岩井駅まで搬送することが可能なのだという。

それなのに、それがいまはまるで機能していない。開店休業の状態である。それというのも、当然、払われるべき工員たちの健康保険料が――経営の苦しさのために――支払われなかったために、ついに製品が差し押さえられ、すべての袋に封印を貼られてしまったからなのだという。その封印を破ろうものなら即座に逮捕されてしまう。

工員たちの健康保険料は支払うべきだ。それを何カ月も滞納したのだから、製品の差し押さえも自業自得、といえばたしかにそのとおりかもしれない。

が、これは役人たちの、現場を知らなすぎることからくる、あまりに杓子定規《しゃくしじょうぎ》な措置ではないだろうか。じつに愚かといっていい。石灰粉を搬出することができなければ、当然、収入も絶え、健康保険料はおろか、工員たちの賃金さえ払うことができなくなってしまう。運転資金の不如意からの経営悪化にさらに拍車をかけることになるのだ。

ましてやいまは、大岩井農場から炭酸石灰二百トンの追加注文があり、すぐにもそれを搬出できる状態にあるのだから、それを封印し、差し押さえてしまうのは、あまりに酷といっていい。

工場側では、せめて貨車一両だけでもいいから炭酸石灰を大岩井農場に搬送させてくれないか、と役所に懇願しているのだが、石頭の役人たちはガンとしてそれを受けつけようとはしない。

東辰砕石工場はまさにいま工場存亡の危機にさらされているといってよかった。

ハッパマサ、バクロベエの姿が工場の敷地内で目撃されることになったのは、まさにそんなときであった……

今朝——御厨が「花巻温泉遊園地」に捜査に向かった当日——、東辰砕石工場でこんなことが起こった。

高橋《たかはし》ナミという十五歳の少女が野良仕事をしに畑に向かったのだという。

畑は東辰砕石工場の近在にある。

ナミの父親は農業を営んでいたが、農閑期には工場で働いている。主に石灰原石や製品をトロッコで運ぶ力仕事を担っていた。

ナミが工場の敷地近くにさしかかったときのことである。

二人の男が足早に石灰集積場の倉庫から出てくるのを目撃したのだという。この近在では見かけない男たちだった。ただ、それだけのことなら、ナミもそれほど気にはかけなかったろうが、彼らがナミの姿を見て明らかに狼狽《ろうばい》したようなのが不審を誘った。

――なしてこの人たちはこんなに後ろめたい顔してるんだろ？

男たちはコソコソと逃げるように立ち去っていった。ナミはそれを見とどけて工場に走った。そして父親に男たちのことを告げたのだった。父親、それに何人かの同僚たちが、異常がないかどうかを確認するために倉庫に急いだ。

異常はあった。倉庫の扉の錠に鉄梃《かなてこ》か何かでむりやりにこじ開けようとしたあとが残されていたのだ。ナミが通りかからなければ二人の男たちはまんまと倉庫に忍び込んでいたのにちがいない。

――危ういところだった……

といいたいところだが、ほんとうにそうだろうか？　砕石工場の倉庫に入っているものといえば石灰肥料をおいて他には何もないのだ。健康保険の滞納で差し押さえられた――大岩井農場に納入するはずだった――石灰粉がカマスにつめられ天井まで積み上げられているだけなのだ。

ごていねいなことに、その一袋、一袋に、役所の封印が貼られている。それらの封印を破れば、たちどころに検束されると言いわたされていて、工場の誰もが歯がみしながらも、それらに手を触れることができずにいる。大岩井農場からいいわたされた石灰肥料の納期はすでに過ぎようとしている。せめて、そのうちの十トン、一貨車ぶんだけでも搬送することができれば、工場のやりくりもどうにか急場のしのぎがつこうというのに……

その意味では、工場の人たちにとって、倉庫のなかの石灰肥料は、いわば宝の山である。

が、第三者にとってはそうではない。それはたんに地層から掘り出され、クラッシャーやフレットミルで細砕された、ありふれた石灰粉でしかない。何の価値もないものなのだ。

それなのに――

二人組の男たちはどうして倉庫に忍び込もうとしたのか。たんに、なにか金目のものがある、と勝手に思い込んだ結果にすぎないのだろうか。それで錠前を強引にこじ開けて忍び込もうとした……そういうことなのか。

――そういうことだ。

最初、工場から連絡を受けた現地派出所の巡査は単純にそう受けとめた。それ以上のことは何も考えようとはせず、何もしようとはしなかった。なにより現実に盗まれたものは何もなかったのだから、たんに日誌に記録するだけで、すべて済ませようとしたのだ……が、ナミから男たちの人相を聴取し、そういうわけにはいかなくなってしまった。

なぜならナミから聞かされた人相風体は、まさにハッパマサとバクロベエの手配書そのままだったからだ。県下でも名うての窃盗常習犯として知られる彼らが、何の下調べもなしに、むやみに倉庫の錠前を開けようとしたりするはずがない。

――彼らの狙《ねら》いは何なのか？

当然、その疑問が生じる。

いずれにしろ、そのまま放置されていいことではない。花巻署はおろか、県警察部にまで連絡されてしかるべき重大事犯と判断された……こうして、その事件は刑事課の御厨主任、それに特高課の梶山主任の耳に達することになったのだった……

「花巻温泉遊園地」を訪れた翌日――御厨は一人で陸中松川に向かった。

昨日、「花巻温泉遊園地」であれこれ推理もしたし、幾つか見当をつけたこともある。それらの推理が的中しているか、はたして見当が当たっているかどうか、そのことを確かめるためには東辰砕石工場を直接訪ねるしかなかった。

工場に着いたときにはすでに昼近かった。石灰まみれになって工員たちが働いていた。石灰をカマスに詰めてトロッコで運んでいる者もいれば、クラッシャーや、フレットミルで石灰石を砕いている者もいる。モーターの騒音がうるさい……製品が差し押さえられ、大岩井農場に搬送することもできず、賃金がとどこおっているはずなのに、誰もが無邪気なまでに屈託のない顔をして働いていた。

「……」

工場に来るまでは、あれこれ質問すべきことを頭のなかで用意していたのだが、彼らの様子を見ているうちに、もうそんなことはどうでもよくなってしまった。彼らの一生懸命に働く姿を見ることに、ただもう心なぐさめられる思いがした。

――素朴な人たちだ、いい人たちだ……

いつもは、およそ情緒などというものから縁遠いはずの御厨が、このときばかりはそんな感傷的な思いにふけった。石灰工場で働く人たちを、ただもう一途に素朴と感じる御厨の心のありようのほうが、よほど素朴といえないこともない。

――おれは変わったようだ。

さすがに苦笑まじりにそう思った。

どうも御厨のなかで何か心境の変化とでもいうべきことが起こっているらしい。若いころはただもう仕事の鬼であり、わき目もふらずに捜査一筋に邁進《まいしん》したのだが、それがこの歳《とし》になってすこし変わった。さまざまな体験を重ねるにつれ、しだいに御厨のなかで、善悪とは法律の条文どおり杓子定規に切り分けられるものではない、という思いが強くなった。

たぶん、そのことが、出世のためなら拷問も辞さない梶山という男に対する、強い嫌悪となってあらわれているのではないか、とも感じる。

とりわけ今年、大津波の被災地で事故処理に追われたことが、その変化を決定的なものにしたように思う。津波が引いたあと、暗灰色の憂愁《ゆうしゅう》の泥地に点々と散らばる骸《むくろ》を見たときの、あのいいしれぬ悲哀の念は、いまも御厨の心に鉛のようにうち沈んでいる。あのときにたしかに何かが変わった――それが具体的にどういう変化であるのかは、いまはまだ御厨自身にもほんとうによくは理解されずにいるのだが……

工場の隅に工具棚がある。そのうえに、砕石現場で撮ったらしい何人かの作業員が並んだ記念写真が立てかけられてあった。写真のまえには、水が入った茶碗《ちゃわん》、コスモスが一輪挿《さ》されたサイダーの空き瓶、それにこれは何のまじないなのか白いタオルがきちんと畳まれて置かれてあった……そのまえを通る工員たちが、決まって黙礼するのを見なければ、それが弔《とむら》いのための写真だということに気づかなかったかもしれない。

九月末に亡くなったと聞かされている――そして梶山が昭和三年ごろに主義者として取り調べたという――健二という人を悼《いた》んでの写真なのではないだろうか。

地質技師をしながら、石灰肥料の行商と宣伝のために県内はもちろん、東京にまで足をのばしたということを聞いた。東辰砕石工場で働くようになってから、実質五年とたっていないというのに、ずいぶん経営者から頼りにされ、工員たちからも慕《した》われたらしい。

――これもまたいい人だったのだろう。

そのことは写真のまえを通るときの作業員たちの黙礼する姿の、見るからに悲しげな様子からも容易に察せられることだった。

――このなかの誰が健二なのだろうか。

御厨は写真を覗き込んだ。

写真の男たちは、いずれも厚地の長袖《ながそで》シャツに腹掛け、半纏《はんてん》、作業ズボンにゲートルを巻いていて、鉢巻き、もしくは鳥打ち帽を被るといういでたちだった。素人が撮ったであろう記念写真なのだから、あまり出来がいいとはいえない。どれがその健二なのだか見当をつけるどころか、誰がだれなのか、ろくに見分けることさえできないほどなのだ。

ただ、なかに一人、背広姿の人がいて、もしかしたらそれが健二という人なのかもしれない、とも思う。その人は楽しそうに笑っているのだが……

写真のなかの何人かが、お仕着せのように首にタオルを巻いているのが、とりわけ目についた。東京のことは知らない。けれども、このあたりでは、タオルなどというものは、富裕層が使うぐらいがせいぜいで、とても一般まで行き渡るほどには普及していない。贅《ぜい》沢品《たくひん》なのだ。

ましてや、農閑期に工場で働かなければならないような貧しい人たちがそろって首にタオルを巻いているのは何としても不自然だ。しかも写真を見るかぎり、どうもそれは写真のまえに——一輪挿しのコスモスと並んで——置かれたタオルと同種のものであるようなのだが……

——そのことに何か特別な意味があるのだろうか。

御厨は首をひねらざるをえなかった。すると——

たまたま、そこに通りかかった、これも見るからに人のよさそうな、そしてじつに頑強そうな体格をした中年男が、御厨の内心の疑問を敏感に見透かしたように、

「ああ、そのタオルは健二さんが東京にセールスに行ったおりに、わしらへのみやげにまとめて買ってきてくれたものです。わしら一日五十銭の日傭取《ひようと》りが、そんなもの一生かかっても買えやしません。それを東京みやげにまとめて買ってきてくれたものだから、わしら、みんな子供のように喜んで……なかにはおらが娘のように、使うのが勿体《もったい》ない、といって、箪笥の底にしまいこんだまま、外にはいっさい出さんというものもいる始末でして……」

そう説明してくれたのだが、そしてその説明に、ああそうか、そういうことなのか、と納得もしたのだが……

その「おらが娘」という一言に、もしやと思い、確かめてみれば、はからずもその人物こそが高橋氏その人であって、つまりはハッパマサたちを目撃した少女の父親に他ならなかった。

「わたしは警察の者です」

御厨はそう名乗り、これから娘さんに昨日の泥棒のことを聞きに行きたいのだがかまわないだろうか、と一応そのことを断った。

高橋は、御厨の思いがけない正体におどろいたらしかった。鉢巻きを取り、ご苦労様です、と深々と頭を下げると、

「娘は――いや、わしらみんながそうなのですが……健二さんのことが好きでした。それで――じつは、なんぼか悲しむだろうと思い、娘にはまだ健二さんが亡くなったことを伝えてはおりません。そのことだけは、どうか心得ておいていただけると、ありがたいのですが……」

と頼み込んできたのだった。

「わかりました。健二さんという方が亡くなったことはお嬢さんには洩《も》らしません」

御厨は気軽にそう応じた。

東辰砕石工場の人々がこれほどまでに敬愛する健二という人物に、なにがしか興味を覚

えなくはなかったが、とりあえず今回の事件については関係がない。高橋ナミの話を聞くにあたって、健二がまだ生きている、と嘘をつく——というより触れない——ことには何の懸念も感じなかった。

まさか、そのことがすべての謎を一気に解き明かす契機になろうなどとは、それこそ夢にも思わなかったのだった……

8

そのあと高橋家に向かった。

高橋の話では、東辰砕石工場から歩いてすぐということだったが、それでも優に一時間以上はかかった。脚力がなければ刑事は務まらないが、それ以上に農民の足は健脚だということだろう。目的地に着いたときにはすでに夕暮れにさしかかっていた。

低い石崖《いしがけ》のうえに家がある。貧しくて、ちっぽけな板家だ。裏庭に実った柿《かき》が点々と夕日をしたたらせていた。

土間に入っていくと、御厨と入れ替わるように、ひとりの男が出てきた。背広を着ている。夕映えのなかにぼんやり赤い影法師をにじませ、その容姿をさだかに見ることはできない。そしてそれを見きわめる余裕もないままに行きすぎてしまう。

ただ、あいまいな印象だけを残したその顔だちに、かすかに見覚えがあるように感じた。

それに——御厨を見てフッと微笑したようだが、行きずりの人間が意味もなしに交わす会釈にしては、いささか念が入りすぎてはいないか？　……が、いずれも御厨の思い過ごしかもしれず、振り返ったときにはすでに男は立ち去っていて、あとには妙な余韻だけが残された。まるで夕日に溶けて消えてしまったかのように。

その後ろから見送りに出てきたのが高橋の娘のナミだろう。まだ幼さを残した、しかし、すでにしっかり者の印象を根づかせた、素朴で、強い、田舎の少女だ。

少女は土間口で立ちどまると、深々と頭を下げて、

「大切なご本をいただいてありがとうございます。それにお原稿も——健二兄《あに》さま、わざわざ来ていただいたのに、お父《とう》が留守で、申し訳ないことで……」

そうはっきりした声でいった。

——健二兄さま……

御厨の頭のなかに、その言葉が意味を構成するまでに、一瞬、ずれが生じた。人に倍して鋭利、敏活なことで知られる御厨にしてはめずらしいことだ。それだけ、その名前があまりに意外なものでありすぎたから。だってそうだろう。健二という人はすでに九月に亡くなっているのだから。

「あ……」

が、次の瞬間、御厨のなかでバネが撥《は》ねたように、すべてが一気に理解に達した。見覚えがあるように感じたのも当然だ。その顔をあの記念写真のなかに見たからであり、ナミ

が彼を「健二」と信じているのは、その人物がすでに死んでいることを知らされていないからに他ならない。

もちろん死んだ健二がナミのもとを訪れたりできようはずがない。それは健二に変装した何者かであり、そしてそこまで巧みに人に化けることができる人間はこの世にそう大勢はいない。いや、御厨の知るかぎり、ただひとりしかいない、といっていい。それは……

――少年二十文銭！

おれはバカだ、なぜそのことにすぐに気づかない……御厨は自分を責めた。責めながら、ナミが声をあげておどろくのを尻目に、彼女にクルリと背を向けて、少年二十文銭を追ってひたすら走った。

が――

すでにその男の姿はない。奥深い榛木林《はんのき》にも、見通しのいいジャガイモ、ラッキョウの段々畑にも人影はない。夕餉《ゆうげ》の支度をしているのか、家々の窓から薄く煙が立ちのぼっている。その煙のようにきれいに消え失《う》せていた。

――何てやつだ。

御厨は舌を巻いた。自然に苦笑がわいてきた。

少年二十文銭の変装の巧《たく》みさとあいまって、その軽業師《かるわざし》さながらの身の軽さ、敏捷《びんしょう》な動きもよく話題にされる。いみじくも御厨はそれを目《ま》のあたりにしたことになる。どうしようもない。やむなくナミのもとに戻った。

何が起こったのかわからず、呆然と立ちつくしているナミに、自分が警察の人間であることを明かし——しかし健二がすでに九月の後半に亡くなっていることは告げずに——健二は何の用で高橋家に訪ねてきたのかを尋ねた。

「さしつかえなければ教えてくれないだろうか」

以前の御厨なら、相手が年端《としは》もいかぬ少女であろうが何だろうが、容赦《ようしゃ》なしに切り込むように質問を重ねたにちがいない。が、いまの御厨は、少女を怯《おび》えさせないように、優しく言葉を選び、慎重に話を進めるだけの配慮がそなわっている。

たしかに御厨は変わった。が、どうして変わったのか、どう変わったのか、自分ではまだそれがよくわからずにいる。

「御厨一郎さん……」

どうしてか、ナミは御厨が名乗ったときから、なにか怪訝《けげん》そうな表情をしていたが、御厨が重ねて健二の訪問の理由を尋ねると、

「用といってべつに……」はにかんだように笑って、「ただ、お父に会いたいからとおいなさって……お父は留守してて気の毒なことをしたけど……」

ナミはあの男が健二だったということにみじんの疑いも持っていないようだ。これは必ずしも彼女の注意力が散漫だったことを意味してはいない——まえにも健二が父親のもとを訪ねてきたことがあるのだという。そのときの健二と、ついさっきの健二とをまったくの同一人物と見なして疑おうともしないのだから、これはそれだけ少年二十文銭の変装術

が巧みだったということだろう。

「じゃあ、健二さんはただお父さんに会いたかっただけなのかな」御厨は柔らかに、しかし執拗に食い下がった。「何の用事もなしにただ漫然と訪ねてきただけなんだろうか」

「べつにこれといって用がおありのようでもなかったけど……ああ、そうだ」

「何かね？」

「健二さんはまえに本を書いて出版なさったことがあったそうな……それとまだ本にはなってないけど自分がまえに書いた童話の原稿を持ってきたから、お父と——それに御厨一郎さんに読んでもらいたい、とおいいんなさって……」

一瞬、御厨はナミの言葉を聞き流しそうになってしまった。あまりに思いがけないことであり、とっさに思考が理解に追いつかなかったからだ。

「私に……」さすがにおどろきで声がかすれた。「健二は、私に——御厨にも——それを読んで欲しい、とそういったのか」

「はい」ナミは御厨のあまりの驚きようがおかしかったのか、いまにも笑い出しそうな表情になった。「御厨さんという方がおいでになるはずだから、できれば、その方にも、本と、その原稿を読んでもらいたいと——」

要するに、少年二十文銭は事前に御厨がナミの家を訪問するのを承知していたことになる。いや……御厨はふいにここで何が起こっているのかを了解した。そうではない、いない！　そもそもハッパマサとバクロベエともあろうほどの窃盗の常習犯が、自分たちの犯行を不用意に少女に見られたりするはずがないのだ。あらかじめ、こうなるように仕向けられていたのにちがいない。すべては少年二十文銭が入念に計算してのことなのだった。

——少年二十文銭、あるいは……

もう一人の人間の名前が御厨の脳裏をかすめた。これはほんとうに少年二十文銭が一人だけで計画してのことだろうか。そこにはもう一人、べつの人間が関与しているのではないだろうか？　御厨の頭のなかでは、その人物の影のようなものが揺曳《ようえい》しているのだが、いまはまだそれを特定するのは時期尚早《しょうそう》にすぎるだろう。

「申しわけない。それを読ませてもらってもかまわないだろうか。すぐに返すから……」

「ええ、それはもう——どうぞ」

ナミは上がりがまちから一冊の本と、それにしおりで綴《と》じられた薄い原稿用紙の束を取った。それを御厨に渡す。

「ありがとう」

御厨は上がりがまちに腰を下ろし本を読みはじめた。彼の速読の技術をもってすれば、そうした薄い本であれば、ものの十分もあればそれを読み終えるのに十分だ。

「お茶っこさ、どうぞ——」

本を読んでいるあいだにナミがお茶を出してくれた。ありがとう、といって、御厨はお茶を一口含んだが、すぐに湯飲みを置き、それから先、もうお茶には見向きもせずに、ただひたすら原稿用紙と本を読みつづけた……

健二が書いたのだという、その本の最初の部分を読んだだけで、どうして少年二十文銭が御厨にその本を読ませたかったのか、ということをはっきり了解した。そればかりか今回の事件のすべてを——その隠された真相を見透かすことができたのだった。最初から最後まで完全に。

——これが真相……

が、その真相の何と途方もなく、意外なものであったことか！　それは岩手県警察きっての名刑事とうたわれた御厨をすら、あっけにとらせ、言葉を失わせるほど思いがけないものであったのだ。

驚天動地——といえばあまりに大げさすぎるかもしれないが、このとき御厨が受けた衝撃は、事実としてその言葉にふさわしいほどのものだった。

——そうか、そういうことだったのか。

御厨は何度も胸のなかでその事実を確認していた。確認を重ねれば重ねるほど、そのおどろきが彼のなかでいやまさっていくように感じられたのだったが……

そのおどろきが——枯れ葉が徐々に降り積もるように——いいようにおさまったとき、そこに残されたのは、一種いいしれぬ、静かな感動だったのだ。

県警察に戻ってすぐに特高の梶山に連絡した。人目を避けて、近所のそば屋で会うことにした。

ふだん、廊下ですれちがっても、たがいにそっぽを向きあって、挨拶《あいさつ》もしないようなこの二人が、たとえ短い時間であろうと、話し合いの時間を持つなど、異例なこと――というよりいっそ異常なことといったほうがいいか――であったが、御厨にしてみれば、これはやむをえない、どうしても必要なことであったのだ。

そば屋の二階の小座敷で、ふたり顔を見あわせ、たがいにあつらえたものが出てくると、そばがのびるのもかまわずに、まあ、聞いてくれ、こういうことなのだ、と御厨が話を切り出した……

9

「あの夜、少年二十文銭はまんまと『白鳥の涙』を盗み出すのに成功したが、あの強欲な竹内に撃たれ、傷ついた。どうにか逃げ出したのはいいが、なにしろ敵は『花巻温泉遊園地』の若い衆を大勢くりだして、追っ手をかけてきたのだから、たまったものではない。

さすがの少年二十文銭も、このままではとうてい逃げ切れない、と観念したことだろう。血のあとが地面にしたたってあの倉庫までつづいていた。どうして若い衆たちがそれに気づかなかったのかふしぎだが……察するに、追われるままに、あの外れの倉庫に逃げ込んだのだろう。そして、たぶん、そこに積みあげられた土嚢のどれかに『白鳥の涙』を隠したのにちがいない。カマスのなかの土に押し込んだのだろうと思う。

やめろよ、白々しい、いまさらおどろいたふりをするな。そんなことはとうからお見通しじゃなかったのか。こちらは、おまえが竹内と内々で通じあっているのはとっくに承知してるんだぜ。いずれは県のお偉方の後ろ盾を得て県会議員にでも立候補するつもりか。ふふ、せいぜい野心に励むことだ。いいさ、おれの知ったことじゃない。そのためにはいまから竹内に恩を売っておいたほうがいい。だからこそ管轄違いの特高がこの事件に出張ってきた。そういうことだろう。

どうにか少年二十文銭は逃げおおせることができた。だが、『白鳥の涙』は倉庫のなかの土嚢に残したままだった。撃たれて怪我を負って必死に逃げていたので混乱しきっていた。つまり、どの土嚢に隠したのかわからなくなってしまった。悪いことに土嚢は毎日運び込まれるし、運び出される。そのたびに倉庫のなかで積み変えられる。『白鳥の涙』をどこに隠したのかわかろうはずがない。なにしろ土嚢の数が多すぎる。そのなかから『白鳥の涙』を見つけるのは至難のわざだ。とりあえず土嚢をすべて盗み出してはどうか。

それで——倉庫の番人の後藤が毎晩チェロの練習をしているのに目をつけた。そのことを利用して何とか土嚢を盗み出すことができないものか。倉庫の一階土間の上がりがまちに本箱が置いてあったのを覚えているか。あそこに『月曜』という同人誌、『新青年』の七月号、それにV・L・ホワイトチャーチ、という作家の短編集が突っ込まれていた。その三冊の背に石灰粉が付着していた。人の注意を惹くために、誰かがわざとそんなことをしたかのような印象を受けたよ。それで『月曜』では『ざしき童子のはなし』というページに、『新青年』の七月号では小栗虫太郎という作家の『完全犯罪』という探偵小説のページに、そしてホワイトチャーチの短編集では、『サー　ギルバート　マレルズ　ピクチュア』――『ギルバート・マレル卿の絵』とでも訳したらいいのかな――という作品ページにやはり石灰粉が付着していた。

ここで注目しなければならないのは、土嚢が盗まれたあとの土間がホウキできれいに掃かれていたことだ。まるで『ざしき童子のはなし』のなかのざしき童子《ぼっこ》がそうしたかのように――廊下にシャボンのあとが残っていた。それを部下から聞いて、おれはもしかしたら、と思ったよ。それで『完全犯罪』を精読した。するとその『完全犯罪』の犯罪トリックというのがこうなんだ。念のために手帳に書きとめてある。その箇所を読んでみよう。こうだ。

『まず、オルガンの最低音に当たる二つのパイプに、芝生で使う四つ股《また》のゴムホースを取り付けて、これを浴室に通じる送湯管と連絡させました。それから、残った二つの支管は、オルガンの内部に隠しておいた、ある二つの装置に連なっていたのです。その一つは第一酸化炭素即《すなわ》ちラフティングガス、もう一つは青化水素の発生装置でした』

ここですこし略して文章を先に進めることにするぜ……『つまり、ペダルとキーがポンプの役を勤めたというわけですが、ここでぜひ見逃してはならぬことは、オルガンの弁から金属管、それからホースから浴槽までの長い道のりが、一本の長いパイプに化してしまったということです。すなわち弁によって発生した音響は、はるばる浴槽まで行ってそこの壊れたネジを通り、かなり低い位置につけられた蛇口の端にいたって、そこで初めて、ラフティングガスを放出するとともに、そのキーに定められた音響を発したのです』

ああ、おまえもそのことに気づいたか、梶山よ、さすがにおまえも根っからのバカじゃないな。はは、怒るな、怒るな、おれはおまえを誉《ほ》めてるんだぜ。

知ってのとおり、少年二十文銭は人を眠らせる催眠薬、催眠ガスの使い手だ。なにも毎晩、後藤にチェロの練習をさせるために、階下のオルガンを演奏したわけではない。『完全犯罪』のトリックをそのまま盗用して、オルガンの弁に金属管とホースを取り付け、それを浴室の蛇口までのばし、ペダルとキーをポンプ替わりにして、四夜にわたってオルガンを演奏した。そのために倉庫に置かれているはずのオルガンの演奏が、後藤の部屋のすぐ下にある浴室から聞こえてきたように感じられたわけなのさ。催眠ガスが浴室の蛇口から後藤の部屋にたちのぼる。後藤は、ネコのために毎晩、窓を開けていた。シャボンが二階廊下にこぼれていたのもそのためなのだ。それで後藤は毎晩チェロの演奏をしているうちに眠ってしまう。その隙に、たぶんハッパマサとバクロベエの二人が、せっせと倉庫の土嚢を馬車で運び出した。もちろん、どれかの土嚢に隠されているはずの『白鳥の涙』を見つけ出すために……

ところがとうとう『白鳥の涙』は見つからなかった。それというのも後藤がカマスを調達するために、土嚢の土を抜いて、べつの土嚢にそれらをすこしずつ足したからだ。倉庫に残された土嚢から『白鳥の涙』が見つからなかった、ということは、東辰砕石工場に送られたカマスのほうにそれが残されたということだろう。カマスはなにしろムシロでできている。『白鳥の涙』がカマスの内側に引っかかって残されたという可能性は大いにある。つまり『白鳥の涙』はカマスごと砕石工場に送られたわけなのだろう。送られたカマスは新品同然のものだったらしい。工場のほうではそれらのカマスを、大岩井農場に貨車輸送するはずだった——結局、差し押さえられて輸送できなかったが——最初の一両十トン、五百袋に使用したという。

それらのカマスはそれぞれに炭酸石灰を詰められて、いまは砕石工場の倉庫のなかにある。それでハッパマサとバクロベエの二人は東辰砕石工場の倉庫に忍び込もうとしたわけなのだろう。それも、ナミに目撃されたために、なかばで退散せざるをえなかった。つまりだ、まだ『白鳥の涙』は東辰砕石工場にある。たぶん、差し押さえされている石灰粉のカマスのどれかのなかに入っているはずだ……それでだ、梶山よ、役所に手をまわし、砕石工場の倉庫に差し押さえてある炭酸石灰を盛岡まで貨車輸送させせないか。なに、健康保険料の未払いのために差し押さえた炭酸石灰を、むだんで大岩井農場に輸送されたりしたら、警察としても面目が立たない。県警のほうで保管するということにすればいいだけのことさ。そうすれば必ず少年二十文銭は貨車を襲撃する——そこをおれたちが一網打尽にする。そういう段取りさ。

これは想像でしかない、たしかな根拠のあることではないがな、遊園地倉庫の本棚に『月光』、『新青年』、それにホワイトチャーチの短編集を入れておいたのは、少年二十文銭本人だろうと思う。『月光』で、自分がざしき童子《ぼっこ》のような存在であることを告げて、『新青年』の『完全犯罪』ではどうして後藤のチェロの練習を助けるようなことをしたのかを告げた。どうしてそんなことをする必要があるのか、宝石を盗むときにもあらかじめそれを予告するのがクセの少年二十文銭だからして、妙なフェアプレイ精神にのっとってのことなのか、それともたんに子供らしい児戯《じぎ》のなせるわざなのか、それはわからないが。ホワイトチャーチというイギリスの作家は今年亡くなったらしい。それでその短編集が丸善に入ってきて、ここにその一冊があるわけなんだが――おどろくなよ、その『ギルバート・マレル卿の絵』という短編では、走っている最中の汽車から、なかの貨車を一台だけ抜き取る犯罪が書かれているんだ。いかにも子供の少年二十文銭が喜びそうな大トリックじゃないか。

もちろん、これは小説のなかでだけ可能なトリックで、現実には実行不可能なものだ。けれども実際問題として、なにも何両も連結された貨車のなかから、途中の一両だけ抜き取らなければならない必然性はないわけで……必要な貨車を連結から切り離し、その後ろの貨車はすべてその場に置き去りにしても、べつだん何も不都合はないはずなんだ。これなら、必要な貨車の前後の連結器を外しさえすれば、それで済むわけで、少年二十文銭ならそれぐらいの芸当は難なくできるにちがいない。

ああ、わかるよ。おまえが何を考えているかぐらいはわかる。走行中の貨車に飛び乗るのが可能なら、走行中の貨車のなかに忍び込むのだって可能なはずだ。炭酸石灰が入ったカマスをすべて調べてみればいい、というんだろう？　少年二十文銭ならそれぐらいの芸当はできるはずだ、と……ところが、これがそうじゃないんだな。それはムリなんだよ。閉め切った貨車のなかで、十トン、五百袋もの炭酸石灰を調べようものなら、石灰粉が充満して、それこそ窒息しかねない。五百袋をすべて調べるのは物理的にむずかしいし、な。だから貨車ごと奪うしかないのさ。奪った貨車は支線に入れるしかない。

陸中松川から一ノ関までの大船渡線、そこから盛岡までの東北本線……その間《かん》、ほとんど無人の、貨車集積用の支線ということになると、数えるほどしかない。そのほかにも、貨車を奪うのに線路の周囲に人家があってはならないなどの諸条件を加えると、少年二十文銭が貨車を誘い込む支線は、ほぼ一線に絞り込むことができる——それでだ。おれたち刑事課と、おまえたち特高課がその支線で待ち伏せして、少年二十文銭、ハッパマサ、バクロベエの三人を一網打尽にしようという作戦を考えたわけなのさ。どうだ、乗らないか」

10

そして昭和八年（一九三三）十一月のいま……火山灰地の痩せた荒野を一台の機関車が走っているのだ。

十両編成の貨物列車——それだからだろうか。ほとんど徐行しているといっていいほどの速度なのだ。這《は》うようにゆっくり、ゆっくり走っている。

空はどんより曇っている。地上もすべて暗灰色に塗り込められている。北国の晩秋だ——そんななかにあって、機関車の煙突から吐き出す火の粉《こ》だけがかすかに赤い。

付近は、葉の落ちた灌木林が寒々とひろがっているだけで、人家などまるでない。見わたすかぎり暗灰色にうち沈んで、ただもう荒涼としているばかりだった。

汽車は今朝、陸中松川駅において、東辰砕石工場からの炭酸石灰十トンを積載し、大船渡線を終点一ノ関駅まで搬送して、そこでさらに東北本線に入り、いまは盛岡駅へと向かっている……

もとより、それらの石灰は役所に差し押さえられ、封印されたもので、いま搬送されているものも、大岩井農場に納入するためにではない。

いかなる理由によるものかは、ついに知らされることはなかったし、問いあわせても、教えられることはなかったが……

差し押さえられた石灰はすべて県警に保管されることに決まったのだという。そういう通達が当局から工場にあった。それも一両日中に搬送すべし、として、日時、列車番号まで詳細に指定されていた。

工場側がおどろいたことには、その詳細が県庁時報に載ったことである——じつに手回しのいいことではある。だけど何のためだろう？　工場の関係者はひとしなみ首をひねったものだ……

いずれにせよ、それがどんなに一方的なものであれ、県警の通知を無視するわけにはいかない。すべてお達しに従うほかはなかった……

それでこうして、石灰粉が積載された貨車を牽引《けんいん》して、機関車が盛岡に向かっているのだった。

石灰粉が積載された貨車はまえから数えて六両目になる……

いま、上り勾配《こうばい》にさしかかり、さらに機関車の速度が落ちた。

と——線路の傾斜《なぞえ》から二人の男が飛び出してきた。二人の男？　いや、一人はたしかに大人の男だが、もう一人はまだあどけなささえ残す少年なのだ。まずは美少年といっていい。大きな麻地のバッグを背負っていた。

それは——「花巻温泉遊園地」の花壇のまえで、花々をまえに空想上のタクトを振っていたあの少年なのだった。

少年の名前はわからない。もしかしたらこの地上にその本名を知っている人間は誰もいないのかもしれない。けれども、いま彼が呼ばれているその名を知らない人間は少ないだろう。少年二十文銭、なのだ。

少年二十文銭は人目がないのを入念に確かめたのち、ヒラリ、と五両目の貨車と六両目の貨車のあいだに飛び乗った。自動連結器のうえに器用に体を滑り込ませる。じつに敏捷な身のこなしだ。

が、もう一人の四十男のほうは少年二十文銭の半分ほども身が軽くないようだ。モタモタしている。巨漢で、見るからに力がありそうだが、それだけに鈍重そうでもあり、およそこうした冒険には適していそうにない。少年二十文銭がさしのべた手につかまり、どうにか体を貨車のあいだに引きあげたが、危うく足を滑らせそうになったほどだ。

「大丈夫かい、バクロベエ」

「だ、大丈夫――のはずがねえ」

バクロベエは蒼白《そうはく》になって五両目車両に背中をくっつけてへばりついている。それだけで息があがってしまっている。顔も青い。一休みしたいところだろうが、そんな余裕などあろうはずがない。機関車は休むことなく走りつづけているからだ。

「いいかい」

「あ、ああ、ああ……」

少年二十文銭は背中からバッグを下ろし、なかからぐるぐると束ねたロープを取り出した。見たところ、せいぜい二、三メートルの長さぐらいしかないようだ。それをバクロベエに渡す。バクロベエはあらためて足場をさだめたうえで、ロープの端を五両目側の自動連結器に何重にもきつく結びつける。そのうえで残りのロープを少年二十文銭に手渡す。少年二十文銭は今度はそのもう一方の端を六両目側の連結器に何重にも縛りつけた。これで五両目と六両目の貨車がロープで結びつけられたわけだ。二つの貨車はゴトンゴトンと同調しながら揺れている。

少年二十文銭はバッグからもう一巻のロープを取り出した。今度のロープはまえのものよりだいぶ長い。その端をバクロベエに渡した。バクロベエはそれもまた五両目側の連結器に結びつける……それを確認したのち、少年二十文銭はそのロープの輪を肩にかけると、六両目貨車の屋根にヒラリと飛び乗った。そして後ろにたなびく黒煙を縫うようにして、そのまま貨車を後方に移動する。七両目の貨車へと向かう。

移動しながら懐中時計で時刻を確かめる。そして、もうすぐだ、と思う。もうすぐ支線にさしかかる。そこではハッパマサが転轍《てんてつ》機を切り替えるために待機しているはずだ。

——急がなければならない。あまり……

いや、ほとんど時間がない。もう数分で支線にさしかかる……さすがに少年二十文銭の表情には焦慮《しょうりょ》の色が濃かった。

六両目のほぼ真ん中ぐらいに立って、すこし助走し、七両目の屋根に跳んだ。

その風切り音を耳に意識しながら、少年二十文銭の脳裏をよぎるのは、「白鳥の涙」を奪おうとして、撃たれ、窓ガラスを破って逃げ出したあのときのことなのだ。

あのときもやはり少年二十文銭の体は宙に舞っていた……

飛び出した。

とっさに身にまとったカーテンが、落下するにしたがい、まるで流れ星のように背後に長い尾を曳《ひ》いた。カーテンは臙脂色《えんじいろ》だった。

カーテンが流れ星なら、破れて夜空にひろがるガラスの破片は、秋の星座……一瞬一瞬に形を変え、大きさを変えて、頭上にきらめいて……と思ったのは、ほんの刹那《せつな》のことであり、次の瞬間、鈍い衝撃が足下から伝わってきた。

常人であれば、骨を折らないまでも、足を挫《くじ》くぐらいはしたにちがいない。が、そこは少年二十文銭だ。人並み外れて優れた運動神経が即時に発動され、反射的にその体に受け身の姿勢を取らせていた。鞠《まり》のように地上に転がった。落下の衝撃を受け身の姿勢がきれいに体の外に追いやった。

それでも痛みが右の腿《もも》に残ったのは、これは落下の衝撃からではない。撃たれた痛みなのだ。さいわい擦過傷《さっか》のようだが、それでも肉をえぐり取られた衝撃が、まるで火箸《ひばし》でも突き入れられたようにズキズキと痛みを持続させた。それが少年二十文銭からつねの機敏さを奪っている。いつもの半分ほどの速さでしか動けない。

それでも動いた。頭上の窓から竹内が大声で人を呼ぶ。それに呼応するように地上のそこかしこから男たちの声が聞こえる。バタバタとこちらに走ってくる跫音《きょうおん》がつづいた。懐中電灯の明かりが交叉《こうさ》した。これでは何がどうあっても動かざるをえない。逃げ出さざるをえない。さもないと捕まってしまう。しかし、そうしようにも――

「あ……」

右の腿にナイフの刃を滑らせるような痛みが走った。もとより痛みは覚悟のうえだ。が、まさか、これほどまでの痛みは予想していなかった。たまらず、その場にうずくまってしまう。

腿を押さえた指のあいだから血が噴きこぼれる。そのねっとりした感覚が、この絶体絶命、のっぴきならない状況をありあり自覚させた。これでは痛みより先に出血のために逃げ切れなくなってしまうだろう。

「痛いなあ」

この場合に少年二十文銭は闇のなかに白い歯を見せて笑う。それはじつに無邪気とさえいえそうな笑いだったが、状況の深刻さは無邪気さからはほど遠い。

優れた知力に、きわだった身体能力、ほとんど本能的なまでに的確な状況判断……それら抜群の資質に助けられ、これまではどんな危難にあっても、どうにか切り抜けてきた。しかし今回ばかりはどうもそういうわけにはいかないようだ。いつもの幸運が底を尽きかけているという実感があった。

現に、幾つもの懐中電灯の明かりが迫りつつあるのに、どちらに逃げたらいいのか、その判断さえつかずにいるのだ。あまりに傷が痛くてまともにものを考えられずにいる。ここにいるのはもう大胆不敵、神出鬼没な、あの少年二十文銭ではなく、無邪気で無力な十五歳の少年でしかない。

――仕方ない、捕まろうか。

少年二十文銭がそうあっさりあきらめかけたとき、目のまえの闇のなかを、それよりさらに黒いものがサッとかすめたのだ。

「あ……」

少年二十文銭は夜目がきく。動体視力にも優れている。それでも一瞬、その動きを捕捉《ほそく》しそこねそうになったのは、あまりに速すぎたからだ。視線がどうにかそれに追いついた。そこにいるのは……

黒いネコ――

「え?」

少年二十文銭が思わず声をあげたのは、なにも黒ネコの存在におどろいたからではない。そうではなしに、そのネコがクルリと体を反転させると、少年二十文銭の目を正面から覗き込むようにし、自分についてこい、と誘うように左右に尻尾を振ったからだ。そのことにおどろかされたのだった。

それはそうだろう。ただでさえこの状況は異常なのだ。緊急事態といっていい。そこへもってきて突然、黒ネコが出現し、自分についてこい、というような振るまいをしたのだから、これは、おどろくな、というほうがムリだろう。まるで「ネコの恩返し」だが、少年二十文銭はネコに善行をほどこした覚えはない。ネコに助けられるような心当たりはまるでないのだ。

が――

いつだって少年二十文銭は、ほとんど本能的ともいっていい、自分の直感を――むしろ直感のみを――信じて生きてきた。物心ついたときから孤児で、どんなときにも自分ひとりの勘と力を頼みに生きてきた少年二十文銭なのだ。ほかに頼るべきものとてあろうはずがない。決心するのは早かった。

「わかったよ、一緒に行こう」

少年二十文銭がそういうと、その言葉がわかりでもしたように、黒ネコはパッと跳躍し、おのれのはらからさながらに真っ黒い闇のなかへと消えていった。

少年二十文銭もすぐさまそのあとを追った。子供なのだ。黒ネコに導かれる、という状況の異常さに、ほとんど傷の痛みを忘れていた。楽しんでさえいた。

背後に追っ手の男たちの声を聞きながら、彼らがすぐ後ろに迫っているのを知りながら、しかしこの少年はこの場合に嬉《うれ》しそうに笑っているのだった……


「きみが花壇のまえでオーケストラを指揮するように両手を振ってるのを見た。きみの指揮にあわせて花々が音楽を奏でているのをたしかに聞いた。見事な演奏だった。なんでかな。それを見て、それを聞いて、ぼくはきみが少年二十文銭であることを確信したよ。ははは、それでも、いきなり後ろから殴られたのにはおどろかされたけどね。痛かったしさ」

「……」

「きみは、最初から、ぼくが探偵だということを知ってた。竹内氏から『白鳥の涙』を少年二十文銭から守って欲しい、と依頼されるのも予想してた……それでぼくを花壇で待ち伏せした。なにしろ、おどろいたよ。でも、結果として、きみが少年二十文銭だ、という確信を裏づけられることになったのだから、まあ、殴られたり、縛られたり、監禁されたりしたのにもそれなりに意味があったわけだ。そういうことになるよね」

「……」

「ああ、どうやって縄抜けしたのか、それを聞きたいという顔してるね、それは何でもないことなんだよ。縛られるときにはさ、いつもネコをふところに入れておくことにしてるんだよ。それだと、どんなにギュッと強く縛られても、ネコがふところから出ていきさえすれば、縄はゆるむからさ。かんたんに縄抜けすることができるわけなんだよ。ただ、それだけのことさ」

「……」

「きみはぼくに変装した。それで『白鳥の涙』をまんまと奪い取った。追っ手からもこうして逃げられもした。あざやかなもんだ。感心させられるよ。恩にきせるつもりはないけどね。それもいわばぼくと、それから耕介――あ、ネコの名前なんだけど――のおかげだよね。だからさ、恩返しをしてもらいたいと思う――ある人にあることを頼まれてね。ぼくとしては、どうしてもその頼みを聞いてあげたいんだ。それにはどうすればいいか、を考えながら遊園地を歩いていて、後藤という若者が倉庫にある自室でチェロの練習をしているのを聴いて――これがじつに何ともいえずに下手くそなんだけどさ――きみが花壇を相手に見事な演奏をしているのを見て、聴いて、それできみが少年二十文銭だということに気がついて、しかもきみが『新青年』の七月号をポケットに突っ込んでいるのを見て――あれやこれやで、きみは座敷わらしのような子供だな、ということに思いあたった。それで――『ある人に頼まれたあること』を聞いてあげる、いい方法を思いついたんだよ。それにはさ、きみに走行中の機関車から貨車を一両盗んでもらう必要がある」

「……」

「はは、おどろいたかい。大丈夫だよ。何もきみ一人にやってもらおうとは思っていない。ハッパマサに、バクロベエだっけ。そちらの二人にも手伝ってもらう。妙な顔してるね。走っている機関車から貨車を盗むことなどできっこないって、かい。それも大丈夫だよ。ぼくはここに『ギルバート・マレル卿の絵』という探偵小説を持っている。それに貨車を盗み出すトリックが載っているんだ。実現性にとぼしいトリックだけど、きみたちなら大丈夫、できるよ」

「……」

「どうしてそんなことをしなきゃなんないのか？　それはね――きみはどうして宝石を盗んでいるのか、という疑問に重なるんだよ。ぼくはそれを欲なんかのためとは思わない。きみはその種の少年じゃないからね。宝石を盗むのには何か特別な理由があるんだと思う。だけどさ、もうこれぐらいにしておかないか。そろそろ、やめにしたほうがいい。この際、更生――という言葉がふさわしいかどうかはわからないけど――してもらいたいんだよ。

いまならまだ間にあう。これから先、まだ泥棒をつづけているようだと、いずれ引き返せなくなってしまう。そうなるまえにやめたほうがいい。そちらのお二人さんもね」

「……」

少年二十文銭はハッパマサ、バクロベエの二人と顔を見あわせた。二人の大人も、呪師霊太郎の奇妙としかいいようのない、ふしぎなキャラクターに、どう対処していいのかわからずにとまどっているらしい。後ろから殴りつけ、気絶させて、縛っておいたはずの男が、その縄を抜けて、しかも逃げもせずにその場にとどまっているのが、彼らにはどうにも理解できずにいるようだ。要するに常人の反応ではない。

ここは「花巻温泉遊園地」の外れにある温室だ。ほとんど廃墟《はいきょ》といっていい。うち捨てられて久しいし、忘れられ、訪れる人とていない。少年二十文銭は、ハッパマサ、それにバクロベエの二人と、ここを仮のアジトにして、「白鳥の涙」を盗み出す計画をたてたのだった。

あの黒ネコに導かれるままに、追っ手を振り切り、ここまで無事に逃げおおせられたのは、ほとんど奇蹟《きせき》といっていい。そうであれば、黒ネコに恩義を感じるのは当然だし、その飼い主の話とあれば、むげに無視するわけにもいかなかった。

破れた天井のガラスから射し込む月光にさらされ、ほとんど枯れはてた南洋植物群のサラサラという葉ずれの音を聞きながら……ふと自分がどこか遠い異国に身を置いているような錯覚にとらわれながら——

「それで——ぼくらにどうしろ、というんですか」

そう少年二十文銭は呪師霊太郎に尋ねるのだった……

いかに速度が遅いとはいえ、走行中に、自動連結器のうえに乗り、その解放テコを上まで持ち上げ、ナックルを開くのはたやすいことではない。なにしろ連結器のうえに立って、その当の連結器を切り離すのだから、それこそ至難のわざといっていい。

が、少年二十文銭とバクロベエはそれをやった。すでにその難行をし終えているのだ。五両目と六両目を結ぶ自動連結器、それに六両目と七両目を結ぶ自動連結器をどちらも解除した。六両目、七両目、いずれの貨車も、いまや五両目の貨車にロープで牽引されて走っているのだ……ロープ一本で連結され、牽引されているせいで、六両目、七両目、どちらの走行もかなり不安定になっている。小刻みに揺れつづけている。

五両目側の連結器のうえにはバクロベエが待機している。片手を貨車の側梯《そくてい》にからませ、かろうじて体の平衡《へいこう》を保っている。その顔は青いのを通りこして、いまや紙のように真っ白だ。ガタガタと揺れつづける連結器の危うさに唇を震わせている。

少年二十文銭はといえば、やはり六両目側の連結器のうえに乗っているのだが、その安定感はバクロベエとは比べものにならない。平衡感覚に優れているからだろう。

貨車が線路の継ぎ目を通過するたびの、ゴトン、ゴトン、という振動音に、

——もうすぐだ、もうすぐだ……

という頭のなかの声がリフレーンとなって重なる。さすがにその唇が緊張でかすかに震えていた。

もうすぐだ、という声が、急速に緊迫感を増していって、それが——いまだ！　ここだ、という頭のなかの叫び声に変わった。

——いまここだ！

六両目の貨車が側線にさしかかったのだ。その転轍機の横にハッパマサが立っている。転轍機をガシャンと切り替えた。と同時に、少年二十文銭は五両目側の連結器に結びつけられているロープをナイフで断ち切った。六両目の貨車はすでに連結器が解放されているし、いまロープも切断された。六両目の貨車だけが側線に逸《そ》れる……

そのとき——斜めに流れた視界を、五両目側の連結器に残ったバクロベエが、もう一本のロープを全力で引き寄せる姿がかすめていった。

七両目の貨車を五両目の貨車にロープで引っ張り寄せているのだ。こんなことができるのは人並み外れた膂力《りょりょく》に恵まれたバクロベエならではのことだろう。これがあるからバクロベエは貨車に残らなければならなかった。

少年二十文銭が乗った六両目貨車だけが完全に側線に入った。それを見て、またハッパマサが転轍機でレールを本線に戻す。七両目の貨車は側線を通過した。本線に残った。五両目の貨車に急速に迫る。バクロベエが貨車から飛び下りた。きわどいタイミングだった。五七両目の連結器が五両目の連結器にぶつかった。自動連結器だ。それだけで五両目と七両目が連結された……

飛び下りる寸前にバクロベエは手を振ったように見えた。青ざめた風のなか、一瞬、バクロベエの姿があざやかに浮かびあがったように見えた。が、すぐに消えた。

――バクロベエ……

これが少年二十文銭がバクロベエを見た最後のときだった。これ以降、二度と二人が顔をあわせることはなかった。

が、少年二十文銭にそんな感慨にひたっている余裕はない。まだ計画のすべてが終わったわけではない。これからまだやるべきことが残されているのだ……

側線は下り勾配になっている。貨車はゆるゆるとそこを走りつづけている。少年二十文銭はすでに屋根に乗っていた。立ちはだかり、貨車の行く手を見つめている。

「二十文銭――」

ハッパマサの声が下から聞こえてきた。レールを本線に戻すとすぐに貨車を追って飛び乗ったのだ。貨車の側面にしがみついて、そこから屋根にハッパと導火線を投げ上げてきた。

「導火線に火をつければそれでもうハッパは二分ほどで爆発する」

「わかった」

「二十文銭」

「うん」

「いろいろ楽しかったぜ」

「こちらも――ありがとう」

「達者でな」

「マサさんも」

「あばよ」

ハッパマサの声が風に遠のいて消えた。貨車から飛び下りたのだろう。これ以降、ハッパマサともまた二度と会うことはなかった――が、いまの少年二十文銭にはハッパマサとの別れにもまた感傷を払っている余裕はなかった。ハッパマサのことは頭から振り払って、ただ貨車の行く手だけを見つめていた。

そこでは岩手県警察の刑事たちが少年二十文銭を待ちかまえているはずだった……

「来た！」

側線に貨車が近づいてきた。人が走るほどの速度だ。それもしだいに落ちてくる。刑事たちがどっと持ち場から飛び出した。貨車に向かって殺到する。口々に何事かわめいていた。

その屋根に人影が見えた。風のなかに立ちはだかっていた。きゃしゃに見えるが、しかししなやかで、見るからに強靱《きようじん》そうな体つきをしていた。まだ、かなり離れているのに、吹き過ぎる風のなかに白い歯がひらめいたように見えた。

——笑っているのだ。

それを見て御厨の胸のなかにふしぎな感動がわき起こってきた。この場合に少年二十文銭は笑っている……

御厨の体も自然に動いていた。貨車に向かって走っている。隣りでは梶山が懸命に走っている。

——犬猿の仲であるはずの刑事課と特高課の主任が仲良く並んで走っているわけか。

そのことに御厨は何とはなしにおかしみのようなものを覚えていた。梶山もあんがい悪いやつじゃないかもしれない……一瞬、そう思い、いや、そんなことはない、こんな悪いやつはいない、とそう思いなおして、苦笑した。が、その苦笑は途中でこわばった。

「あ……」

およそ、これまでに経験したことのないおどろきが雷光のように御厨の胸にひらめいた。神の啓示に打たれるのに似ていた。

貨車の屋根で立ちはだかる少年二十文銭の顔に見覚えがある——この三月三日に三陸に起こった大津波で死者・行方不明者三千名を数えるという大災害が起こった。御厨は県警上層部に命ぜられるままに、被災地に滞在し、災害の事後処理に当たったのだが——そのときたしかに、津波に蹂躙《じゅうりん》されたあとの無残な荒れ地で、この少年の姿を見かけたことがあるように思う。

少年は泣きながら荒野をさまよっていた……

自分でも自分の意図がはっきりわからないままに御厨はそう叫んでいた。少年二十文銭が片手を大きく振るのが見えた。

「ま、待て――」

が、御厨の叫びは無力だった。事態は一気に急変したのだった。少年二十文銭が片手を大きく振るのが見えた。

誰かが「何か投げたぞ」と叫んだ。つかのま、刑事たちの注意が少年二十文銭から逸れた。誰もがその声がしたほうに目を向けた。それがいけなかった。じつにもう取り返しがつかなかった。

ふいに貨車が爆発したのだ。猛烈に炎を噴きあげた。一瞬、おもちゃの汽車のように浮かびあがった。おびただしい木切れが木の葉のように舞いあがる。線路から外れた。燃えつつ、悲鳴のように鉄のきしりを発しつつ、すべてをなぎ倒しながら、崖に向かって進んでいった。

誰もが叫び声をあげていた。が、その叫びもまた無力だった。落ちた。炎を旗のように後方にたなびかせた。ズーン、という重い響きが渓谷から聞こえてきた。

刑事たちが谷底を覗き込んだとき、そこにはもう少年二十文銭の姿はなかった。ただ貨車の残骸《ざんがい》だけが点々と浮かんでいた。いまだに燃えている木切れがあり、それらが流れ去っていくさまは、どこか灯籠流しの灯籠を連想させるようだった。

――少年二十文銭の魂が消えていく……

それが御厨の偽《いつわ》らざる本音だった。胸の底にポッカリ虚《うつ》ろに穴が開いたように感じていた。

「草のうえに信玄袋《しんげんぶくろ》のような小さな袋が落ちていました。なかに幾つか宝石が入っていました。これまで少年二十文銭が盗んだ宝石がぜんぶ入っているようです。『白鳥の涙』もありました。どうやら少年二十文銭は最期にこれまで自分が盗んだ宝石をすべて投げて返したようですね」

部下がそう報告してきたときにも御厨はそちらを見向きもしなかった。いつも表情にとぼしい御厨だが、このときの彼が何を思っていたのか、いつにも増してそれを読み取ることができなかった、とこれはその部下がのちに洩らした言葉である。

一月後、御厨は警察を辞めた。退職願にはただ「一身上の都合により」とそれだけが記されてあったという。

エピローグ

御厨はその後、東京に出て、資格を取り、弁護士になった。戦前、戦中、戦後を通じて人権派の弁護士として名をはせ、刑事としての彼を知る人間からは、別人のような印象を持たれ、なにか奇異なことのように取りざたされたものだった。

御厨は、故郷にすでに実家はなく、遠い親戚が残っているだけだ。それでまったくといっていいほど帰郷することがなかったが、ただ一度、盧溝橋《ろこうきょう》事件が起こった年、昭和十二年の十月に帰郷し、幼いころに両親に連れられて行った西鉛温泉の旅館に逗留したことがある。誰かからの手紙を受け取り、その手紙の主に会いに、わざわざ西鉛温泉に出向いたという説もあるが、本人が何も言い残していないために、真偽のほどはさだかではない。御厨一郎の唯一の伝記であるところの、『人権の旗はためく下に』にもこのことはいっさい記されていない……

御厨が泊まった旅館は、山懐に抱かれた素朴な湯治旅館で、昭和十二年のそのころも、いまだに照明にランプを使っていたのだという。

夕暮れ――御厨が温泉に浸かっていたそのときも、ランプの淡い明かりが、湯煙にぼんやりかすんで、人の顔を見さだめることもできないほどの薄暗さだった。

もっとも御厨以外は誰も温泉には入っていなかったが……そのときまでは――

ポチャン、と誰かが湯船に入る音が聞こえて、御厨がふり返る先に、御厨一郎さんですね、という声が聞こえてきた。

「突然、こんなところにお呼びだてして申しわけありません、どうしてもお話がしたかったものですから……はじめてお目にかかります、呪師霊太郎です――すでに御厨さんは真実に気づいておいでのことでしょうが、いつ、それにお気づきになられたのでしょうか」

同じ温泉に入っていて、せいぜい一、二メートルしか離れていないはずなのに、その声は遠くからのそれのようにくぐもって響いた。が、御厨はあえてふり返って、相手の姿を確かめようとはしなかった。どうしてか呪師霊太郎の姿は見ないほうがいい、という判断が働いたからだ——だから呪師霊太郎に背を向けたまま話しつづけた。

「宮沢賢治が生前に出版した唯一の童話集『注文の多い料理店』を読んだときに。——ハッパマサ、バクロベエの二人が工場の倉庫に盗みに入ろうとして、高橋ナミという少女にそれを目撃され、そのことを断念せざるをえなくなった……最初はこの状況に疑問を持った。ハッパマサ、バクロベエは窃盗の常習犯だ。その二人の犯行にしてはあまりにこれはお粗末すぎるのではないか？　私にはその疑問があった。これには何か裏があるのではないか、という疑問だ。それで私は高橋ナミに会いに行ったのだが……そのとき父親から、まだナミは健二——いや、宮沢賢治——が前月の二十一日に亡くなった、ということを知らされていない、という話を聞かされた……」

作家、宮沢賢治は死亡するまえの数年間、砕石工場に石灰粉の成分設計技師として雇われ、そのじつセールスマンとして東京にまで足をのばし、販路の拡張に全力を費やし、結局はそのために健康を害することになってしまった。

最初、工場経営者の鈴木は、賢治の名を「健二」と誤解していたふしがあり、現にそのように宛名《あてな》を記した手紙が残されている。経営者がそうであるから、工場の作業員たちも大半が賢治のことを「健二」と信じて疑わなかったようである。

宮沢賢治がいわば国民作家としての名声を得るのは、その死後のことであり、生前は詩集『修羅と春』を自費出版し、かろうじて『注文の多い料理店』を出版しただけの、ほぼ無名人にすぎなかったから、宮沢賢治の名前が世に浸透していなかったのも無理はないことだったのだ。

晩年の賢治が砕石工場のセールスマンとして働いていたことは、宮沢賢治作品の愛好者、研究者たちから無視されることが多い。

砕石工場の経営者にいいように利用され、宮沢家は資金援助までさせられた、という先入観から、宮沢賢治がいかに世間知らずであったか、その実例として語られることはあっても、この時期の賢治のことはほとんど見過ごされてきたといっていい。

が、その後の研究により、砕石工場の経営者たる鈴木という人物がいかに人格者であったかが明らかにされ、また賢治がいかに工場の発展に心を砕き、石灰粉の散布によって土壌を改良することに希望を託していたか――つまり砕石粉事業を発展させることに本気であったか――がわかってきて、しだいに晩年期の賢治の評価が変わってきた。

宮沢賢治はお金持ちのお坊ちゃんであり、芸術家、仏教者、理想主義者としては優れていても、生活人としてはきわめて不器用であり、無能でもあった、というのが、いわば定説のようになっている。

その説の根拠となっているのが、賢治が教師を辞め、農民運動の実行の場として創設した羅須地人協会《らすちじんきょうかい》が、お坊ちゃんの理想主義者としての賢治と、現実の農民たちとの乖離《かいり》から解散せざるをえなくなった、という事実であるが――

いまや、この解散は、昭和三年、ときの政府の労農党弾圧の余波を受け、解散せざるをえなかったのだ、という事実が明らかにされている。

たしかに農業実践者としての宮沢賢治と、実際の農民とのあいだに、いくらかの乖離はあったかもしれないが、協会が解散した直接の原因は必ずしもそのことにはなかったのだ。

ちなみに、賢治が花巻警察署長から事情聴取を受けたのは大正十五年から昭和二年までのいつかとされ、昭和三年、労農党の弾圧にともない、賢治を取り調べた人間の氏名は判明していない。

岩手県警察部の特高課主任、梶山の名前はいまだに宮沢賢治の資料からは浮かびあがってこない……

賢治が生活者として無能であったとする説は偏見である。多少、型破りなところはあったかもしれないが、賢治ほど生徒に慕われた教師は少なかったし、農民の啓発と生活改善を目的として結成された「羅須地人協会」も後世にいわれたほど実際の農民生活から乖離したものではなかった。

一説には、それらの経験の積み重ねが集約され、見事に開花したのが、砕石工場に勤務したときの宮沢賢治だった、ともいわれている。

砕石工場に勤務していたときの宮沢賢治は、たいへんに経営者、労働者たちから愛され、慕われていて、その磁力はほとんどカリスマ的といっていいほどだったという。

賢治は石灰粉の宣伝コピーを書き、石灰粉の成分設計をし、さらにはセールスマンとしてもじつに有能であったらしい。じつに八面六臂《はちめんろっぴ》の活躍といっていい。その多方面にわたる勤勉さはまさに献身的の一語に尽きたらしい。なにより賢治のほうも労働者たちのことを心から案じていて、いつも工場の行く末を心配していたのだという。
賢治の有名な詩――というか手帳のメモといったほうがいいかもしれないが――『雨ニモマケズ』は、一般には農民のことをうたったものとされるが、じつは砕石工場の労働者たちの姿に触発されて書かれたものだ、という説があるほどなのだ……

雨ニモマケズ
風ニモマケズ
雪ニモ夏ノ暑サニモマケヌ
丈夫ナカラダヲモチ
慾《よく》ハナク
決シテ瞋《いか》ラズ

が、そうしたことどもは戦後の昭和どころか、平成になって、徐々に明らかにされてきたことなのであって――
御厨が霊太郎といっしょに温泉に入っているこの昭和十二年の時点ではまだ、天才的な表現者としての宮沢賢治の存在は、ようやく世間に知られるようになった段階でしかなかった……

御厨は霊太郎に背を向けたままで話をつづける。あいかわらず霊太郎を見ないほうがいい、という判断が働いている。御厨の声もまた伽藍《がらん》のなかのそれのようにくぐもった響きを発した。

「少年二十文銭は、宮沢賢治に変装してナミさんのもとを訪れ、賢治が生前に出版した唯一の童話集『注文の多い料理店』と、それにあの時点ではまだ出版されていなかった『セロ弾きのゴーシュ』の原稿を手渡した。お父さんに読んで欲しい、という口実だったが、じつは私にそれらを読ませたい、という意図からの行為だったのはまちがいない」

「『セロ弾きのゴーシュ』はあの翌年、昭和九年に出版されました。宮沢賢治が亡くなった翌年です——」それまで黙っていた霊太郎がそのときはじめて口を開いた。「もちろん少年二十文銭がナミに手渡したのは宮沢賢治が書いたその原稿であるはずがない。宮沢賢治は生前、よく自分の生徒などに、自分の原稿を清書させていた、ということです。おそらく、そうした書き写し原稿の一部だったものでしょう」

「『セロ弾きのゴーシュ』を読んで、それが後藤が体験したことと、あまりに似ていることにおどろかされた。ゴーシュがチェロの練習をするきっかけになったのは、ネコだったということまでそっくり同じだ。もっとも後藤の場合は、毎晩、黒ネコばかりが現れて、カッコウも、子狸《こだぬき》も現れなかったわけだが……」

背後から霊太郎の含み笑いの声が聞こえてきて、さすがに御厨も苦笑を誘われた。

「もしかしたら、後藤の毎晩のチェロ練習を『セロ弾きのゴーシュ』の物語になぞらえて再現したのは、少年二十文銭というより、呪師霊太郎、きみのさしがねだったのかな。そういえば探偵呪師霊太郎はいつも耕介という名の黒ネコを連れ歩いている、という話を聞いたことがある――」

「……」

「だとしたら『注文の多い料理店』のほうはどうか？　どうして少年二十文銭は……いや、少年二十文銭を介して、きみ、呪師霊太郎が、と考えるべきかもしれないが――私に『注文の多い料理店』を読ませようと働きかけたのか。きみたちは、後藤を利用して、『セロ弾きのゴーシュ』を再現した。次は、『注文の多い料理店』を再現させたい、というメッセージではないか、と私はそう考えた。『注文の多い料理店』というのはどのような話であるか。あれは、山奥の見知らぬ料理店に入った紳士たちが、そこで食事をするつもりが、じつは自分たちが食べられるほうだった、というお話だった。食べるはずの人間が食べられる側にまわる……つまりは発想の逆転がお話の中心にあるといっていい」

「……」

「そのことから、私は少年二十文銭の狙いは、じつは土嚢に隠した『白鳥の涙』を奪い返すことにあるのではなく、そうと見せかけて、差し押さえされた石灰十トンを大岩井農場に搬入することにあったのではないか、ということに思いいたった。もっとも、そもそも、そのことのまえに、きみ、呪師霊太郎が――『自分はこの事件の謎を解いた、どんなに御厨一郎が岩手県警察の名探偵であろうとこの事件の謎は解けないだろう』と豪語しているという噂を聞いたときすでに、なにか違和感のようなものを覚えはしたのだったが」

「……」

「それまでにも、呪師霊太郎というふしぎな探偵の噂はしばしば聞いていた。私が聞いたかぎり、きみはそんな驕《おご》りたかぶったことを口にするような人間ではない。これは私を挑発しようとしているのではないか——というより、私をその事件に無理にも引きずり込もうとしているのではないか、という印象を覚えた。それはなぜなのか？」

「……」

「それが——『花巻温泉遊園地』の倉庫の本箱に入っている『月曜』という同人誌を見て、そのなかで宮沢賢治が書いている『ざしき童子のはなし』という短文を読み、その文章のざしき童子さながらに、土間が掃ききよめられているのを知って——さらに『新青年』の七月号、『ギルバート・マレル卿の絵』にも『月曜』と同じように石灰粉でしるしがつけられているのを見て、それらに託したきみのメッセージを読み取ることができた。『新青年』の『完全犯罪』そのままのトリックを使って倉庫の土嚢をすべて奪った。何もあんな面倒なことをせずとも、後藤を眠らせる方法はいくらもあったはずだ。ということはつまり、後藤のあの件は、もちろん『セロ弾きのゴーシュ』の物語を再現させるのが主目的であったのはまちがいないが、それ以外に、今度も——というのはつまり『注文の多い料理店』を再現させるときにも、という意味だが——探偵小説に記されたのと同じトリックを使う、というメッセージを誰かに——たぶん私に——伝えることが目的だったのではないか、という気がした」

「……」

「あそこに残されたもう一冊の探偵小説は『ギルバート・マレル卿の絵』で、いうまでもなくそのメイン・トリックは、どうやって走行中の列車から貨車を一両抜き取るのか、というものだが、あの作品の弱みは、たかだか絵を一枚盗むために、どうしてそんな大がかりなまねをしなければならないのか、その必然性が弱いということだろう。きみは『ギルバート・マレル卿の絵』で、走行中の列車から貨車を一両抜き取りたい、というメッセージを送ってきた、私がすべきことはその必然性を考えることだよ。どうして貨車を一両抜き取る必要があるのか？　そのときになって何で本を指定するのに石灰粉が目印に使われているのか、ということが気持ちに引っかかった。たんに本に注意を向けるためであれば、あの三冊を本棚から抜き取って、床にでも置いておけば、それで済むことなのだから……そこまで考えて、石灰粉そのものがメッセージになっているのではないか、ということに気がついた。つまり、このメッセージの送り手は、東辰砕石工場の窮地を救おうとしているのではないか、と――」

「……」

「差し押さえられて工場から動かすことができずにいる十トンの石灰粉を、無事に大岩井農場に搬送するために、貨車を一両まるまる抜き取ろうとしているのではないか。そもそも『白鳥の涙』を土嚢のなかに隠した、というのは嘘なのではないか。少年二十文銭が逃げたとき、追っ手たちが地面に残された血痕に気づかなかった、というのはどうにも不自然だ。あれは、私を誘うために、あとからわざわざつけたものではなかったか。つまり、私へのメッセージ、というのは、県警の権限をもってして、十トンの石灰粉を盛岡まで搬送する手続きを取って欲しい、ということではないのか。『白鳥の涙』がそのなかのどこかに隠されているはずだから、それを調査するために――という口実をもってすればそれは可能なことであるはずだから……つまり、こともあろうに岩手県警察部の刑事課の主任であるおれに犯罪の片割れをかつがせよう、共犯者になってもらいたい、というメッセージだったのではないか、と――」

一瞬の間があり、呪師霊太郎の含み笑いの声が聞こえてきて、

「貨車窃盗事件の何日かまえに、ぼくは温泉で鈴木という人に出会いました。砕石工場の経営者です。その人から砕石工場が、石灰粉を差し押さえられて、今にも大岩井農場に収めるばかりになっていたのを、搬送することができずにいる。そのために工場は倒産の危機に瀕《ひん》しているという話を聞かされました。その翌日、金田一という人から電話があって、竹内という富豪が『白鳥の涙』という宝石を少年二十文銭に狙われている、それを守って欲しい……だけど金田一氏の真意はそこにはなかった、何とか砕石工場の苦境を救ってくれないか、どうにかして封印されて動かせない炭酸石灰を大岩井農場に搬送することはできないものか、というのが金田一氏の依頼の主筋だったのです。そのために竹内氏の依頼をいわば利用した。事前に、温泉で、ぼくが鈴木氏と会うようにしむけたのも金田一氏の

仕向けたことでした」

「ほう……」

御厨は、砕石工場を訪ねたとき、鈴木という人物に会っている。そのときの鈴木氏の何食わぬ表情を思い出し、胸のなかで苦笑をかみ殺した。

「宮沢賢治は砕石工場の発展のために亡くなる寸前まで尽力しました。その宮沢賢治は、『花巻温泉遊園地』の花壇を設計した人物でもありました。金田一氏は宮沢賢治と面識があり、賢治のためにも何とかして砕石工場の経営難を助けたかった――金田一氏に会いにいく途中、花壇のまえで、オーケストラを指揮するように両手を振っている少年の姿を見ました。それが少年二十文銭であり、『白鳥の涙』を奪うために、ぼくになりすますつもりだったのですが……宮沢賢治が設計した花壇に、あれほどまでの感銘を受ける少年であれば、ことをわけて話をすれば、必ずや賢治の精神に賛同してくれる、とそう思いました。これも翌年、昭和九年の話になりますが、『岩手日報』に『遺作（最後のノートから）』と題されて発表された『雨ニモマケズ』を読んだとき、ぼくは目を見張りました。

ヒドリノトキハナミダヲナガシ
サムサノナツハオロオロアルキ
ミンナニデクノボートヨバレ
ホメラレモセズ

クニモサレズ
サウイフモノニ
ワタシハナリタイ

このヒドリというのは日照りの書き損じだという説があるようですが、ぼくはこれをヒドリそのままの『日取り』、つまり日雇労働のことだと考えています。少年二十文銭が仲間に選んだハッパマサはハッパ漁をせずには生きていけない川漁師でしたし、バクロベエもまたその日暮らしの馬喰を稼業にしていました。ぼくは少年二十文銭は、そうした人たちだからこそ仲間に選んだのだとそう考えているのです。そんな少年二十文銭であれば、かならず宮沢賢治の精神に共鳴してくれるはずだと……」

「少年二十文銭は――あれは」ふいに御厨のなかに激しい感情のうねりが生じた。「ほんとうに人間なのか」

「……」

「おれは少年二十文銭の顔を見て、それで思い出した。昭和八年、宮沢賢治が亡くなったその年の三月、おれは上層部に命ぜられて、津波あとの三陸海岸に赴任した。その災害の跡地の荒野であの少年の姿を見かけた。それも何度も――いつも風に吹かれて荒野をさまよっていた。死んだ人たちのために祈りを捧げていた。気になって、何度か呼び止めて声をかけようとしたが、いつも風のなかにフッと消えてしまうかのように姿が見えなくなって——とうとう話をすることができなかった、ふしぎな少年だった、あれはほんとうに人間なのか」

　湯のはねる音が、ザブリ、と聞こえてきた。霊太郎は顔を洗ったのかもしれない。「探偵」としては非合理なことを受け入れるのをためらう気持ちが働いたのかもしれない——

　一呼吸あって、声が聞こえた。

「じつはぼくもあの少年が人間なのかどうか疑ったことがありました。いや、人間でないわけがないんですけどね。それでも、そんなふうに思うことはあった。おっしゃるように、少年二十文銭は津波の跡地をさまよったといってました。人も流され、家も流された。大勢の人が亡くなりました。くわしいことは聞いてませんが、津波で亡くなった人たちの供養をしていたらしい。彼からこんな話を聞きました。親しい人を亡くして、嘆いている人たちに寄り添っているうちに、しだいにその亡くなった人の面差《おもざ》しに似てくるんだそうです。べつに変装をこころがけたわけじゃない。自然にそうなってしまう、と言ってました。だけど、それでも人々の嘆きを救うことはできなかった……二十文銭というのは三途の川の渡し賃なのだそうです。六文銭という説もあるようですが……少年二十文銭は亡くなった人たちを無事にあの世に送り込んでやるのが仕事だ、とそういってました。でも、その仕事を無事に果たすことができなかった、と——」

「それがほんとうなら——」

　御厨の声もひび割れるように震えた。津波の跡地をさまよった記憶はいまも彼のなかに深い傷跡を残している。あれ以来、捜査の鬼ともいうべき御厨のなかで、何かが確実に変化したのだ。三十男の御厨をもってしてもそうであるなら、若い少年二十文銭が変わらざるをえなかったのは当然のことかもしれない。

「どうして少年二十文銭はあんなに宝石ばかりを盗んだんだろう？　あれは何のためにしたことだったのか」

「さあ、そのことはぼくも聞いてません。いつか聞こう、聞こう、と思っているうちに、とうとうその機会を逸してしまった……」

霊太郎の声はしみじみ述懐するようだった。彼がほんとうのことを話しているのかどうかはわからない。もしかしたら少年二十文銭が宝石ばかり狙ったのには、なにか人に明かせない理由があるのかもしれないが、いまの霊太郎はそのことを打ち明けるつもりはないようだった。

「いずれにしろ少年二十文銭か、きみ、呪師霊太郎が後藤をあやつって『セロ弾きのゴーシュ』を再現したように、『白鳥の涙』を奪い返すのを装って、じつは石灰粉を大岩井農場に輸送しようとしている——つまり、ある意味で『注文の多い料理店』を再現しようとしているのだろう、という見込みはついた。それにはたぶん奪った貨車を燃やそうとしているのにちがいない、とも推理した。つまり十トンの石灰粉を消してしまおう、としているのだと——そうでなければ貨車のなかの石灰粉を大岩井農場に搬送することはできないだろうから……だとしたら少年二十文銭はどうなってしまうのか？　そこまで考えて、おれは自分がこの茶番を通じて、どういう役割を果たすのかを期待されているのかがわかったよ。たぶん少年二十文銭はこの仕事をしおに世間から消えようとしているのではないか。おれがやるべきことはそのお膳立《ぜんだ》てをしてやることではないか――『注文の多い料理店』で、話のはじめに死んでしまった、とされる猟犬たちが、話の最後にじつは生きていた、ということがわかる。つまり、少年二十文銭、それにきみは、そのことをおれに暗示しようとしたのではないか。少年二十文銭を死なせたように偽装させるのが、おれの役目として期待されていることではないのか、と――」

ああ、それは……ふいに霊太郎の笑い声が背後から聞こえてきた。その笑い声が遠ざかりながら、

「それはさすがに考えすぎです。ぼくたちはただ警察に貨車を待ち伏せしてもらえばそれでよかった。そこまでのお膳立てはあなたに期待しましたが、それ以上のことまでは考えもしませんでした。それは御厨さん、さすがにあなたの自惚れというものですよ。ぼくたちはそこまで『注文の多い料理店』に意味をこめたつもりはありませんでした」

「何を！」

その言葉に思わずカッとして、御厨はふり返ったが、もうそこには呪師霊太郎の姿はなかった。ただ湯煙のたちこめるなかに、天井から水滴の落ちる音が、五月雨《さみだれ》のように、ポツリ、ポツリ、と響いているだけだった。

――ほんとうにあの男は存在したのだろうか？

御厨はただ呆然とそんなことを考えるばかりだった……

エピローグ

戦争が終わって五年目の夏、日比谷公会堂でオーケストラの演奏会があった。

労働争議の裁判で、組合側の弁護士として忙しい日々を送っていた御厨は、昼休みに事務所を抜けて、日比谷公会堂に向かった。

チェロ奏者の後藤から切符を送ってもらったからである。クラシックにさして興味のない御厨だが、古い知りあいの後藤から切符を送ってもらったとあっては、それを無視するわけにもいかなかった。

むろん御厨に演奏の善《よ》し悪《あ》しなどわかるはずがない。

が、まじめ腐った表情で、チェロを弾いている後藤の顔を見ていると、まさかネコのおかげで演奏のうでが上達したなどとは誰も思わないにちがいない、とそう考えて、なにか無性におかしかった。

演奏が終わり、楽屋に顔を出すほどの仲でもないから、外に出て、銀座のライオンででもビールを飲もうか、と思いながら、公園をブラブラ歩いた。

ふと気がつくと、御厨のまえを若いアベックが歩いていて、その男のほうがどう見ても、あの少年二十文銭なのだった。

あれから何年たつのか、もう三十歳を過ぎている年齢のはずなのに、どう見てもまだ高校生の若さだった。

何度、彼のもとに歩み寄って、

――きみはもしかしたらほんとうに座敷わらし、いや、いや、座敷わらしなんじゃないのか。あの大津波で家を失った座敷わらしが人々の鎮魂のために人の世をさすらっていたのではないか。

そう尋ねようとしたか知れない。

しかし自分が訊こうとしていることのあまりの荒唐無稽《こうとうむけい》さと、隣りの若い女性のノースリーブの袖から出ている二の腕のあまりのまぶしさに臆しているうちに、いつしか二人の姿は夏の残照のなかに溶けるように消えてしまった。

結局、その日、御厨は一人でビヤホールに行くことになったのだが、岩手県警察のころの自分の姿と、それから宮沢賢治の童話の数々を思い出し、いつになくジョッキを重ねることとなった。

あの懐かしい日々……

本書の「第一話　神獣の時代」は、Ｗｅｂランティエに連載として、二〇一六年四月二十五日に掲載されました。他の短篇は書き下ろしです。

Haruki Bunko
ハルキ文庫

や 2-29

屍人《しびと》の時代《じだい》

著者
山田正紀《やまだまさき》

2016年9月18日第一刷発行

発行者 角川春樹

発行所 株式会社角川春樹事務所
〒102-0074 東京都千代田区九段南2-1-30 イタリア文化会館

電話 03(3263)5247(編集)
03(3263)5881(営業)

印刷・製本 中央精版印刷株式会社

フォーマット・デザイン 芦澤泰偉
表紙イラストレーション 門坂 流

ISBN978-4-7584-4035-6 C0193 ©2016 Masaki Yamada Printed in Japan
http://www.kadokawaharuki.co.jp/[営業]
fanmail@kadokawaharuki.co.jp[編集]　ご意見・ご感想をお寄せください。

笑う警官
佐々木 譲

札幌市内のアパートで女性の変死死体が発見された。
容疑をかけられた津久井巡査部長に下されたのは射殺命令――。
警察小説の金字塔、『うたう警官』の待望の文庫化。

警察庁から来た男
佐々木 譲

北海道警察本部に警察庁から特別監察が入った。やってきた
藤川警視正は、津久井刑事に監察の協力を要請する。一方、佐伯刑事は、
転落事故として処理されていた事件を追いかけるのだが……。

牙のある時間
佐々木 譲

北海道に移住した守谷と妻。円城夫妻との出会いにより、
退廃と官能のなかへ引きずりこまれていった。
狼をめぐる恐怖をテーマに描く、ホラーミステリー。（解説・若竹七海）

狼は瞑らない
樋口明雄

かつてSPで、現在は山岳警備隊員の佐伯鷹志は、
謎の暗殺者集団に命を狙われる。雪山でくり広げられる死闘の行方は？
山岳冒険小説の金字塔。（解説・細谷正充）

男たちの十字架
樋口明雄

南アルプスの山中に現金20億円を積んだヘリコプターが墜落。
刑事・マフィア・殺し屋たちの、野望とプライドを賭けての現金争奪戦が
始まった――。「クライム」を改題して待望の文庫化！